Days with

Books

和书有关的日子

萧三郎 著

团结出版社

图书在版编目（ＣＩＰ）数据

和书有关的日子 / 萧三郎著. -- 北京 : 团结出版
社, 2021.1
ISBN 978-7-5126-8432-4

Ⅰ. ①和… Ⅱ. ①萧… Ⅲ. ①散文集－中国－当代
Ⅳ. ①I267

中国版本图书馆 CIP 数据核字(2020)第 220476 号

出　版：团结出版社
　　　　（北京市东城区东皇城根南街 84 号　邮编：100006）
电　话：（010）65228880　65244790 （出版社）
　　　　（010）65238766　85113874　65133603（发行部）
　　　　（010）65133603（邮购）
网　址：http://www.tjpress.com
E-mail：zb65244790@vip.163.com
　　　　fx65133603@163.com（发行部邮购）
经　销：全国新华书店
印　装：三河市东方印刷有限公司

开　本：145mm×210mm　　32 开
印　张：10
字　数：188 千字
版　次：2021 年 1 月　第 1 版
印　次：2021 年 1 月　第 1 次印刷

书　号：978-7-5126-8432-4
定　价：36.00 元

目 录

第一章
书房夜读

阅读断章：所有阅读都是误读

我们需要的书，应该是一把能够破开我们心中冰海的利斧。

——卡夫卡

1

偶然翻到 2003 年夏天的记录，那真是一个阅读之夏。国家图书馆，那时候还叫北京图书馆。我没事就骑单车去图书馆翻书，那一段迷恋的是港台图书。

彼时的记录有这么些书的名字：7 月 4 日，上午在北京图书馆阅读《创意人》（詹宏志）。下午去三联书店购书《我们仨》（杨绛）。

初略记录下，那一段翻过姜敬宽《时代七十年》（天下文化），金平圣之助《美国杂志 100 年》，李欣频《诚品副作用》（新新闻），台湾时报文化的"NEXT"丛书，时报文化的"历史与现场"丛书（包括弗里德曼《从贝鲁特到耶鲁撒冷》等），大块文化的"TOUCH"丛书，《联副插画 50 年》（联经出版），时代传讯的《时代解读》，台湾商务的《大汗之国》（史景迁），麦田人文系列（包括个人喜爱的王德威《跨世纪风华》等），以及保罗·克鲁格曼、史景迁、彭定康、约瑟夫·奈等的著作。

从此，对台湾天下文化、时报文化、城邦出版、远流、大块文化、麦田人文等出版动态有切身体会。英文一直很差，那时还把近年所有能借到的《时代解读》（时代周刊亚洲版的繁体字月刊版）借来系统翻阅了一次，正是在《时代解读》上，我看到了村上春树、哈维尔、周杰伦等流行文化的优美报道。正是这些此前闻所未闻的信息，一下打开了自己的眼界。

2

今天的报纸真是好看。有侯马的诗歌，他写 20 世纪 80 年代和 90 年代的诗句，还算有点人性：八十年代要过去了 /……/ 爬上九十年代的梯子 / 把小卖部开在二十一世纪的云端。

林黑在专栏版面上说间丘的那段太好了：

间丘女士不敬业，总和采访对象"抢戏"，抢戏您就抢呗，还总把自己灿烂成一朵野菊花；菊花就菊花呗，还是隔了夜缺了水的野菊花，收缩出纵横交错的"褶子"。更恐怖的是这朵菊花还总颤巍着笑，像《2046》里章子怡那种风流劲，但也只风流了自己，别人很严肃。阿娇说自己的右脸比较上镜，体现了一种敬业的精神：知道自己的缺陷尽力掩藏；而她动不动就乱颤，以自己那局促的审美观强加于人。（2005年 11 月 21 日笔记）

3

少年激进，及年长日逐平淡。读 2006 年《读书》杂志也当如是。翻了 6 月号的杂志，竟然读完了好几篇文章。

其一，棒极了的人物稿《从不信奉教条》，主角是大大有名的社会学家丹尼斯·贝尔——《资本主义的文化矛盾》及《后工业社会的来临》等书的作者。作为知识分子的贝尔的忧虑何在？他说："乐观是一种智慧，悲观是一种性格。"书中暗表贝尔同学曾经在《财富》杂志做了 10 年记者，某一年不想做了就去了大学教书，老板卢斯惊问为什么，小贝说：答案是，六月七月八月。

其二，王安忆的《老城厢的出发》。作家王借评价一篇小说《五妹妹的女儿房》的时机其实在阐述上海的真正市民精神。小说的作者并不出名，但小说却具有和作家王的《长恨歌》一样的历史纵深度，它写出了 1908 年通电车时代的上海、20 世纪 30 年代的上海、中华人民共和国成立后的上海、改革开放后的上海和今天的上海。两段具有王安忆色彩的文字不但华美，而且具有哲学意味。

……中等阶层在扩大，上层的跌落下来，下层的挣扎上去，在逐渐庞大的中层群落中，实现着平等的观念，这就是市民阶级的含义。

……这就是我们和我们从未接触过的历史的关系，再是辉煌，也是过去，属于我们的是握在手里的现在，这也是中国城市强悍坚韧的市民心。

其他，如吴思写怀念同班同学吴方的文章《擦桌子的"主义"》，还有葛兆光纪念何兆武先生的文章《成为中国那一代的知识分子》也都值得深读。葛兆光写到，清华大学的同仁准备为何兆武先生的80岁举办一个庆祝会，可爱的老头竟然在那天把家门一锁，自己飘然而去，让学生们根本找不到自己。多么值得尊敬的老头，好一派名士风范。

读书杂志以及这个故事告诉我：

（1）所有的文章归结到人物的身上最有价值和意义。无论是新闻事件，还是新闻热点，最后会被归结到人本身上去。这说明我梦想中的一本人物杂志拥有其存在价值和基础，尽管它不是我现在就想去做的一件事情。

（2）它提示我们做事要超越各种意识形态和世俗利益的偏见。永远保持好奇心，宽容有趣地对待新变化。（2006年6月6日笔记）

4

"世界上有很多版本的汉迪，不是每一个版本的都令我满意。""人生就是对自己性格的探索。""我后悔当年太自私，我从没弄脏过自己的手，从没跟穷人、失业工人一起劳动过……"这位英国管理学大师的自传，同样以一些标志性的语言引人入胜，但是和德鲁克的传记《旁观者》对照来读，显然缺乏前者的宏大气概和思维视角。

那当然也不能说查尔斯·汉迪就不如德鲁克，他和我们分享了自己的第一次辞职是因为工作负荷太少而带来的压力；也提到了他热情地创办伦敦商学院，最后却不得不去培养神职人员的学院做学监的不尴不尬；"年老色衰"之后，他又选择了作家、主持人、教授的"组合式人生"，因为他和善变的年轻人一样，总是满意"最新版本"的自己。

他研究"组织与个人的关系",探询"未来工作形态",提出"s理论",写作《空雨衣》这样类似文学作品名字的管理学著作。对管理哲学的深刻认知,这是汉迪的强项。

更为重要的是,他对知识时代的"自雇型工作者"不仅提出了许多新理论,而且把自己当成了第一个实验品,这是老头的可爱之处,也许他唯一能超越德鲁克的地方,就是这种亲身历练的实践?!(2007年2月15日笔记,《思想者:查尔斯·汉迪自传》)

5

我们赞扬了文化,证明文化在当前形势下,在四周的混乱环境中,能起何种特殊作用。出路看来就是文化;文化不仅通向完美,甚至只有通过文化我们才会有太平。……文化工作者顺应了世界上最基本的潮流,他们是永恒之声的温顺的回响,是任由上帝的宏大意旨弹奏的顺良的风琴。这是他们的力量,他们的幸运,他们神赐的福分。

——马修·阿诺德《文化与无政府状态》

最近在读马修·阿诺德的书,这本《文化与无政府状态》一直读不下去,但现在觉得有点意思。

这个维多利亚时代的英国人发现上升时期的英国的三大阶级,贵族、中产阶级和劳工阶级普遍充满了荒诞感以及滑稽感。自满,势利,不思进取,没有舆论的中心。这和中国的今天是一样的,只是我们还没有察觉而已。(2005年12月20日笔记)

6

《马云如是说》（中国经济出版社）：

马云强调创业不必要找明星团队："创业要找最合适的人，不一定要找最成功的人。""我们所有人都是平凡的人，平凡的人在一起做不平凡的事。如果你认为你是精英，请你离开我们。"

《任正非如是说》（中国经济出版社）：

管理者应该明白，是帮助部下去做英雄，为他们做好英雄，实现公司的目标提供良好服务。人家去做英雄，自己做什么呢？自己就是做领袖。领袖就是服务。

什么叫成功？是像日本那些企业一样，经九死一生还好好活着，这才是真正的成功。华为没有成功，只是在成长。（2008年4月6日笔记）

7

周末的夜晚读完了《冰点故事》。曲折离奇，和中国所有有传奇色彩的媒体一样，《冰点故事》让人对新闻这个事业还有激情。

我阅读的过程，如同当年阅读刘勇的《媒体中国》一样，是《媒体中国》让我对中国媒体产业兴趣盎然。其中提到一点，我认为是中国媒体创新的关键点：中国的媒体，尤其是中央一级的媒介的老总，他们的职业定位是"把关者"，他们最重要的工作不是"决定刊登什么"，而是决定"不刊登什么"。

这就是重点！其实不单中央一级的媒介，不单是老总，甚至是所有媒介的中间阶层，制片人、主编、部主任什么的，他们是"把关者"，是新闻产品的"评定者"，而不是新闻的"创新者"。在新锐媒体的历史上，我只知道，只有年轻的"创新力量"被提拔崛起的媒体才有可能出现新的变化。他们是 1993 年左右的《东方时空》，是 20 世纪 90 年代的《北京青年报》，以及其后的《南方周末》，2000 年左右的南方报业，2003 年的《新京报》。（2005 年 11 月 13 日笔记）

8

我成不了基督徒，却找到了他的替身：文人。文人的惟一使命是救世，他活在世上的惟一目的是吃得苦中苦，使后人对他顶礼膜拜。死亡只是一种过渡仪式，万古流芳成了宗教永生的代用品。为了确信人类永远与我共存，我主观上确定人类将无止境地存在下去。我在人类中间瞑目，就等于再生和永存。……根据教条，我怀疑一切，只不怀疑自己；我用一只手恢复被另一只手摧毁的东西，把不安视为我安全的保障。我那时候很幸福。

——萨特《文字生涯》

"情况怎么样？"

"穷得简直只有钱！"

流沙河伤心。

"美丽的姑娘，

教我如何不想你！"

"别乱想，老头！"

心字该怎写？
别问慧能那傻瓜！
他不认字呢！

诗人的消夜：
一碗超现实主义，
三两五粮液。

——马悦然《俳句一百首》

　和书有关的日子

阅读断章：滥读是有副作用的

1

读《兄弟（下）》，余华作品，看了的人都说"查无此兄，查无此弟"，简直是一次腹泻式的阅读。

还有一本《口述凤凰》。凤凰卫视有一档出名的节目《口述历史》，凤凰卫视十周年的时候，中国传媒大学传媒发展研究院把电视台的重要参与者也来了一个"口述历史"，这就是本书的出版缘由。

书中老板刘长乐讲了一个细节，特别让读者有兴趣：那就是凤凰的新闻别动队有一个放5万美元现钞的柜子。一有新闻，新闻别动队拿了钱就出发了，所以凤凰卫视经常能做出"9·11"直播一样的新闻来。六十多位凤凰人，从老板到编导，在书中讲述了他们在凤凰的苦难与欢乐。重点翻了刘长乐、陈玉佳、杨锦麟等人的口述。（2006年4月4日笔记）

2

你要战胜外来的敌人之前，先得战胜你内在的敌人；

你不必害怕沉沦堕落，只消你能不断地自拔与更新。

不经过战斗的舍弃是虚伪的，不经劫难磨炼的超脱是轻佻的，逃避现实的明哲是卑怯的；

中庸，苟且，小智小慧，是我们的致命伤。

——傅译罗曼·罗兰

3

重读彼得斯的《重新想象》，做点笔记：

创新，源于愤怒：旧的组织以及其统治者已经成为创新的敌人。

美国微波公司老总麦高文说："在过去，一个企业创造—成功—衰落生命周期是三代人的时间，而现在只有 5 年。"

Ebay 网以前每一两年才开一次公司战略研讨会，现在每周开好几次战略研讨会。

我们不会和祖父交换位置，他在一家钢铁厂一天工作 16 小时以上；我们不会和父亲交换位置，他在一家工厂一干就是 42 年。

4

世界上的人分两种：一种人做自己想做的事要等别人允许，另一种人则"自我批准"。这就是说，一些人从自己身上找动力，另一些人等待外部力量把自己推向前进。主动出击抓住机会，相比坐等别人把机遇送到手中，好处不胜枚举。

这么两种人在心理学分类是：固定型心理定向人群和成长型心理

定向人群。（2010 年 4 月 19 日笔记，《真希望我 20 几岁就知道的事》）

5

很久不读小说。读完慕容雪村《原谅我红尘颠倒》，很好很喜欢。

好在因为，慕容雪村写出了司法行业的秘密。在中国这样的秘密很多很多，少有人去写。

好在因为，慕容雪村不是专业作家。我不喜欢专业作家。因为他们太缺乏生活。他们对世界的看法太偏激，太片面，太主观。

更好在，因为慕容雪村的体制外身份。他从网络而起，有那么多的网络读者。多年下来，靠这些读者他就够了。

他是小说行业里的重要人物。照自己的道路写下来，而且市场空前巨大。他是这个行业的颠覆者。

6

中国台湾，有三个知识分子是我所崇拜的，一位是高希均，一位是南方朔，一位是詹宏志。

高希均的名言"天下哪有白吃的午餐"其实是从美国经济学家弗里德曼那里借来的，原文是 There's no such a thing as free lunch。他在 1977 年的台湾就开始倡导经济学救国，那个时候大陆还没有深入研究过经济学呢。所以后来他投入出版事业，创办了《天下》和《远见》杂志，并且为传播"读一流书、做一流人、建一流社会"的观念创办"天下远见出版公司"，简直成了文化人的标杆。

7

卡耐基《人性的弱点》有无数的版本，他阐述的道理却没有变化：

在世界上所有的道路中，心与心之间的道路是最难行走的，人人都在追求利益，可是他们却找不到通往心灵的方向。其实走进他人的心灵有时候又是轻而易举的，路标就是真诚地赞美他人。

8

陆灏是我喜欢的读书人，他的名字总和《万象》相联，类似沈公和《读书》的关系、朱伟和《三联生活周刊》的关系。而正好，我乐于把这三位放在同一序列中，他们代表了老、中、青三代人文杂志的编辑典范。他们还把他们"掌柜"的东西做到了极致，并且坚持了足够久的时间，对于缺乏耐心的 20 世纪 70 年代人，我乐于将他们视为榜样。陆灏经常来北京，友人多次撮合，因时间关系至今没见，是为憾事。

陆灏以前的东西，零星看过，文章全然缺乏有抱负有理想的有志青年派头。"一听到文化，我就想拔枪。"文章经国大事呀，陆灏却说他最喜欢追求小趣味，看不到大问题的读书方式，并且这几乎成为他全部的兴趣所在。《东写西读》中不少读书的段子，太有意思。抄录几个标题和细节："每个老头心中都有一个洛丽塔"，"内事不决问老婆，外事不决问 Google"，"编刊物，脑中要有一个普通读者（general reader）"，等等。还有诸如《三国识小》《邵洵美二三事，听来的》之类在以传统眼光看来毫无意义的文字，好看得惊动了董桥、林行止等人来说项催他写文章。可惜，雪泥鸿爪，他却懒得几乎一个字不写才好呢。

　　上面所述三人都是优秀的编辑人才，同为述而不作的类型，不过人人都有一本好作品：陆灏是这本《东写西读》，沈公是《阁楼人语》，朱伟是《作家笔记及其他》。（2006 年 11 月 3 日笔记）

阅读断章：小土豆也有梦想

1

董桥说："没有什么可写了，真的。"

是否我们也要说：没有什么可以活的了，真的？

2

这是一则老故事。早就听以前的一位同事和著名出版人说过。只是翻翻《万象》的时候再次看到而已。

黑手党这样教育他们的儿子：开着我的车去接你的女朋友。你得拿她当公主，为她开车门，为她关车门。然后，你走向驾驶座，这时候，如果她侧过身体为你打开车门，这个姑娘就是你要娶的。黑手党喜欢考验人，喜欢用他们自己的方式来做出判断。

可是黑手党也这样考验人：一位退休的黑手党头目描述他小时候父亲叫他爬上墙头，然后叫他往下跳，并答应在下面接住他。后来他跳了——一下子脸朝下摔在地上。他父亲试图传达的至理名言被归纳为一句话："你必须学会连你的父母也不要相信。"

前者说的是"信任"，后者说的是"非信任"。只是我知道我的那位出版人同事后来还是跟"侧身为他打开车门"的女人分开了，而据说看到过后面一文的科波拉因此而拍摄了《教父》三部曲。

3

朋友来我家书架上找书，悄悄问："有没有杜拉斯和昆德拉的书？"我说都有，但是都没有细看过。

19 世纪的时候英国每个人都想当职业作家，因为他们感觉写作可以维生又可以出名，小职员、名女人、律师、牧师、名作家和社会名流都在写作。吉辛说，鼓励年轻人搞文学找生活简直罪大恶极。

感谢我的一位恩师在我们读大学的时候总是用王蒙的"否定文学"的理论来指导我们。那个时候我们上大学简直跟上中文系一样，天天去图书馆弄些小说来看，并私下传播得很欢。那个时候陈忠实和王小波最红。老师总是用王蒙老先生 20 世纪 80 年代的一篇小文章《不要拥挤在文学的小道上》来告诉我们，世界还有更为宽广的一面。

是呀，我们不想深陷一个文学的期待之中。因为粗鄙的现实它永远比文学更精彩。

4

给两位以前的好朋友写了两张卡片送过去。

一张上写："无知是无知者的选择，智慧是智慧人的归依，正如孤独是我们联系的唯一纽带。"另一张上写："何处寻求大智慧，幸福只向内心寻。因为我们都不想落入任何一种期待之中。"

也许是因为误会，不再跟前者联络，但是我相信孤独会是我们联系的纽带。而后者和我，所追求和觊觎的幸福道路并不一样，但相同的是，我们要期待与众不同。

5

读到范用先生的一篇小文章《相约在书店》，说到他与众多文化老人的交往都是在人民出版社或者三联书店进行的，还讲到他和丁聪以"反饥饿"为名吃遍了美术馆附近的各种馆子，情趣十足。不像今天去三联书店看书的，都是些小白领，或者小屁孩。前者来买时尚杂志，后者则喜欢坐在楼梯上抄写世界名著之类。让人感叹世界变化快。

同时联想到中国台湾有一家大大出名的诚品书店，24 小时营业。要知道今天的本土北京，作为一个国际化大都市，连便利店都没有几家是 24 小时营业的。

我的心痛，不是为文化，而是为了让北京尽快出现一个吴清友。

6

费正清说，中国人有一种深藏不露的文化优越感。

美国传教士何天爵《中国人本色》一书却描绘了这个自以为是的"世界中心"的陨落……

类似我们今天对美国的观察，本书提供了一种有益借鉴：在敌视和交融理解的两岸，我们既收获了阅读享受，也点燃了思考的燃点。

7

我曾在《中国经营报》上追看雪珥《李鸿章谈心》等专栏，深为雪珥独特的历史写作所吸引。

雪氏的历史写作，近来蜂拥出版，坊间流行，独具特色，个人以为，至少有两点与众不同之处：

一是重视对原始史料的挖掘以及实证，并累有新见。这与他在海外致力于收藏与晚清有关的文物保持着正相关的关系。这也是国内学者写历史文章所少见到的。

二是珍视历史的"古为今用"。写历史文章，有人力图冷静复原当时的气氛和现场，或标榜不带情感的"零度写作"，雪珥显然不属于此类。

雪珥先生所聚焦的晚清改革史，其实明眼人很容易看清，雪珥先生之意，目光所看在晚清，心中所思在当下。

8

近来翻书正读钱穆、虚云。多年老友联络我，言及近况。

抄董桥《清白家风》段落以告："湛然虚明，平旦之气，略无所扰。山林闲寂，天地自阔，日月自长。心静方能知白日，眼明始会识青天。"

正是钱穆先生1959年主持新亚书院时提写的一幅字。

9

比萧邦大六岁的乔治桑追求萧邦，萧邦后来搬去和她同住。萧邦整天写曲练琴，工作一整天后才对乔治桑发发牢骚。恋情淡得不能再淡。两人最后一次见面都没话可说："好吗？""好。"

我们都不要成为乔治桑和萧邦，记得要永远在生活中寻找快乐。

野白合有春天，小土豆同样有梦想，尽管我们都不过是个小土豆。

书房夜景：林贤治的老智，易中天的好读

《午夜的幽光》（林贤治，广西师范大学出版社 2005 年版）

几乎每年，或者每两年，林贤治都要推出一些与众不同的读物来。借用他自己的话，他是"耻于做知识学的炼金术士，而争当大众社会的燃灯人和拓荒人"。《午夜的幽光》一书谈论知识分子话题，以中国知识分子鲁迅、李慎之为药引，引了奥威尔，引来了萨伊德，引来了米沃什，引来了关于知识分子的种种研究话题。

本书中关于《知识分子的札记》篇章最有味道。

他研究知识人、知识阶级、知识与权力、大学和学者、大众文化与知识精英、错位与失败。最后的结论很触目惊心："知识分子没有能力左右社会。消费社会的形成，以及人们对物质享受的永无餍足的追逐必然导致启蒙意义的消解。启蒙思想家意欲亲近的是庸众，而受到最强大最持久的排拒者也是庸众；庸众是他们的工作对象，而庸众也正是他们的掘墓人。"

智慧的林贤治，也许说出的是新世纪知识分子最大的尴尬。

《帝国的惆怅》（易中天，文汇出版社 2005 年 8 月版）

央视《百家讲坛》今年有所起色，那都是刘心武和红楼梦给闹的。不过说到对《百家讲坛》的认识，我觉得易中天老师比较客观。

他说：学者和电视台的对接，做好了是"双赢"（学术扩大了传播范围，电视提高了文化品位），做坏了就是"双输"（学术失去了自身品质，电视失去了广大观众）。易中天在央视的尝试基本算是成功，即使没有完全"双赢"，也绝不能算"双输"，至少有了这本《帝国的惆怅》结集出版。

易中天讲"好制度 坏制度"一节，从钱穆《中国历代政治得失》一书起步，条分缕析，论据有力，论证严密，逻辑通顺，故事情节趣味横生，让人读来赏心悦目。某种意义上说，它和《从历史看管理》一书有类似之处。

易还提到一个对待历史的问题，历史之"正说"当然好，可是"戏说""大话"更流行，引车卖浆之流即使不愿看电视上的"戏说"，但是打死更不愿看典籍上的"正说"，所以易老师说要"趣说历史"。

他的目标是黄仁宇《万历十五年》那样的典范。

在没有趣味的时代寻找趣味，易中天可说有大功。

阅读断章 2008—2010

　　2009 年的下半年是我经历过最非同一般的半年。母亲偶然患病，查出的结果竟然是晚期肺癌。在病房的日子，照顾母亲，回忆起母亲对我们的点滴影响，至今难以忘怀。我喜欢读书，至今从事的是文化工作，人生道路和我的儿时同伴们走得不一样，可以说这全归功于我不一样的母亲。

　　母亲是村里有名的"知识分子"，其实也就是个"老三届"学生，在那个特殊时期上到过初中，后来偶尔给人代过课。

　　这种对知识的爱好，让她和村里其他妇女在做事持家上就有很大区别。

　　母亲生了两个姐姐和我，一共三个子女。我和大姐都上了大学。这在我们老家是确实很不平凡的：老爸老妈是正经的农民；一般家庭女孩能上大学的很少；一家能出两个大学生的，绝无仅有。

　　大姐高考落榜那年，后去复读，读了一段又背了个箱子回家来。天天跟着母亲去棉花地里捉虫。那年的棉花田害虫疯长，大姐捉了一酒瓶又一酒瓶。母亲也没怎么劝她，只是简单和她说，交了钱，去把最后这一段读完吧。大姐后来才又去复读，之后才考上的大学。

母亲从小喜欢和我们一起读书。小时候一直给我们念作文，我记得最清楚的一篇作文是说一个人跑到北京来看故宫，还没到跟前，远远看，就脱口而出"敌营"，闹了很大的笑话。母亲告诉我们：做事不能粗心。现在回想起来，除了"三好学生"什么的，我自己最早得过的大奖是从作文开始的：小学五年级全乡作文比赛第三名。

在医院，情绪好的时候，母亲和临床病人的家属总谈起怎么做刺绣，记恋着家里还有很多土布需要去织，等等。听时我无语，内心很伤痛。后来，我从北京带回一本《中国传统纹样图鉴》（东方出版社），翻给她看，读给她听，可以说，这是母亲看过的最后一本书。

同时带回的还有一本韩国总统李明博写的《母亲》，我在老家江西与北京来回的路上，一路看一路哭。

正如小诗《没有"以后"》所写：要给母亲做一件漂亮的衣服，等我赚到钱以后／要给母亲买好吃的，等我找到工作以后／要给母亲坐趟飞机，等我成为富豪以后／小时候我想为母亲做很多事，每次结论都以"以后"结束／但光凭想象也让我非常快乐幸福／但那时我不知道，其实没有"以后"。

这种对父母的亏欠之情，超越国界。

作为基督教徒，母亲在病房，高兴时会唱起圣歌。临终之期，她留给我的也是一本圣经，作为遗物，让我看到圣经时能想起她。这本圣经，至今保存在我的床头。

可以说，我的阅读从我母亲开始，因我母亲而入门。我至今很思念和感激我的母亲。

杂乱阅读这三年

2008 年到今的三年是我人生痛苦的焦虑期：职业的焦虑、家庭的焦虑、阅读的焦虑，让人痛苦不堪。

至少在阅读上，这种焦虑也是我自己难以突破的。因为与出版的职业关系，自己要保持大量的阅读，这种阅读一开始可以说是幸福的，可是连续多年以后，就会存在实际矛盾，脑袋变成了各种观念的"跑马场"，职业阅读与私人阅读复杂的冲突与纠结的矛盾。

那一年，朋友送我一本台湾《天下》杂志四百期的特别版。这期杂志选介 72 个各行各业的名人故事，分享了他们成长的颠簸经验和心路历程。

关键词如下：专注，坚强，终身学习，感恩。我们要专注，把能量放在对的地方。我们要有坚强的意志力，不放弃地一遍一遍，苦练再苦练。我们要精益求精、永不间断地终身学习。我们要感恩，怀抱利他、回馈社会的愿景。

感恩，利他。对照以上，我在 2008 年三十而立之年反思自己，觉得心结还在，未能学会"以他人为中心"。

而立之年深刻影响我的书，可以说是《正见》（中国友谊出版公司）。这是我的第一本佛教读本。佛陀说：你就是自己的老师。

那天正好去听企业家严介和讲课，严师说"生活才是我们最好的老师"，并说了另一句"滥读是有副作用的"，击中心腹。

"我们没有勇气和能力善用真正的自由，只因为我们无法免除自己的傲慢、贪求、期待和恐惧。因为我们太在意自我。""我执，纯粹是一种自我纵容。""破除我执"是 30 岁之后从成长走向成熟要面对的最大命题。

这一命题，在我 2009 年去美国看到奥巴马总统的一篇访谈中，得到了佐证。

2009 年我去美国旅行，没有看到总统奥巴马，却在飞机上看到了他的思想，看到了他在上任之前与美国大牧师的一番坦诚、自省的交谈："我年少时并不顺遂。父亲离家出走。我曾吸食毒品，十几岁时也喝过酒。这多少与自私有关。我太关心自己，太关心令自己不满的事物，因而无法顾及别人。我发觉，自己做错事，多是因为想保护自己，而不是奉上帝的旨意行事。"

一国总统，如此坦诚，很难得。

一个教徒，如此自省，应该，也应当。

这三年的杂乱阅读与人生经历，已让我的焦虑得以彻底缓解：职业的归职业，私人的归私人。

荐书一束

《世界是平的》（[美]托马斯·弗里德曼，湖南科技出版社 2008 年版）

《世界是平的》不是新书，但是应该是生命时间较长的书。

托马斯·弗里德曼试图揭开笼罩在这个世界上的神秘面纱，深入浅出地讲述复杂的外交政策和经济问题，为读者们释疑解惑。读它，是去了解曾经发生过什么，现在世界是怎样的，将来我们会面对什么。

2009 年广东省委书记汪洋也说自己偏爱此书，并推荐官员们去读。

我推荐它，是因为我们每个人都值得去读一读。

《我的父亲韩复榘》（周海滨，中华书局 2013 年 4 月版）

时人谈韩复榘，多从街谈巷议处获得信息，如大军阀等称谓和讽刺笑料。

周海滨《我的父亲韩复榘》以口述历史的样态存留了韩氏子孙的家人记忆，可补这一段历史之丰富性、资料性，功莫大焉。

《我心虚拟：毛培斌诗文集》（毛培斌，新星出版社 2014 年 5 月版）

今年春天能在武当遇上"民间思想者"毛培斌真是一件幸事。毛老师才华隐于胸壑，写诗，谈玄论道，雌伏武当山下，抱元守一，一直不在主流话语圈中。

其机敏内省的诗文集《我心虚拟》被我视为神物。其诗沉静落定，其人爱菩萨，爱上帝，更爱歌德、佩索阿和狄更斯；其文以碎片片段的吉光片羽，直击世道人心、国运民瘼，至为关切的却还是中国文化。

毛老师"才堪大用"，却情愿浪迹江湖，我为湖北有这样的"民间思想者"，一赞。

《北大回忆》（张曼菱，三联书店 2014 年版）

遵季羡林先生嘱，张曼菱写下了美好的北大回忆片段。

说个故事，张曼菱当年在北大未名湖边看朱光潜的著作，一个老头走过来告诉她"这个人的书很一般，你最好看原著"，事后才知道这个老头就是朱光潜。

《断舍离》（山下英子，广西科学技术出版社 2013 年 7 月版）

《断舍离》一书告诉我们要梳理自己的生活，不要无限占有物质，被欲望所俘获。

衣服再美，一次只能穿一套；房子再大再多，你只能睡一个床；食物再美，一顿也吃不了千钟粟。

对于快速发展的中国，本书希望能有"清凉剂"之效用：让"缓慢"替代高速发展，用"心平气静"替换无限的物质欲望。

《失控：全人类的最终命运和结局》（凯文·凯利，新星出版社 2010 年 12 月版）

凯文·凯利经典著作，20 来年前出版的。几乎讲述了现在正在发生的"互联网革命"，可称网络"创世纪"之书。

《大清相国》（王跃文，湖南文艺出版社 2012 年 7 月版）

"文贞"陈廷敬当然是好官。"好官庸，能官专，德官懦"，陈廷敬却能不乏铁腕。

我之观感，王书记或许在为己张目——"用霹雳手段，行菩萨心肠"。

《江城》（[美] 彼得·海斯勒，上海译文出版社 2012 年 1 月版）

无论是 10 年前涪陵的封闭，还是当时社会中普遍存在的文化偏见与政治冷漠，甚或过于急速的城市化进程，以及那些被中国当代历史中消极成分所影响却不自知的人们，并非第一次如此清晰地呈现在我们面前，生活在中国的人们对这些也并非真的毫无察觉。

从《江城》中寻找真实的中国是一回事；在这本书中看到并理解我们缺失的东西，那些与我们所在社会文化的限制、迟钝、残缺相反的东西，则是另一回事。

正是后者，使得此书的流行与阅读，成为一场悲喜交加的思考之旅。

《自由》（[美] 乔纳森·弗兰岑，南海出版公司 2012 年 5 月版）

当小说纷纷走向艰涩、偏僻、碎片化，弗兰岑写出了一本"大"书，一本单纯的小说。通过对一个美国家庭长时间的考察，写出了美国当代生活的喜与悲。

弗兰岑发现，拥有自由并没有让美国人变得更加幸福，反而让很多人的生活陷入抑郁、空虚、绝望之中。弗兰岑确实是要在小说中"说理"，但他不是用一本哲学书或是一本宗教书，他让你看到了他人的全部生活与其中的秘密。

美国西部三城行记

　　2009 年 1 月 25 日至 2 月 2 日，我随"缤纷美西体验之旅"新春首发团游走了美国西部三城，似乎没怎么看到 2008 年经济萧条下美国人面对金融危机时的愁云惨雾，倒见识了美西海岸的胜景以及三城故事：旧金山的自由、拉斯维加斯的欲望以及洛杉矶的娱乐，当然还有不能不看的科罗拉多大峡谷和圣地亚哥海港的自然风光。

旧金山：有大桥　有历史　有海蟹

　　旧金山当地阴雨天气居多，类似伦敦，相当幸运的是，我们游览的那天阳光明媚，于是一大早就去了九曲花街。九曲花街是一段在山坡上的盘旋路，汽车一般只能从上往下走，行人可以一直从下朝上爬，没有点体力的人还真是爬不上去。在街上朝向旧金山湾方向拍照的效果最好，能拍到这个城市最美的"海天一色"。

　　1937 年建成的金门大桥是旧金山的标志，时任美国总统的小罗斯福亲自带领 30 万人共庆通车。大桥设计者为工程师约瑟夫·斯特劳斯，为了纪念他，人们把他的全身铜像安放在桥畔，很多游客既会拍下橘红色的大桥风景，也会和造桥者来张优美的合影。而从渔人码头乘游艇在海上也可以一睹金门大桥的风采。此外，游艇上可以看到旧金山市区陡峭的街道、山顶的高塔以及高高矮矮的楼房，而此时的金门大桥，有如蔚蓝色大海上的彩虹。

在游艇上还可以远远望见旧金山湾的天使岛和魔鬼岛。艇上的广播仔细介绍了它们的来历：天使岛，名字好听可来历很特别，第一批华工移民到美国在海上漂泊一个多月，穿越太平洋，到达旧金山，最早就是被隔离在这个岛上。两个月后，才能进入美利坚大陆。当年这里病死了很多人，隔离房的墙壁上写满了当年华工的辛酸记忆。魔鬼岛曾经是美国监狱，更因电影《勇闯夺命岛》出名，这座小岛看起来离岸不远，周围却是湍急的寒流，而且游弋着成群凶恶的鲨鱼，有罪犯企图越狱，不是被机枪打死就是葬身鱼腹。

渔人码头原来是意大利渔民聚集的渔港，1978 年后风行，带动了当地观光业的发展。我们去的时候，街上的乐师和艺术家们开始一个接一个地表演，码头上的海狮景象也是一绝，它们慵懒地躺在海面浮木上睡大觉。没事的话，还可以在街头坐上铛铛车，沿海游览旧金山的无敌海景。当晚我们在 39 号码头的中餐馆品尝了邓金尼斯大海蟹。这里的海蟹有两个特色：一、我们能吃到的都是公蟹，当地是禁止大家吃母蟹的，吃母蟹是违法的。二、当地海蟹买了直接放到沸水中去煮，捞出来就可以吃，什么都不用放。

拉斯维加斯：半夜两点前睡觉"违法"

去世界赌城拉斯维加斯需要驱车穿越沙漠到内华达州，拉斯维加斯的很多酒店都为华人春节旅游推出了盛大的欢迎晚会，当地的中文报刊上，更有大量报道华人游客春节旅游的信息。被称为"沙漠明珠"的拉斯维加斯在20世纪30年代后才开始崛起，世界上最大的饭店有一半以上在这里。最出名的酒店有希尔顿酒店（当地第一家大型酒店，确立了"酒店＋赌场＋大型商场"的"超级酒店"模式）、凯撒皇宫酒店、1993年开始营业的美高梅酒店（是现在最大的酒店，房间就有5005间）等。

有个笑话说在拉斯维加斯，半夜两点前睡觉是"违法"的，因为这里有无数的欲望在挑战你，因此夜游是这里不可缺少的一部分，在威尼斯人大酒店，里面的奢侈品牌店铺成群，酒店里直接造了个威尼斯水城，天天上演经典剧目"歌剧魅影"。建筑师在这里打造了318个大大小小的广场，酒店大堂上巨大的苍穹绘满了各种圣经故事和宗教人物，要不是团队集体行动，我估计很多人都会走丢的。这里还有一个比北京"世贸天阶"天幕还要大的天幕演出。

有人来拉斯维加斯为赌博，有人是来结婚的，在这里24小时可以登记结婚，找个教堂，说说"我愿意"就算合法婚姻了，所以许多大明星都是在赌城结婚的。还有一种是来此大吃大喝的，法国和意大利的好厨子都在这里。

洛杉矶：投入好莱坞的娱乐风暴

洛杉矶为美国第三大城市，这里有好莱坞明星的风韵，也有NBA

湖人队的辉煌，它也是中国人非常熟悉的美国城市，同时也是华人聚居点，当地有二百万以上的华人。1870年前，好莱坞只是农田，1915年，卡尔莱莫从一个改建的养鸡场上开始建设电影制片厂。

如今的好莱坞，星光大道上留着那些明星的签名，电影中的著名人物和造型角色，也会纷纷走上来和你合影。好莱坞大道上有中国剧场和柯达剧院，每年一度全球关注的奥斯卡颁奖典礼，就是在柯达剧院颁奖的，无数的游客在这里流连忘返，四处拍照和疯狂购物。

本次旅程的高潮是去参观全球最大电影制片厂之一的环球影城。环球制片厂以拍摄怪物闻名，吸血鬼、科学怪人、狼人、木乃伊和史莱克等。我们对环球影城的体验，是从"恐怖屋"开始的。4D电影《史莱克》让人记忆深刻。随后是"世界著名电影拍摄基地"巡礼，在那里我们见到了《世界之战》里飞机坠毁的现场，"速度与激情"的飞车追赶与剧烈爆炸，面对电影《金刚》里的"骷髅岛"，"侏罗纪公园"则直接把我们从84英尺处降入遍布恐龙的瀑布之旅。最后的"辛普森骑行"，让我们和《辛普森一家》中的人物一起踏上惊险的动画之旅。

环球影城人来人往，有天下一家之感。半天下来我们体验完7大项目，最后大家普遍认为，最好玩的还是"木乃伊"那项，22秒的急速飞行，让人体验毛骨悚然之旅，心脏不太好的人绝对要小心。值得期待的是环球影城已规划在北京通州区开办，看来，我们不久将在北京体验这种美国式的激情。

2005 年英国日记片段

2005 年有幸陪同几位媒体记者一同游览英国一周。

我们这一代人对英国的印象是什么呢？是 1840 年的鸦片战争的对手，那个在民族记忆深处刻下伤痛的国家？是那个伙同他人跑进圆明园的叫作英吉利的"强盗"？还是那个在 1997 年不得不将香港归还中国的"最后的殖民者"？又或是莎士比亚、披头士的故乡？

年轻的外来者托克维尔和我年纪基本一样，他周游了美国，就号称发现了"美国的新东西"，写出了伟大的著作《美国的民主》，和他没有任何性质的类比，我的结论可能粗暴，见解可能主观，但不妨碍来谈点英伦感受。

傲慢与谦逊

可以说，英国人既是傲慢的，又是谦逊的。傲慢来自骨子，尽管伦敦已经不再是世界经济中心，我们所抵达的希思罗（Heathrow）机场至今还是世界上最大的机场。你可以随处看到亚洲人和欧美人，提示我们目的地的全球化背景。

在英国，我们听到的是英国味的英语，和英语课上的英语并不相同，它吸引着那些印度、巴基斯坦、波兰、保加利亚的移民来此学习工作。我们见到了来自斯里兰卡的出租车司机，他说他的理想是来中国做贸易，有来自波兰和保加利亚的餐厅服务员。

英国早已经超越了经济起飞的阶段，大部分的商店在下午 5 点就关门结业，即使是圣诞购物狂潮到了，也仅仅是把时间延长到 6 点而已。生活悠闲，节奏缓慢，英国的电视也并不如我们这边的娱乐，他们也许更愿意过刻板的生活，或者愿意在酒吧、小酒馆、电影院、剧院里打发时光。

但是，英国又是绅士的制造之地。那些在温莎堡的管理人员，以及白金汉宫外的卫兵，还有下午茶茶餐厅的老板，个个为人谦虚。一位英式下午茶茶餐厅的老板，同时也是伦敦唯一的茶和咖啡博物馆的馆长。他通晓近现代历史上茶改变世界的故事，花费了 10 年以上的时间来收集和茶有关的文物和报道，为的仅仅是个人兴趣。

他温和地为你续上下午茶，并指点我们吃完他的英式糕点，在送我们出门的时候，坚持要替我们拦出租车。

Made in China

英国和中国关系密切。中国今天的制造业就有旧日英国"工业革命"的历史。我在繁华的牛津街品牌商店里看到的很多衣服直接就是 Made in China，更不要说那些小商铺里的纪念品之类。便宜，时髦，我匆忙买了一件 Next 的品牌衣服，回到饭店发现小小的"Made in China"的商标，你会知道自己有多么懊悔。

Grange Hotle 是伦敦一家私有的连锁酒店，十多家酒店中就有两家五星酒店，它的市场部门的头儿请我们吃饭，送我们礼物，也是 Made in China 的工艺品，不知道是故意的，还是 Made in China 已经让他们别无选择。

伦敦，北京的榜样

从罗马时代起，伦敦就已存在，它今天的公路基本上还是原来走马车的大小，但四通八达的地铁让它依旧是世界上最便利的城市之一。

在我们入住的酒店，左边是 Tower Gateway 车站，右边是 Tower Till 车站，相距不过三两分钟的路程，全伦敦近 300 个地铁站保证了城市居民的出行需求。

中英文化

英国是工业革命的发源地，它还是最好的资本主义国家之一。良好的社会福利制度保证了稳定中产阶级的整体水准，优裕而不奢侈，低调而不张扬。在飞机上，他们翻阅《经济学人》杂志，关心世界事物，喜欢《泰晤士报》、《金融时报》和 BBC，但对本地事务似乎更加热情。

在英国的一周，一位保守党党魁的婚姻新闻占据了《独立报》《每日电讯》《泰晤士报》等报纸电视的头版头条。当然，中国电影明星章子怡参演的电影《艺妓回忆录》即将上演的新闻，同样也会成为他们关注的焦点。

世界政治舞台的权杖

中国人总以自己历史悠久而自豪，但看到牛津大学三百年的教堂依然矗立时，看到美国克林顿总统当年上学的宿舍只是一个校外的小房子时，看到温莎堡统治了英国半个世纪的女王至今还受国民拥戴时，看到九百年的英国王宫所在地把清朝官员的官帽和欧洲巨人拿破仑的利刃作为战利品时，你会有另外一种的感受，那就是这里曾经掌握了世界政治舞台的权杖。

无论是女性杂志《费加罗夫人》，还是娱乐圣经《OK》，以及都市消费资讯杂志《Time Out》，在中国它们都早有中文合作版本。这一年 12 月号的设计杂志《ID》《Face》里就有大量的关于中国的报道。

中英媒体合作同样水乳交融，在英国的一周，《经济学人》杂志的"2006 In The World"在各大便利店超市兜售，不出一个月，它的中文版就会由《财经》杂志推出。

寻访查令十字街

伦敦是爱书人的天堂，全世界不知道有多少人会去闹市区寻找查令十字街 84 号的旧书店遗迹，那是拜安东尼·霍普金斯的电影或者

《查令十字街 84 号》一书所赐。

在 SOHO 区我们穿过了一个 SOHO 书店，楼上是艺术书店，有点类似北京的 798 书店，楼下则是 sex shop，龙精虎猛得让大家吓了一跳。走过之后，大家正指点着一个同性恋酒吧，拐了个弯的时刻，就到了著名的查令十字街，附近有好些书店，包括 WHSmith 什么的，因时间关系没有仔细一一看。

找到 84 号的时候，才发现现在是一个酒吧。最后在墙上找到了一个小小的铜牌，铜牌还被装饰灯挡住了几乎一半。

一位同行者热衷带着麦兜游走世界，在查令书街，拍下了一张查令十字街 84 号的伟大照片。

莎士比亚书店

当我悠闲地造访过艾汶河畔的天鹅后，莎士比亚故居还没到开放时间，于是悄悄走进故居对面的"莎士比亚书店"。

与故居的贫穷一致的是，莎士比亚的父亲、母亲、姊妹、女儿、孙女没有一个会念书或写字的，他是他家族里的异数。在他的第一部剧本出版前七年，他已经去世。

"莎士比亚书店"里有他的剧本、经典版全集，以及众多精美礼品和图画书，今天，无论是《哈姆雷特》《麦克白》，还是《仲夏夜之梦》，都有不知道多少种版本。

这让我想起来了一首十四行诗："倘若我平凡的肉体就是思想，那伤害人的距离也不能阻挡，即使再遥远，我也会飞到你身旁，跨越千山万水，来到你待的地方。"好在，莎士比亚留下了巨大的文化遗产，莎士比亚书店成了他肉体的"延伸"。（2005 年 12 月 19 日笔记）

序邱恒明《白领幸福工作日志》：
拥有快乐的职场梦想

1

为什么人人喜欢谈论职场，因为我们大部分人都做不了owner，只能找份工作，找个老板给自己发工资，所以职场是最大的话题。千万别受《富爸爸　穷爸爸》的毒害，大部分人的"投资"只能在职场，那就是给找份好工作，好好在职场上混，职场之奋斗需要机会，更需要智慧。

职场智慧何来？有人源于易中天。易中天《品三国》说的就是三个不同"公司的竞争"，跟对"老板"重要，找对搭档同样重要。

有人源于杜拉拉。我看《杜拉拉升职记》简直成了大城市小白领至爱，修炼到位的话，不但可以收获职场的成功，还能俘获爱情。

有人源自于丹《论语》心得。美国的心灵鸡汤不符合中国人的口味，孔夫子的智慧穿越千年，再加上于丹老师的精心调配，很励志，很实用。

有人源自自我职场的成功或失败。鼻青脸肿，或者志得意满，总能从中获得教训或经验。闻人爱这么说：成功者总喜欢总结自己的成功逻辑，失败者特爱编制逃避的合理借口。

可见，谈论职场之话题，永远风光，永远无敌。

2

因为职业的关系，我知道十二星座，钻研过血型，迷恋过"九型人格"，接触过"DISC性格测试"。读过曾国藩日记，看过韩国人《商道》电视剧，甚至研究过《兵苑》，更无聊的是，我还在家里藏了好几本《阴符经》和"德鲁克"，这些都和职场有关吗？当时我可没仔细想，现在回头来整理，才发现我怎么也成了一个对成功学如此有兴趣的人？

人人爱总结，我也不例外。

曾热播的电视剧《奋斗》中"富爸爸"是徐志森，他教陆涛学开车，教的其实是"MBA管理学"，可惜陆涛只愿做个专业设计师，还喜欢自己的"穷爸爸"，所以没毕业。

《商道》中说：言语是最好的礼物。整本书都在追寻宝物，最后给找到了，就写了这么几个字"财上平如水，人中直似衡"，是不是很像金庸小说里的"仁者无敌"的秘籍。

大前研一云：想看什么就去看，想做什么就去做，想去哪里就去；凡事心有所想，必定身体力行。"书斋先生"德鲁克说：所有的改变都是自我改变。他们和"功夫熊猫"一样，都是励志大师。"你所不知道的事，远比你知道的更有意义。"这却是电影《功夫熊猫》里人人想得到的秘籍。

孔子本人不忌谈商业，有词为证："富而可求，虽执鞭之士，吾亦为之。"当然，对现代人来说，如果你刚找到一工作就想提薪水问题，老头子会告诉你"事君，敬其事而后其食"。

金克拉金句："出类拔萃的人都知道，如果我们不埋葬旧的思想垃圾，我们就不能接受新的积极信息。"专栏作家锐圆读遍《资治通鉴》后提炼出如下结论："如果说《老子》是认识论，《论语》是世界观，那么《资治通鉴》就是中国人的方法论。"

目标要坚定，成功有方法。《论语》有论："暴虎冯河，死而无悔者，吾不与也。必也临事而惧，好谋而成者也。" 郭台铭的成功三部曲是"策略、决心与方法"。

柳传志强调的是：坚定不移的目标＋实现目标的方法。

我想告诉读者的是，如果想"纸上谈兵"谈论励志话题，我是一个很好的谈话对手。现在有《白领升职日记》，亲爱的读者，你会发现邱恒明其实更行。

3

邱恒明做过技术员、销售员、财经记者，最终以财经书评为职业。他讲述职场升迁途中的故事，给职场新人升职建言，和他谈论职场话题肯定比和我谈更合适。邱恒明能写会读，可以说读遍管理书，翻破职场经，而且还巨能总结。随便举些例子，试为推介。

成功＝10000小时重复。马尔科姆·格拉德威尔在《异类》中如此喊话。科学的研究结论也同样表明：灵感和天分固然重要，但练习时间是区分天才和庸才的决定性因素。坚持 10 年做一个事，只要你不傻，成为某种习惯，定有所成。

"自我发展"的德鲁克法则。20 世纪最大的革命，不是科技产品的日新月异，不是医学、环保议题，而是人类的"自我管理"。让我们开眼看看我们身边的人，检验一下能"自我管理"的人是不是具有更大的发展优势？

终身成功靠平台。领军人物的高度往往取决于他所站着的"地板"的高度，"地板"决定视野，视野决定格局。从比尔·盖茨，到毛泽东，到我们每人所在公司的老板，我想这点都会被证明的。

最后想说，职场很重要，快乐更为重要！

岛田洋七的《佐贺的超级阿嬷》是让邱恒明感触至深的书，它传达的金玉良言让人热泪盈眶："到死以前都要有梦想！没实现没关系，毕竟只是梦想嘛。"这该是我们人人都拥有的人生态度：快乐地拥有职场梦想，哪怕没实现也行。

序钟二毛《永远不跟青春说再见》:

一边是传统的中国,一边是现代的中国

两个看来并不清晰的文化事件标志着中国两代人青春的接轨。

1997 年 4 月 10 日,王小波逝世,文化界在厚葬他的同时,也附带厚葬了上一代人的青春。王小波以喋喋不休的回忆来维系他年轻时去云南插队的那段经历,那一只特立独行的猪经常被他怀念,当然还有借着月光在镜子里写呀写、写了涂、涂了写的蓝色诗意。一代知青被埋葬乡野的青春岁月尽管不断地通过"批判"、"寻根"和对"疯狂年代"的反思回到今日的文艺舞台,但在某种程度上,上一代人的青春已经一去不复返了。

同样是 1997 年,李皖在《读书》杂志上写道:"这一年,高晓松 27 岁,但已经开始回忆。"借助 1978 年整个国家的全面转型,随后在急剧变革年代里成长起来的一代新人并没有看见旧世界,但却见证了新世界的崛起。伴随风起云涌的 Internet 革命,新一代人已经开始自己的青春演义。与王小波并不"天然"的青春期相比,李皖和高晓松一代新人的青春生涯具有历史的完备性。

激情启蒙的 20 世纪 80 年代，新人们呼吸着金庸、古龙和三毛的文学空气，不断吸取席慕容、北岛和舒婷的文化营养，他们累累提及王朔、钱锺书，甚至是张爱玲，他们谈论政治，研究哲学，沉迷萨特，译介昆德拉。而到了世俗主义的 20 世纪 90 年代，他们目睹了理想主义的失落和世俗社会的兴起。临近世纪末，伴随信息化革命和全球化的喧闹，他们作为 Dot-commer 或者 Webpeople 还见证了发生在中国的 Internet 革命。站在更具历史意义的"分水岭"上，我们将看到他们的血脉相连。方兴东在 20 世纪 80 年代上大学的时候是一个诗人，这不妨碍他以后进军互联网，成为 IT 业的批评家。而当张朝阳滑着滑板在天安门神采飞扬的时候，这个理科学生也想象不到自己就是历史新时期的主角。李皖们读大学时诚惶诚恐地翻阅《读书》杂志，他同样没预料自己以后将在上面写关于流行音乐的专栏。甚至 20 世纪 80 年代的诗人们也不得不承认日后痞子蔡在互联网上敲下第一行文字的意义，尽管极不情愿，他们发现是痞子蔡而不是自己改写了文学史。

作为文艺青年的钟二毛是我的师兄，今年刚刚 30 岁。在《永远不跟青春说再见》中他已经开始回忆：回忆青春的焦虑，回忆青春的寂寞，回忆青春的癫狂。青春它在哪里？当 20 世纪末我们在北京西三环北路 25 号上大学的时候，我清楚地记得钟二毛和我们的自怨自艾和胡思乱想。那段迷茫的日子里，我们像愤怒青年，对世界不满，找不到道路，因为世界不再是"白衣飘飘的年代"。高晓松说："写歌是一种瘾，就像回忆是一种病，而感伤是终身不愈的一种残疾。"是的，直到今天我们依旧不知道要向何方去，但是至少对钟二毛而言，那段日子将是所有青春回忆的基点。

1799 年，巴尔扎克出生在快乐而殷实的都兰地区，茨威格在为巴尔扎克写传记的时候，强调"这是一个值得反复强调的日期"。这一年，路易·波拿巴从埃及返回故里，其后的 16 年是法兰西皇帝——拿破仑统治帝国的 16 年。一个单枪匹马的人，能够得到整个世界，拿破仑的匆匆上台，灼烧了巴尔扎克的青春岁月，他一辈子都为取得和拿破仑一样的权欲而备受煎熬。

活在今天的中国，和所有人一样感知现实的万千变化，我们都深陷历史的局中。在这个被历史学家唐德刚称为跨越"历史的三峡"的旅程中，我们感受痛苦，也享受欢娱。

1976 年至今，我们所走的 30 年也具有如此与众不同的色彩，如果青春真的能够延续，那么钟二毛的青春底色就是这与众不同的 30 年。历史学家将清晰地看见这 30 年的历史意义：一边是传统的中国，一边是现代的中国，而其参与主体就是它所催生的新兴人群。

幸运之至的是，钟二毛和我都是参与者和见证者，还有这本《永远不跟青春说再见》里的每一个文字。

载沣：识时务的末代摄政王

1911 年的爱新觉罗·载沣，命运变幻，真可以说得上是"冰火两重天"。

头几年，这位年轻的清朝最高领导人、末代皇帝溥仪的生父、摄政王，不但把劲敌袁世凯"辞退"了，甚至也把自己的头像印上了大清银行的票子。不料却在 1911 年的 3 月遇到刺客刺杀。好在安然无恙，直到 5 月，为了颜面，他退出皇族内阁。半年后，武昌的枪声响起，大清将亡，他不得不下罪己诏，违心地任命袁世凯为内阁总理大臣。旧梦繁华，年轻的摄政王只能拱手请袁回来收拾残局。

"新手上路"搞政治

载沣相貌堂堂，当年出入宫廷的美国医生曾这样描述："他缄默少语，相貌清秀，眼睛明亮，嘴唇坚毅，腰板笔挺，虽不及中等身材，但浑身透露着高贵。"载沣曾出使过欧洲，携带"布鲁厄姆"欧式马车回国，并自购地球仪、天文望远镜等科学仪器，在这位亲王的日记中，经常出现哈雷彗星、五星连珠、日食月食的记载，这些大多出自他的观测。这位摄政王首先使用汽车、电话，剪辫子，也是第一个穿西服的王公，一直被视为晚清的新派人物。

他接手这个国家时，大厦将倾，内廷宗室矛盾，朝堂朋党纷争，外部列强凌辱。尤其是已开民智的地方诸侯和地方代表，天天叫嚷"立宪""速开国会"，请愿代表有的断指血书，有的要到北京"自焚"，真是闹得天翻地覆。到 1911 年，已是第三次请愿"开国会"了，有的代表们已经开始直接叫板，发出了这样的口号："如不速开国会，汉唐元明末造之祸，必将复见于今日。"

你说载沣能怎么办？治理国家，他是真正的"新手上路"。从被超拔为摄政王后，他每日临朝听政，频繁召见臣工。一切奏章，他都要亲自批阅，还仿照雍正皇帝，在所有奏折上勤加朱批。可惜他太年轻，才能、资源和圈子都非常有限，管理的是"父子政权"（名义上是替儿子管理国家），可用的只能是"兄弟班底"。他上任来了"三把火"，分别是：一、"辞退"袁世凯，防止坐大。二、集权变本加厉，代皇帝亲任全国陆海军大元帅，派出六弟载洵和七弟载涛，分任海军大臣和管理军咨处大臣。三、对开国会、求宪政的民意，一推再推。

5 月 8 日，清政府颁布《新订内阁官制》，裁撤军机处，改设责任内阁，下置外务、民政、度支、学、陆军、海军、农工商、邮传、法、理藩 10 部。以庆亲王奕劻为总理大臣，徐世昌、那桐为协理大臣，善耆、载泽、载洵、荫昌、溥伦、寿耆、梁敦彦、唐景崇、盛宣怀等为各部大臣。国务大臣共 13 名，其中满族占 7 名，汉族 4 名，蒙古族 1 名，汉军旗 1 名，而满族中皇族又占 5 名。军政大权为皇室贵族掌握，故称

"皇族内阁"。

对"皇族内阁"的出台，立宪派的梁启超都愤懑至极："诚能并力以推翻此恶政府而改造一良政府，则一切可迎刃而解。"它的成立，表明清廷无意立宪，只是借"立宪"之名集权皇族，这一事件直接导致反清革命。

用袁与不用袁的两难

载沣内心最怕的还是袁世凯。光绪皇帝是自己的亲兄弟，1908年光绪突然去世，社会上普遍流传的是袁世凯暗杀阴谋。袁世凯的军队势力充满了整个朝廷，载沣恨死了袁世凯。甚至摄政王家里的小孩，包括溥杰等，"看到袁世凯的相片，都会去剜他的眼睛"。

10月10日武昌起义后，大清顿时失去控制，形势恰如时任皇族内阁协理大臣的满人才子那桐所言："大势今已如此，不用袁指日可亡，如用袁，复亡尚希稍迟，或可不亡。"地方大员、各国、商团等不断发电醇亲王载沣，劝早日宣布共和。12月6日，载沣辞去监国摄政王职位。12月30日载沣下了罪己诏，解散了皇族内阁。次日，任命袁世凯为内阁总理大臣，负责全权组阁。海外华侨、留学生和国内舆论界认为"袁世凯资格，适于总统"，主张争取袁世凯反正，推举其为第一任大总统。

次年的2月12日，也就是宣统三年的十二月二十五，隆裕太后以宣统皇帝的名义正式颁发了退位诏书，清帝逊位。268年历史的清朝，入关后从摄政王多尔衮定都燕京开基，最后也以摄政王载沣的退位而结束，冥冥中似是天数。

"从此回家抱孩子"

卸任的监国摄政王载沣，以醇亲王的名义退归藩邸，结束了他备受煎熬同时也是一事无成的三年当国生涯。溥杰在《父亲醇亲王载沣》中这样描述载沣的性格：我父亲虽然成了国家拥有最高权力的人，可是他是个老实人，也和我祖父一样，都是把权力看得较淡。

载沣喜欢读书，各种书报杂志都看，经常读的是史书，尤其是《资治通鉴》。晚年自号"书癖"，他有方图章，刻的是"书癖"两字；也爱看戏，喜欢看杨小楼、梅兰芳、谭鑫培等人的戏。载沣在读书中自娱自乐，有感而发写过这样一副对联："有书有富贵，无事小神仙。"

载沣一辈子坚持用满文写日记。李文达在帮助溥仪写作《我的前半生》时，曾参考了日记中的不少记述。载沣日记写得简略枯燥，少有趣味。像孙文来访这样重要的事情，在他的笔下也不过三言两语。1912年9月，孙中山曾访载沣，慰勉他和平交权，次日，载沣回访孙中山，孙文题照相赠与他，载沣回答说："我拥护民国，大势所趋，感谢民国政府对我们的照顾。"

胞弟载涛评价载沣："遇争优柔寡断"，"做一个承平时代的王爵尚可，若仰仗他来主持国政，应付事变，则决难胜任"。在晚清的亲王中，他的家世，最为显赫，祖父是皇帝，兄弟是皇帝，儿子还是皇帝。遥想三年前的1908年，他25岁，英姿勃发，抱着3岁的儿子宣统登上皇位，宣统吓哭了，他说的是："不哭，不哭，快完了，快完了！"三年后，宣统逊位，他从宫里回到家中，对家里人说："从此好了，我可以回家抱孩子了。"全然不顾哭哭啼啼的老婆孩子。三年前，他抱的是溥仪，三年后他要抱的是溥杰。溥杰、溥仪，这是他两个最有名的儿子。

载沣赦免了汪精卫那样的欲取他性命的刺客，在改朝换代之际，甘于被人误以为是"窝囊"。从帝国权力的巅峰，到"回家抱孩子"过平常生活，1911年的载沣经过了最有戏剧性的一年，从此洒脱，甘心过百姓的日子。1915年，袁世凯复辟，载沣说了两字评语"胡闹"。83天后，袁世凯一命呜呼，那一天，载沣洒洒祭奠起二哥光绪皇帝，说："天地公道，人心公道，袁贼逆天，已遭报应。"1917年，张勋复辟，载沣还是两字评语："胡闹"。十二天后，帝梦成空。（本文参考喻大华《末代皇帝》、朱宗震《真假共和》《最后的皇族》等资料）

附：载沣（1883—1951）

清末摄政王，光绪帝胞弟，末代皇帝溥仪生父。光绪十六年（1890年）袭王爵，成为第二代醇亲王。因义和团运动中德国公使克林德在北京被杀，他于1901年被委派充任头等专使大臣赴德国道歉谢罪。光绪三十四年（1908年）任军机大臣。同年11月其子溥仪入承大统，载沣任监国摄政王。次年代理陆海军大元帅。因此，在清朝的最后三年中（1909—1911），他是中国实际的统治者。辛亥革命爆发后，载沣选择了皇帝"逊位"，和平地交出政权。

1909年6月，载沣拟免去津浦铁路总办道员李顺德等汉族官员的职务，征求张之洞意见时，张说："不可，舆情不属。"载沣坚持，张又说："舆情不属，必激变。"载沣曰："有兵在。"

载沣的父亲老醇亲王给子孙们留下了一幅极堪品味的家训：财也大，产也大，后来子孙祸也大，若问此理是若何，子孙钱多胆也大，天样大事都不怕，不丧身家不肯罢；财也小，产也小，后来子孙祸也小，若问此理是若何，子孙钱少胆也小，些微产业知自保，俭使俭用也过了。1951年2月3日，载沣病故。遗嘱是：葬于福田公墓。可以说，载沣是他父亲家训最好的执行人。

"共和将军"蔡锷编兵书传世

1913 年 10 月蔡锷被袁世凯调至北京任职。世人皆知的蔡锷与小凤仙的传奇故事就发生在这一段时间。随后袁世凯称帝，蔡锷是第一个举起反袁旗帜的英雄。1915 年 10 月，蔡锷与老师梁启超等一起策划反袁的"护国革命"。12 月他成功逃回云南组织"护国军"讨袁。很快，袁世凯一命呜呼。蔡锷因"再造共和"之功，任四川督军兼省长。

不幸的是，很快因病逝世于日本，年仅 34 岁。

编辑语录体兵书

蔡锷治军严明，以身作则，治理云南时期他让参谋部汇考中外律例，制颁了《简明军律》四十七条，内分"叛乱""擅权""辱职""抗命""暴乱胁迫""侮辱""逃逸""损坏军用物品""掠夺""关于俘虏之罪""违令"十一章。

1911 年初，云南新军第十九镇统制钟麟同委托蔡锷编写一份"精神讲话"教材，以便印行散发给士兵。"军中夜半披衣起，热血填胸睡不安"，初到昆明的蔡锷住到训练处，整天手不释卷，蔡锷想都没想就一口答应。几年前东渡日本学习军事，后背负"士官三杰"之威名回来准备军事救国。年轻时自己更是以《军国民篇》的文章名动天下，提倡尚武精神，强调铸造国魂，让国家强军备武走出历史旧局面，"强军治军"不正是自己多年的夙愿？

从乡谊上说，蔡是湖南人，这一年正是曾国藩诞辰百年之际，湘军统帅曾国藩、胡林翼再造"咸同中兴"的故事从小就听人谈论讲述，再熟悉不过。蔡锷连夜工作，从曾国藩、胡林翼的奏章、函牍和日记中，摘取出大量有价值的内容，上引《孙子兵法》，分类编辑、整理，最终取名为《曾胡治兵语录》，以此作为云南新军"精神讲话"的蓝本。

年初到夏，很快蔡锷完成编辑整理工作。他深情地写下这些篇章："带兵之人，第一要才堪治民；第二要不怕死；第三要不急名利；第四要耐受辛苦。治兵之才，不外公、明、勤：不公不明，则兵不悦服；不勤，则营务巨细皆废弛不治。故第一要务在此。"

论及"选将"，蔡锷崇尚曾、胡"为将之道，以良心血性为前提"的思想，认为这是"扼要探本之论"。谈到治军，蔡锷认为"治军之要，在赏罚严明"，对"风气纪纲大弛"的军队，"与其失之宽，不如失之严"，主张"以菩萨心肠，行霹雳手段"。他提倡官兵"和辑"相处，使士兵把军营视为"第二家庭"。更欣赏曾国藩"带兵如父兄之带子弟"这一句话。

《曾胡治兵语录》恩泽后世

《曾胡治兵语录》共十二章：第一章《将材》，第二章《用人》，

第三章《尚志》，第四章《诚实》，第五章《勇毅》，第六章《严明》，第七章《公明》，第八章《仁爱》，第九章《勤劳》，第十章《和辑》，第十一章《兵机》，第十二章《战守》，总共一万四千字。其中前十章论治军，后两章谈具体作战。

蔡锷去世一年后的1917年，上海振武书局首次公开出版了这本书。蔡锷为《曾胡治兵语录》写序云："论今不如述古；然古代渺矣，述之或不适于今。曾、胡两公，中兴名臣中锋佼者也。其人其事，距今仅半世纪，遗型不远，口碑犹存。"

蔡的老师梁启超作序隆重推荐："世知松坡（蔡锷字松坡）之事功，读此书，可以知其事功所由来矣。"两年后的1919年，云南起义的战友李根源，在广州重印此书。该书后来在民国风行一时，深刻影响了毛泽东、朱德、刘伯承、叶剑英、李宗仁、白崇禧、蒋介石等国共两党的军政高层。

多年以后，一位叫蒋志清的读者，增辑了《治心》一章，并以《增补曾胡治兵语录》（共13章）的名义印发作为黄埔军官学校的教材，这位虔诚的读者此时的身份就是黄埔军校校长蒋介石。同样，蒋也为自己的增补版写下序言："余读曾、胡诸集既毕，正欲先摘其言行，不竟松坡先得吾心，纂集于此……""不惟治兵者之至宝，实为治国者之良规。愿本校同志，人各一篇，则将来治军治国，均有所本矣。"据传，这本书也是蒋介石本人最爱读的三本书之一（其他两本为《俾斯麦传》《曾文正公家书》）。

1943年，八路军军政杂志社也重印出版《增补曾胡治兵语录白话句解》一书，下发作战部队。在抗战最艰难的岁月里，重庆青年书店曾大量刊印此书，发行到了重庆、西安、成都、汉中、衡阳等地，激励全国军民抗战。毛泽东也是此书的读者之一。李锐曾说过这样的话："有名的湖南人蔡锷于1911年编有《曾胡治兵语录》，就是一本毛泽东认真读过的书。"

《曾胡治兵语录》成为中国十大兵书之一。1949年中华人民共和国成立之后，青年书店的此书版本被收藏在中共中央党校图书馆。直到2008年，此书还一直在不断印刷、重版之中。

师友杂忆话完人

蔡锷英年早逝，留下遗嘱云："锷以短命，未能尽力民国，应为薄葬。"以一人之身公开讨伐袁世凯，首倡维护共和，被赞誉为"护国将军""共和将军"，他一直被公认是中国职业军人之典范。

蔡锷15岁成为梁启超的高足，两人深情交往近20年。蔡锷病逝后，梁启超在上海为爱徒举办公祭与私祭，并倡议创办了松坡图书馆。他在祭文中说："自从你跟随我学习以来，转眼就是20年。长沙课室外的提问，东京住所交谈的笑声，至今仍历历在目。尔后书信往来，魂梦相依。但辛亥革命起义时你没有死，护国战争中你也没有死，现在为国家大事而死，真是死得其所。"

"红军之父"朱德曾在云南讲武堂学习过，是蔡锷的直接部属。1911年，朱德已从云南讲武堂毕业，分配到新军37协74标（相当于团）二营左队当司务长。1911年蔡锷发动云南起义时，曾在火线上任命朱德为队官，让他率部成功攻打云贵总督署。朱德这样描绘蔡锷：
"一个典型的知识分子——体弱面白。"朱德评价，蔡锷是他早期人生
的指路明灯。"我一生有两个老师。一个是蔡锷，一个是毛泽东。参加
共产党以前，我的老师是蔡锷，他是我在黑暗时代的指路明灯；参加共
产党以后，我的老师是毛泽东。"

蔡锷文韬与武略可谓并驾齐驱，少年时为岳麓山赋诗："苍苍云树
直参天，万水千山拜眼前。环顾中原谁是主，从容骑马上峰巅。"病逝
后，时任总统黎元洪发出指示："陆军上将黄兴、蔡锷应予举行国葬典
礼。"中华民国在 1917 年 4 月 12 日将他葬于岳麓山万寿寺庙后山，至
今已近百年。（本文参考夏双刃《中华民国史·蔡锷传》《武夫当国》
等资料）

附：蔡锷（1882—1916）

字松坡，湖南宝庆（今邵阳）人。1898 年考入长沙时务学堂，师
从梁启超。后赴日本士官学校学习。1911 年武昌起义爆发后在昆明发
动起义建立军政府，任云南都督。1913 年 10 月被袁世凯调至北京。
1915 年组织护国军讨袁。1916 年 11 月因病逝世。

趣读谭伯牛《湘军崛起》

曾国藩"扁平化"创业

募兵初期曾国藩异常低姿态，正所谓放下身段，接见百姓、倾心面谈，超级"扁平化"。

正如开办企业初期一样，目标清晰，手段明确，不讲层级，快捷而实效，这也是湘军的优良传统之一——"乡气"。其实"乡气"就是撸起袖子来，军民共同创造美好时光的氛围。

"臭棋篓子"的围棋经

曾国藩是"臭棋篓子"，喜欢下围棋，但是屡战屡败，屡败屡战。

但是他的围棋经能帮助他在政治上获益。组建新军初期，他在长沙"治安严打"，获得了"曾剃头"的外号，但最后实在也搞不下去了，上级官员不支持他，办事的官吏不支持他，民众不支持他，军队也挑衅他，他实在耗不下去了，最后不得不灰心离开长沙，因为他明白"棋盘很大"，东方不亮西方会亮的，曾经寸土必争的地方最后会成为无关紧要的地方。

管理大师罗泽南

湘军还有一传统，是为"下马读书，上马杀贼"，说的其实是罗泽南。罗泽南是个典型老学究，总以《大学》里的名言治军，比如"知止而后能定"。他理解"止"为目标，做人做事，设立目标超难：太高了会害死自己，世间多是死在理想主义的人；目标太低了，潜能未能发挥，又放纵了自己。

所以"知止"太重要了，我们就是要清楚自己的目标，之后定、静、安、虑、得的事，都是具体操作层面的事了。

要是放在今天，罗一定是超级畅销"管理学大师"。

对联青年左宗棠

左宗棠年轻的时候"潜伏"在乡下读书，到快40岁还没什么成果，在家写了副对联自勉："身无半亩，心忧天下；读破万卷，神交古人。"

后来还是靠一副好对联，拍对了别人的马屁才出山干大事，他写的对联云："春殿语从容，廿载家山印心石在；大江流日夜，八州子弟翘首公归。"

再后来，留下了一说"湘军"的佳句也是左宗棠，句云："国家不可一日无湖南，湖南不可一日无左宗棠。"

曾、左的师友关系

曾、左是最重要的"湘军"统帅。有一段时间两人掰了，闹到要绝交。

最后还是曾国藩退让，让左为他写个对联自勉，算是低头，联云："敬胜怠，义胜欲；知其雄，守其雌。"

而后自己向皇帝推荐了左，将之调到"湘军"的管理层，参与实战，最终建功立业。

胡林翼的"四项基本原则"

"高干子弟"胡林翼最常用有四句话，叫"以至诚感之，以大义责之，以危言动之，以奖赏诱之"。

这是他在 19 岁时总结出来的，后来成为他做事做人的"四项基本原则"，其实就是以情动人，再以理服人，同时威逼加上利诱。

督抚同城的管理成本

晚清官制，总督巡抚同城，总督为从一品，巡抚为正二品，但相互并不隶属。

一来不明确地方的绝对领导权，但都可以和皇帝沟通。二来可以利用两官相斗，避免地方势力坐大。

总结起来，这一制度的管理成本创新，虽说耗时但却有效，不能不说具有独特的中国政治智慧。

第二章
少年锦时

不可复制，因而"希贵"

教育图书通常有三类较为流行：第一类为"大声疾呼"类的批评图书，直陈中国现存教育的各种弊端。第二类是推介"西方"优秀教育理念和操作实践的图书。前者几乎人人知之，后者基本缺乏可操作性。而第三类图书，往往阙如，就是中国本土教育人士，尤其是"实践派"探索实验教育类图书。

李希贵的《面向个体的教育》是近来此类教育书的稀见品种。

李希贵是北京十一学校的校长，日前北京十一学校正在进行"大改革"，而且李校长的新政，也正在成为教育界谈论的焦点话题，《中国教育报》头版连续多日就这个话题发起大篇幅报道。

大部分的学校只有9门课，据说十一学校有265门课，并被分成上千课堂——讲课的老师自己负责编写教材。这个学校没有班主任，也没有班干部，《面向个体的教育》就是他作为校长的"治校心得"。他被要求在学校狂欢节扮演"邓布利多校长"，也被学生亲切地称为"贵爷"……对习惯从一般公立学校了解中学生群体的人来说，十一学校，校园活动活跃，升学率又高得出奇，校园管理遍地"看得见的民主""看得见的平等"，是一种异数。

"校园不比森林，我们没有权力通过竞争去实现优胜劣汰，而是要发现每棵树独特的生存需求和生存价值。"在功利的中国教育界，腾挪折冲，注重孩子个体成长的李希贵，其言，其行，确如难得的一股清流。

我很喜欢他书中的观点，"领导就应该成为首席服务官"。校长同样如是！

当然，批评也一直尾随李希贵。很多人并不认可十一学校，是因为作为名校所拥有的巨大资源，是其他学校所无法复制的。也正是因为其无法复制，至少作为标本意义上的教育图书，《面向个体的教育》如一面镜子，诚如李校长之名，才越显示其希、其贵。

被浪漫化的昆德拉

同为捷克作家，克里玛、哈维尔与昆德拉的命运并不相同。难道仅仅是因为，面对暴力政治，克里玛和哈维尔选择了留在布拉格，而昆德拉选择了流亡？

从 1987 年的第一个中译本算起，昆德拉在中国已经"旅行"了 16 年（编者注：按文章创作时间，下同）。一个东欧小国的流亡作家创造了 20 世纪末中国文学译介和阅读的全新神话。在对昆德拉的阅读中，我们依稀可以发现被浪漫化的流亡毒素。

众所周知，昆德拉对译文的苛责由来已久，他常常发现自己的翻译作品处于被屠宰的境地。此刻，一套全新中译本（包括《雅克和他的主人》《身份》《被背叛的遗嘱》《慢》，昆德拉，上海译文出版社 2003 年 2 月版）正热销于全国大小书店，昆德拉能否不再被误读？"书籍自有自己的命运"，昆德拉常常这样自嘲。但是他知道，误读自不可免。

无论在捷克人眼中他成了"叛徒"；还是在西方人眼中他就是所谓的"斗士"；又或者是第三世界国家无辜的人们愿意把他当成反思民族遭际的有效话语资源，他都能感觉到其中弥漫的虚伪气息。

"爱尔兰，它让我恶心。"詹姆斯·乔伊斯喜欢这样评价他的祖国。他一生都在寻找适宜写出伟大小说的地方，流亡成了他生活中重要组成的部分。同样，卢梭、伏尔泰的被驱逐，乔伊斯、迷惘一代作家们对巴黎的眷恋，由极权体制逃逸而出的苏联作家们，以及从捷克出逃的昆德拉，文学史在一定程度上就是流亡文学的历史。

但同时，我们又不免被简单和粗暴的划分所桎梏，那些从纳粹德国、从苏维埃政权或南美洲军人暴政中出逃的诗人与学者，难道就跟标签一样预定要成为民主与自由的代名词。是的，为了维护自由，他们被迫背井离乡，人们应该把敬意致送给他们，那我们又如何解释依旧停留在捷克继续写作的克里玛和哈维尔？

如果说到抗拒，那么经历过 1968 年"布拉格之春"和 1989 年"天鹅绒革命"的克里玛和哈维尔更有资格被景仰：面对暴政，他们选择了在布拉格度过"冰下的日子"。在布拉格，卡夫卡的"内心生活"和"个人危机"，昆德拉的"选择"痛苦和理性"悖谬"，哈维尔的"责任"和"公民义务"，无不构成 20 世纪的生存属性，谁也不能替代谁。要知道，昆德拉在西方流亡的时候，克里玛在失业，哈维尔在坐牢，他们同样是在流亡，一种精神的流亡。

昆德拉也一直在抗拒这种浪漫化的评估。无数人把他当成是捷克作家，要知道，在他的小说、随笔和戏剧作品中，他从来没有提及"捷克斯洛伐克"一词。

他认为这个从 1918 年才出现的复合词太年轻了，尽管所有的故事都有在那里出现的可能，但他还是愿意用另一个词"波希米亚"来替代。

当然，把他持续地和苏联作家索尔仁尼琴、布罗茨基相提并论也并不合适。到后来，他不得不加入法国国籍，并尝试使用法语来写作。捷克对于他来说，到最后只是一种模糊的身份意识。甚至对于小说，他在《小说的艺术》中无休止地吹嘘的是卡夫卡，是塞万提斯，是卡尔维诺，是普鲁斯特，从来没有西方人意义上的那种流亡作家的名字。就像他所宣称的一样："小说家并不奢谈他的思想"，他只是在探寻，一边努力揭开存在的不为人知的一面，一边并不为自己的声音所迷惑。

而对于西方或者是中国的普通读者而言，喜欢他是因为他的睿智，他持续不断地制造新名词，以保持公众的关注度，但却能适可而止。《生命中不能承受之轻》《媚俗》《生活在别处》《存在的被遗忘》《被背叛的遗嘱》《荣归》……加上他的小说喜欢在叙述之中加入无数的议论所构成的复调结构，我们发现他就是跟别的作家不一样，这一回跟流亡丝毫不搭界。

爱德华·萨伊德对流亡深有同感。这位哥伦比亚大学教授、后殖民理论的开创者，对15岁离开埃及开罗的情景，记忆深刻。普林斯顿、哈佛这样的名校背景，令这个外乡人在西方主流知识界获得了席位，但是一种强烈的疏离感仍旧主宰他。他对此的经典陈述是："流亡是现代知识分子的典型状态——准确地说，是唯一一种值得我们尊敬的状态。"

在新推出的全新译本中，在封三中有一张昆德拉的黑白照片：冷俊、有雕塑感，眼神淹没在额骨投下的阴影之中。要知道，这时候他一点都不浪漫，也丝毫没有流亡作家的落魄模样，他简直就是西方学院派的一个知识分子，忧郁和深沉的模样能让你忘记阅读。

认识公元 2000 年的中国

　　即使是在 2001 年中国加入了世界贸易组织之后，我还是像很多青年一样，意识到认识此刻中国的艰难性。今天的中国是国外传媒所"唱衰"的中国，还是有人所称的即将崛起的"帝国"？对新晋富翁的大幅度宣扬，都市漫溢出的流行文化，"非典"时刻的危机和改变，以及近来媒体的热点"私产入宪"和"孙志钢事件"……我们被接踵而至的无数历史细节所迷惑，似乎找不到历史的真相。

　　我成长于自 1978 年以来的改革开放年代，并伴随 20 世纪 90 年代以来的市场化浪潮走向心智成熟。1997 年之后，我们不再谈论"亚洲价值观"与"东亚奇迹"，"中国问题"似乎激发了人们更多的关注。国际传媒和国内的新闻同行正以高涨的热情谈论今天的中国以及"中国问题"，但是他们的结论并不相同。

　　政治的平稳过渡，经济的稳健发展，中国似乎踏上一条新的发展通道。诚如乐观主义者胡鞍钢所憧憬的，2020 年时，中国 GDP 将与美国达到类似的水平，世界好像真的要成为所谓的"中国人的世纪"。诸如此例的言论还包括"中国经济一枝独秀"，"世界资本主义的天堂"，

"21世纪全球发展的火车头"等。

当然也有人固执地认为中国存在严重失业危机与贫富悬殊，加上官员的贪渎腐败，银行坏账呆账，依靠外国投资和几个大城市的"虚假繁荣"，依然掩盖不住整个中国即将崩溃的事实。普林斯顿大学的程晓农不仅论证了中国经济7%至8%的"高增长"与国际社会3%的增长率相当，而且指出中国几大"现代化橱窗"城市的少数中国人与民众从自身经验感知的中国现代化并不相同。坚持"中国崩溃论"的美籍华人章家敦的《中国即将崩溃》更是其中比较引人注意的一本书。

同样，还是预言中国即将实现政治统一和经济统一的日本管理学者大前研一的观点值得认真倾听。大前研一曾预测中国即将在2010年实现经济的统一。而对于奔向全球化和市场化普适世界的中国来说，他的著作《中华联邦》也是一种卓越的回应。

是的，如何解释此刻的中国？谁是此刻的中国人？身居海外的田晓菲以文学化的语言表述了她的疑问："在华北地区农村耕地播种的农夫，不会同情一个在上海跨国公司工作，也许持有绿卡，每隔数周飞往香港、台湾、洛杉矶出差的雅皮士：他们讲完全不同的语言，不仅在比喻意义上，而且在实际意义上。"

她的质疑是难道身为"中国人"，就意味着住在乡村里面，赶着一辆满载没有被跨国公司资本和现代/西方化学肥料所污染的天然粪便的马车？或者是仅仅相反吗？只要对国情研究有所涉猎，同样你在胡鞍钢的国情问题研究中，在孙立平的社会学论著中，我们都将发现这样的疑问。

此刻的中国是"一个中国、四个世界"的中国。这里的"四个世界"，指的是根据世界银行的划分分成的四个发展水平不同的收入组，按照人均 GDP（购买力平价 PPP）衡量，"第一世界"是指已经进入世界高收入组的地区，包括上海、北京、深圳三个城市，大约占全国总人口数量的 2.2%；"第二世界"是指相当于世界中上等收入组的地区，如天津、广东、浙江、江苏等沿海地区，大约占全国总人口数量的 22%；"第三世界"是指相当于世界中下等收入水平的地区，大约占全国总人口数量的 26%；"第四世界"是指相当于世界低收入水平的地区，主要分布在中西部的贫困地区，约占全国总人口数量的一半。

此刻的中国还是"一个中国、四种社会"的中国。"四种社会"，一是农业社会。至今，中国农业劳动力占全国总就业人数的比重仍占 50%，相当于 1870 年美国、法国、德国的农业人口比重水平。二是工业社会（包括建筑业），其劳动人数占全国总就业人数的 23%。三是服务业社会，其就业比重为 22%。四是知识社会，包括教育、卫生、文化、科技、金融保险及其政府部门等，其就业人数占全国总就业人数的 5%。

如果沿用费正清关于传统中国与现代中国的论述，那么我们可以说：今天一部分中国人活在 20 世纪 70 年代的德国，一部分中国人活在 19 世纪 90 年代的转型美国，还有一部分人活在 21 世纪的今天。而作为后者，他们跟香港的同胞吃同样的早餐，跟日本的青年一样娴熟网络，跟美国加州的都会精英一样以"波波族"自居。

我们看到的此刻中国的现实图景就是：传统的中国人和现代的中

国人活在一起；第一世界、第二世界和第三世界的中国人活在一起；那些为私产企图修宪保护个人财产的中国人和因为"二元体制"樊篱到城市出卖体力的被打死的民工活在一起……这就是此刻真正的中国？！

"这是最好的时代，也是最坏的时代；这是智慧的时代，也是愚蠢的时代；这是信任的时代，也是怀疑的时代；这是光明的季节，也是黑暗的季节……"作家总喜欢将每一个历史时期想象为"历史的关口"，并为他们在十字路口的喟叹和见解欣喜若狂。没错，我们赶上了全球化的"末班车"。1978年以来，我们似乎重新在调整方向，校准150年来失落的心情，重新"走向世界"。我们可以看到很多迹象：文学家把诺贝尔文学奖视为"国际承认"。国际导演瞩目国际电影节，以"墙外开花墙内香"的策略来开启中国的电影路向。甚至是体育，这个政治意味更为浓烈的领域，在中国男子足球队参与亚洲杯和世界杯的时刻，国人所表现的狂热更有说明意义。

某种程度上，我们看见了一个国家的起飞，同样暗合了一种"救国"话语的转变。20世纪80年代的哲学话语，90年代的经济话语以及新世纪开始以来的法律话语的兴衰，它是否指引我们正朝向哈耶克所指称包含"市场经济和法治社会结合"的"自由社会"持续进发？

《纽约时报》外事专栏作家托马斯·弗里德曼预测中国的未来走向时说："在'冷战'的年代，威胁我们的是中国的力量，那么明天呢，威胁我们的将是中国的贫弱。"这是一种典型的"唱衰中国"的论调。在国外观察者眼中，今天中国最重要的真相可能并不为人所知。

当然，弗里德曼也提及中国面临的几大挑战：第一，挑战WTO后的中国政府的将不再是 10 年前的自由知识分子及其群体，而是因 WTO 利益受损的工人和农民联盟。第二，互联网即将在中国促进民主，不能说完全有效，但也不是毫无作用。第三，中国青年流行的政治立场将摇摆在民族主义和自由主义之间。许多人一厢情愿地认为中国的下一代会更加相信自由主义，而实际上，一个更加民主的中国所反射出来的舆论将是一个更加民族主义的国家。

他的这些见解倒不无道理，但我们要知道这仅仅是一种预测。预测历史是一种危险的职业，除非他聪明地将自己的预测时间定格在百年之后。在另一意义上，作为否定历史决定论者和谨慎的乐观主义者，我们对历史应该抱持一种现实主义的精神。或者，透过漫长的历史，把此刻的中国放到 150 年的历史视角中，并保持用许倬云先生的"历史分光镜"的话，那么我们可能会宽慰得多：150 年来的中国从来就是传统和现代纠葛的中国。任何时候，都从没有实现过转型的"泾渭分明"。

最为重要的是，就像经济学上有"看不见的手"在起作用一样，历史领域同样有其发展的"理性秩序"，作为观察者，轻易地言说"中国的崩溃"和"中国的威胁"都是极其不负责任的。

商业巨头：重塑现代社会

当美国 CNBC 电视台的商业纪录片《巨富们》（[美]霍华德·敏斯，海南出版社 2003 年 4 月版）将圣徒格德里克作为讲述千年商业史 12 个主角人物的第一个的时候，多少让人感觉莫名诧异。但是，从缓慢的农耕社会和阴霾的宗教社会过渡而来的西方世界中，圣徒格德里克确实是一个值得纪念的过渡者。

格德里克出生在 1065 年英格兰的一个小农场，在一个价值观与金钱冲突的世界里，他却是一个现代的创造财富的楷模。他的名言是："耐心点，上帝，我会把一切都还给你的。"最后借助海上贸易，他赚来了巨额的金钱，却在 40 岁的时候带着深深的罪恶感修建了一座小教堂，在里面度过了余下的 75 年。作为一个标志性的过渡人物，他的经验就是：现代社会不再是一条单行道，在事业成功的同时做善举是可行的，人们可以追求财富，同时获得"灵魂的拯救"。

这种经验同样被约翰·D.洛克菲勒所继承，在解释赚钱与"灵魂的拯救"天然对立的时候，他说："我认为，任何权利都又意味着责任；任何机会，都意味着义务；任何财产，都意味着纳税。"1913 年，美国联邦政府的预算是 7.15 亿美元，而此时老洛克菲勒的财产是 9 亿美元。如果他愿意的话，他还能吃掉美国联邦政府债务中 12 亿美元的四分之三。这个贪得无厌的垄断者总是挂着一副吝啬的脸孔，最后却通过以自己的名字命名的基金会向慈善机构捐赠了 5 亿 3000 万美元。

同样，钢铁大王安德鲁·卡耐基在 1889 年发表了《财富的信仰》，他的主张是："一个有钱人前半生该用来赚钱，而后半生则应该用最利于国家的方式把财富散发出去。"

在圣教徒格德里克之前，赚钱与信仰上帝并不可能同时实现，而在圣教徒格德里克之后，财富巨头们找到了生存的"诀窍"。从美第奇家族掌管银行业到荷兰的郁金香热，从瓦特发明蒸汽机到亨利·福特制造汽车，从罗伯特·伍德鲁夫经营可口可乐到比尔·盖茨创造非物质化的未来，现代商业在摆脱宗教束缚的过程中重新塑造了现代社会——其立足点就是富人捐款在西方差不多成为公众与社会的共识。

借助贸易、银行、工业的发展，那些梦想家和实干家，财富的拥有者把财富变成了巨大的社会均衡器，我们已经看见了一个社会的权力和金钱正从教堂和皇室转移到世俗的商业帝国。同时，现代商业史还是一场加速度的"非理性繁荣"的历史。老洛克菲勒 70 岁出头的时候，财富还不到 10 亿美元。而亨利·福特在 60 多岁的时候，就成了世界上第一个 10 亿美元富翁。比尔·盖茨在 43 岁的时候呢，已经成为了一个拥有 80 个 10 亿美元的富翁。

如果我们愿意把时间倒回 1633 年，空间转移到黄金时代的荷兰，在那里一株著名的郁金香球茎，价格可以高达一万荷兰盾的天价。这笔钱足够让一个荷兰家庭半生不愁吃穿，也足够买下阿姆斯特丹最为上流人士喜好的运河区豪宅，包含一间马车房与一座80英尺宽的花园。你觉得"郁金香热"不过是个可笑的故事吗？这种为财富疯狂的行径同样在历史上随处可见：1929年美国的大萧条、20世纪80年代的"黑色星期五"以及葛林斯潘用"非理性繁荣"形容的20世纪90年代的泡沫股市……

政治自由权和经济的自决权是创造财富的先决条件。而纵观中国的历史，仅仅从1978年以来，这种追求财富的可能性才呈现了最大的可能。没错，在1492年全球历史尚未展开为全球史之前，中国的商人曾经是西欧人的榜样，甚至中国成了梦幻东方，吸引了欧洲人寻找"新大陆"，但是没有足够的自由权来保障商业利益的社会，我们在历史上上演的依旧是商人对官员亦步亦趋的委屈历史。

到了20世纪，西方世界的经济重心已经从英国的伦敦转移到了美国的纽约，伴随美国作为一个世界性大国的崛起，以公司企业、研究型大学和科研机构、政府机构和各种基金会共同组成的崭新的科研体系成了标准的"美国模式"。这种模式以中产阶级的市场消费为导向，以知识为驱动力，崇尚多元主义。

仅仅有一千年左右历史的现代商业不过才登上历史的舞台，在此之前，西方人不得不沉湎于宗教世界，并将经商赚钱与"灵魂的拯救"天然对立。而在遥远的中国，虽然远比欧洲富庶，但我们又怎能渴望桎梏于农耕社会的农夫们和"重农抑商"的皇帝们发现现代社会的真正发展源泉？所以我们在关注中国财富进程的同时来阅读西方商业史就会有异样的感受。

中国的新一代富豪，既是新时代的产物，又带着旧机制的烙痕，在"摸着石头过河"的经济转型的灰色地带，从"价格双轨制"到"国有土地准入市场"的每一次经济政策出台，都伴随着一大批富豪的产生。

故而中国富豪的身份归属，则更接近俄罗斯的富人，而不是西方价值意义上的富人。中国社会已经转型为一个彻头彻尾的商业社会，而主流人群却依旧在转变之中。

最大问题就是，中国的商人们普遍缺乏宗教的归属感，而与政治过于接近。在物质基础之上，他们是现代社会的中坚，肩负改造和重新塑造现代社会的伟大责任；而在精神归属层面，他们是如此的匮乏责任，以致经常成为政治的低级游伴和大众笑料。

俄罗斯前总统叶利钦在演讲中公开承认"贿赂的、精英分子受益并实施的私有化，对自然资源的掠夺，使俄罗斯有分裂和瓦解的危险"，这种转型社会所遭遇的残酷现实，对中国的商人有着直接的警示作用。

情感也是创造财富的重要生产力

今天的中国正如马克·吐温所称的"镀金时代"——"通往富裕之路有万千条，而且条条畅通无阻；机会比比皆是，成功唾手可得。"同样，快捷的社会变化让我们眼花缭乱：有多少中国富豪一夜暴富，也有多少暴发户走马灯似的落马。从早年的牟其中、杨斌、仰融，到周正毅，都是这样的例子。信任危机成了这个时代最大的产物。目前大案要案的连连不断，当然有转型社会发展的必然性，但其实本质上是不是标志中国富人"财富情感"的一种缺失？

从 20 世纪 90 年代的市场化进程以来，从"中国人可以说不"到"中国人可以说富"没过几年，我们可以看到企业家正在逐步成为这个社会的核心。当一位二十年风雨不倒的演艺界女星刘晓庆涉嫌偷税被捕的消息传开，这个国家的反响同样巨大而喧哗。伴随二十年开放成长起来的中国富人，性格的天然缺陷同时又在消解他们的卓越贡献。

二十年前，这些富人就在我们周围，就同我们一样是个普通人，他们是我们的老乡、邻居和同学。他们中的大部分人都没有机会读大学，不少人生活在闭塞的乡村。可是，和我们同处一个天空下的他们，如今已经拥有了自己的财富帝国。自然，其中的"情感资本"是不能被漠视的。所以在《财富情感》一书中，当曹德旺还是一文不名的时候，他从朋友王以晃的友情中寻找到了最终价值观。同样，楼忠福寻找远远超越自身阶层的爱人的时候，他的越级追求同样成为最后企业建设的"成功案例"。爱情、亲情和友情，作为"情感资本"对中国富人的成功有着令人琢磨不透的重要性。这种可以称为"信任"的情感也是一种生产力，构成了企业家们的宝贵无形资产。

马克斯·韦伯在《清教伦理与资本主义精神》中探讨了清教伦理与经济发展和创造财富的重要关系。在《信任》一书中，弗朗西斯·福山接过马克斯·韦伯的权杖，研究了华人的社会美德和经济繁荣的悖论。他认为华人社会很难创造出财富，首先是因为中国缺乏宗教传统，更重要的是华人社会缺乏"信任"。极端的家庭主义、男性财产的平均分配制度、对非亲非故者的不信任塑造了华人的经济发展模式，封闭了其发展强大的韧性。他在理论本质上击中了中国企业家发展的软肋。

我们曾经有过徽商的辉煌与山西银号的骄傲，但那都没能发展成为今天市场机制的任何文化承传。尽管中国已经成功加入了世界贸易组织，尽管 2002 年被人命名为"中国企业元年"，但缺乏节俭、勤奋、克己、禁欲的清教伦理传统的中国，距离亨利·卢斯所认为的"商业成为社会核心"的社会似乎还遥远得很。

中国企业家只知道一发不可收拾地学习杰克·韦尔奇，但是细读中国富人史，你就不难发现中国富人的眼光狭隘、农民作风、任人唯亲、不求上进、缺乏诚信。缺乏有效监督的中国企业和中国企业家的成功和失败与其性格上的优点和缺陷息息相关。柳传志的强硬、王志东的书卷气、张朝阳的孩子气、陈逸飞的"艺术商人"、刘晓庆的霸道，始终是中国媒体和中国老百姓对他们进行区分的最简单而有效的词汇。

当胡润出台《福布斯》中国大陆富豪排名榜的时候，这个国家的震动可想而知。我们不得不承认，张朝阳、王志东这些 IT 精英在 20 世纪 90 年代末期所拥有的影响力远远超越了 80 年代的朦胧诗人。今天，由胡润领衔主编的"胡润财富书系"，是想通过那些先行者和成功者的故事和心得来解读中国富人的财富品质，我们以为这样的举止在今天的中国是富有意义的。

我们必须冀望未来的中国企业家将不仅仅是赚钱的工具，他们还必须是梦想家和发明家。在压抑的商业气氛和浓重的趋利色彩中，他们还需要磨砺自己对未来的敏锐感，同时还必须快速提高自己的职业水准。在崇尚财富的时代，对财富拥有者们的眼神里，更多的应该是艳羡和尊敬，而不是今天汹涌的"不信任感"。

只有这样，中国才可能有更多值得世人信任的富翁，他们不仅创造社会财富、创造就业机会，还能像老约翰·洛克菲勒一样成为令人瞩目的慈善家，借以回报社会。也只有这样，中国的企业家才有可能具有"蓝血贵族"般的优雅，把财富传递给后代，同时把中国的商业传统承继下去，把开放、节俭、勤勉和魅力传达给世人。

——《财富情感》《财富时刻》《财富品质》《财富基因》，"胡润财富书系"四种（胡润、陈彤主编，海南出版社 2003 年 3 月版）

戈恩：重新抓住世界的想象力

卡洛斯·戈恩（Carlos Ghosn）将有理由赢得比其他企业家偶像更高的赞誉。"尽管他登陆时并没有带来武装直升机和其他最新的西方奇妙装置，但卡洛斯·戈恩的到来与 1854 年美国海军准将马太·佩里一样预示着变化的开始。"一位西方记者这样描绘卡洛斯·戈恩对日本的重大意义。佩里用四艘炮舰迫使日本幕府时代的将军打开了日本的大门，而戈恩则在短短几年里将濒临破产的日本第二大汽车制造商日产汽车重现活力。

某种意义上说，与成功改造过日本的前辈麦克阿瑟一样，他已经成为新一轮的"菊与刀的改造者"。戈恩如今是日本家喻户晓的明星，无论在机场候机室，还是观看相扑比赛，他的出现常常引起不明的骚动。甚至在某次民意调查中，日本妇女还将他列为"最想使其成为她们孩子父亲的四个人之一"。

戈恩的拯救与成功证明了管理学的基本要义——只有常识才能使得企业走向胜利。他宣称从来不阅读任何管理类的书籍，那些沉闷的故事远没有从生活中学到的东西更有效。他还坚信"制订计划只是完成了我们任务的 5%，剩余的 95% 在于计划的执行"。面对全球媒体的询问，他朴实地给你"在适当的市场制造适当的产品，是巩固利润增长的基本条件"诸如此类的单纯答案。甚至对于管理的秘诀，他回答没有任何秘诀可言，并愿意与大众一起分享，那就是"好的管理不是技术，也不是处方、药方，也不是列出一件件事情，你把它做了，事情就会好起来。我更愿意把管理比作一种技艺，一种手艺"……这些难道有什么新奇吗？不过都是西方管理教科书的简单模仿而已！

戈恩的拯救与成功还证明"多元文化差异"可以加速全球化的企业的发展，而不是什么不可逾越的文化疆界。现年 52 岁的戈恩，生于巴西，是黎巴嫩的第三代移民，后加入法国国籍。1996 年加入雷诺公司，通过关闭多家工厂节省了 15 亿美元，获得"成本杀手"的威名。此前，戈恩曾在美国米其林公司工作了 18 年，建立声名的第一个拯救行动是拯救米其林在巴西的业务。1999 年到日本日产公司。

与其说戈恩是一个法国人，不如说他更像一个"世界公民"，全球四大洲的从业经历使他对里约热内卢的熟悉和巴黎一样；他喜欢东京，也同样喜欢南卡罗来纳州，他真正懂得如何跨越文化的疆界，并将文化的优势进行强有力的胶合。要知道，天哪，他来日本工作的时候一句日本话都不会说。作为一家被法国雷诺公司收购的企业，日产公司开会的时候要使用英语、法语和日语三种语言，最可笑的是，经常开了一天的会议，公司高层的同事还不知道对方在说什么呢。

戈恩的拯救与成功最后证明了人们对"魅力型领袖"的极度渴望。在日本经济持续低迷的状况下，戈恩做了正确的事，他恰逢其时，成为最有影响力的人物。戈恩说话有力简短，喜欢在有限的时间内发出正确的信息，让对方理解自己的理念。他强调："今天的领导者有三个标准：绩效、价值与透明度。"正如世人所言，影响力有多种来源。参孙的影响力来源于头发，大力水手的影响力来源于络腮胡子。

戈恩的本意是将日产转型为一家员工以日本人为主、符合国际化定义的多元公司，他最初只是想让公司起死回生，却无意创造出更大的成果。他的影响力就在于他以迅速的决策打败了习惯缓慢的日本文化，重新抓住了世界的想象力。

这位被誉为国际汽车业的当代"艾科卡"、全球十大管理奇才中的"鹰眼总裁"的法国人，在 2004 年吸引了中国出版界的眼球，《起死回生——卡洛斯·戈恩如何拯救 NISSAN》（由中信出版社和辽宁教育出版社联袂推出）一书作者戴维·马吉以极富故事性的叙述，带领我们领略日产汽车如何在戈恩手中起死回生。

与李·艾科卡的名言相似："即使遭逢逆境，仍要奋勇向前；即使世界分崩离析，也绝不气馁。天下没有白吃的午餐，勤劳工作必有回报，是这些信仰造就了伟大。"戈恩同样信心百倍地等待最后的胜利和历史的考验："2005 年，我将会身兼雷诺和日产两个公司的社长。"

戈恩的崛起让我们重思这样一个古老的命题：一个已经异样的世界到底需要什么样的英雄和偶像？作为商业时代最出色的企业家英雄之一，戈恩在 21 世纪的表演刷新了过去的历史。

类似 20 世纪 70 年代拯救美国克莱斯勒汽车的李·艾科卡和 90 年代重造 GE 的杰克·韦尔奇，重新抓住世界想象力的卡洛斯·戈恩既理性，又有想象力；既冷酷，又热情；既理智，又有情感；既要现在，也觊觎未来，他会像前辈一样收获辉煌吗？

两本大书厚葬经典

提及"经典"的时候，你想到的是莎士比亚，还是柏拉图？想到的是《战争与和平》，还是《万历十五年》？反正就我而言，作为一个知识的业余爱好者，拿起萨特的《存在与虚无》没问题，但是进入萨特所制造的"知识场域"，我是没有自信的。当今这样一个制造经典和制造垃圾同样迅速的时代，对经典的定义也发生着无与伦比的巨变。

能够将正在进行的阅读联系到经典的定义，是因为最近连续读了两本书：《想象中国的方法》（王德威，三联书店1998年版）和《哈耶克传》（阿兰·艾伯斯坦，中国社会科学出版社2003年4月版）。某种理论上，它们是我知识范围中的经典。

文学研究者对王德威当不陌生，就我而言，最多在《读书》杂志上瞄过几眼他的名字，关于理论或见解，从来未窥其详。你要把《想象中国的方法》好好读下去，将会大呼不简单，这一批海外的文学研究者，包括王德威、李欧梵、刘绍铭等，其视野与研究方法与大家熟悉的钱理群和陈平原是不一样的。

单说"现代性"（Modernity），我们一直众口一词说中国现代文学缘起1919年五四运动，并将鲁迅、钱玄同等人力主的现实主义主流当作了百年文学的全部。王德威教授则开口说："没有晚清，何来五四？"他竟然从晚清小说《官场现形记》和《老残游记》中找到了中国现代小说"众声喧哗"的源头。至于社会转型对作家的影响，他抛出一篇《原乡神话的追逐者》，从沈从文写到莫言，从宋泽莱写到李永平，开前所未见之视野。对20世纪末中文小说的乱力怪神，王教授预测了四种小说方向："怪世奇谈""历史的抒情诗""消遣中国""新狎邪体小说"，现在看来，也基本上被证明是毫无争议的。

恐怕最有价值的当在其书后流露出的很多海外的文学研究和文化研究的书目，包括时下流行的电影、文本研究。夏志清、林培瑞、史华兹、金介甫，蔚为大观。当然，我想这应该得益于西方学院制度的胜利。在美国教书，"不出版就出局"，这是铁律，没有专业著作出版，大学的负责人就会负责将你扫地出门，这点和国内根本是没法相比的。

同样，当我以这种心态来翻阅《哈耶克传》的时候，内心的震惊将会依旧。20世纪90年代以降，自由主义和新左派的争论成为中国文化界的"魔术表演"。哈耶克、波普尔、萨依德、福山、詹明信等人的书成为热门山头，被无数的争论者拿来做话语的源头。但是即使是在事后的今天，其实也很难将论争的焦点明白晓畅地解释清楚。

但是，至少我从《哈耶克传》中找到了这样一句原典："自由的精神就是对自己是否正确不是很有把握的精神。"某种程度上，这本书也诠释了"知识"的有限：个人不可能把握社会所需要的全部知识，而最优的选择就是出现在拥有不同知识的人们的合作当中。社会的发展有一种超越个人理性认识之外的"自生秩序"，由此我们不得不对历史的发展抱持谦卑的心态。

更多的时候，我将《哈耶克传》看成一个知识分子在 20 世纪的成长历程，就更为有阅读历史的快感。

熏陶在维也纳的文化氛围之中，在伦敦经济学院、芝加哥大学和弗莱堡大学之间轮番教书，交结米尔顿·弗里德曼和卡尔·波普尔这样的挚友，与凯恩斯大胆论战，获得诺贝尔经济学奖，亲历两次世界大战，主持朝圣山学社，将研究的触角伸向经济学、进化论、哲学和认识论的广度，并不锋芒毕露地等待自己信奉理论的最后正确性……我以为，具有无以伦比智慧的哈耶克最终战胜了凯恩斯，不是因为别的，也许仅仅是因为他比凯恩斯多活了 50 年吧。

我既不依靠经济学混饭，也不研究中国现代文学，但我愿意将上述两本书推荐为"经典"，因为今天的经典就是业余读者能够拿得起来，也读得下去的出版品种。莎士比亚是经典，但是现在的中学生，也几乎不可能去读全新的英文版的《莎士比亚全集》吧。

而最为重要的原因是，坊间类似上述两者的经典，它们都不需要借助现代传媒的吹嘘。今天的经典，跟温文尔雅的哈耶克以及学惯中西的王德威一样，它们坚信社会的发展有其"自生秩序"，阅读也有其"不证自明"之处。

刻薄的吴文光

只要人们还处在失业和饥饿状态，写作这一行业看来是没有效果、没有目的，甚至是寄生性的——是极端穷困的年代里一种不适合的奢侈品。

——［美］里查得·佩尔斯

阅读吴文光《江湖报告》（中国青年出版社 2001 年 3 月版）的读者不会有新的体验，如果你看过纪录片。但是如果你没有看过纪录片而先期阅读了这份纪实文本，那么你就可能会有惊心动魄或者是类似的感受。

吴文光没有开辟新的领域，在文本的张力上，他倒好像是背叛了自己的专业——中文系一样，操刀起了记者的行当。他之成功记录了一个大棚演出团近两年的历史，而且是野史。同时吴文光又以个人化的成就开辟了一个新的领域，在中国纪录片和独立电影的制片历史上，吴是一个先锋，或者说是一个开拓者。

十多年前吴在电视台搞摄像。一不小心，他把镜头对准自己的一帮朋友，模模糊糊地凭感觉去拍，于是有了他的第一部纪录片《流浪北京》。1991年在朋友的手中传到国外莫名其妙地获奖。第一次让吴文光开始琢磨纪录片是个什么东西。

从1995年开始，吴用两年多的时间跟拍了一个卖艺大棚的生活。《江湖》这部纪录片记录的是一个名为"远大歌舞团"的大棚演出团的全部生活。这个大棚来自河南农村，大棚老板老刘带着他的两个儿子、两个儿子的女朋友和一群家乡村子附近的爱唱歌跳舞的青年男女在路上巡回演出。他们"上路"的目的只有一个：离开老家，出门挣钱。

这样的一个粗糙的纪录片文本所讲述的不是黑社会，他没有那样有钱；讲述的不是贪污腐败，他们全是老百姓，可怜的老百姓而已。……小刘的一个好朋友从别的大棚跑来，说要帮助小刘，但他欺骗了小刘，带走了大棚的一个女孩。……大风把帐篷吹塌，演出停止了，以后生意一直不好，两个月的工资发不出来。……大棚的几个主要演员密谋向小刘要钱，不给钱就走人。小刘发了部分工资给他们，稳住了他的大棚。……他们继续巡回下去，但挣钱的前景依然黯淡。……这是一个中国的流浪故事。对不起，不是故事，是经历，真实的经历。

"江湖"这个非常中国的词，所说的是漂浮在凶险难测、前途未明的家乡之外的"另一种生活"。余秋雨老师说过：我们所有的人都漂泊在路上，因为家乡不过是暂时的驿站而已。

早在美国20世纪30年代的大萧条时期，多得出奇的艺术家和评论家中断了自己的工作上路了。他们出于无奈，转向了新闻以及纪实小说的写作，寄希望于把大变动时期的经历记录下来。

在惊慌失措的中产阶级的家中，在数以百计的城市的胡同和贫民窟中，在萧条的村庄和农场，他们观察、访问和倾听，他们在街头巷尾、低级旅社、矿山以及每家每户到处看到了男男女女脸上的痛苦、惊愕和默默忍受的神色……体力劳动代替了脑力劳动，纪录片和剧照代替了小说和评论。纪实文学因为强调观察、叙述和未加修饰的文本，有助于缓解公众和个人的不安。对20世纪30年代的美国作家来说，它不但让读者接触了民族的现实并肯定了民族的价值观，而且使人们在荒诞混乱的世界里恢复了自我控制。

记录真实在某种程度上成了一个褒扬的手指，高高地举向了吴文光。

所以中国人热爱这样真实的"江湖"，就像央视拍了一个影片《笑傲江湖》，还是有很多人看、很多人骂一样，"江湖"存在于每一个人心中，尽管跟荧幕上的"江湖"有千万分的差别。

拍完片子《老头》的杨天乙曾感慨说："当影片受到奖励，我获得荣誉，大爷们还是坐在家门口，我就觉得自己像个小偷，偷了他们的东西，装扮了我自己。"刻薄的吴文光也应该有这样的反省。

好像吴文光曾经谈到了这样一件事，有一次，他在北京大学放《江湖》的纪录片，而那个歌舞团的小老板正好打电话来。吴文光说我们正在播放你们的节目，小老板听了很高兴。但是，我十分愿意反过来说，吴文光的做法对他们一点改变也没有。他们依旧还要漂泊在路上，而吴文光呢？可以获奖，或者出书，可以捞取无尽的资本和声誉。

这是怎样的世界？这是怎样的刻薄？刻薄的纪录片，刻薄的吴文光。

透过摄影的现实的眼

　　我喜欢的摄影师罗伯特·卡帕是第一个死于越南战争的美国新闻工作者。这位匈牙利出身的摄影师以其在西班牙内战和诺曼底登陆的生动照片闻名于世界。1954 年，他在越南拍片时踩上了地雷，那时他是马格南图片社的签约摄影师。在《世界的眼睛：马格南摄影师站在历史前沿 50 年》一书中，罗伯特·卡帕的重要性自然是不言而喻的。

　　作为人类大众传播历史上一个重要的发现，摄影从被发明以来便开始攫取人类的影子，封存历史，一一见证进步和邪恶。上帝的愤怒无所不在，透过摄影机的眼睛，我们看见了暴力、残酷和惊喜，我们无声地见证了历史、青春和正义。

　　所以，我们需要感谢千千万万的、男男女女的摄影师，是他们让我们知道了试管婴儿、人类登上月球、中东危机、越南战争、"猫王"的冷酷和波尔布特的残忍。如果没有他们，我们的所见就将永远是街巷的邻人、田野的麦地以及"面目可憎"的家人。

　　照片见证了时间的无情流逝。摄影推动了怀旧的情绪。摄影是一种追魂的艺术。……这样的表扬和赞誉都是针对摄影这门艺术和像罗伯特·卡帕这样优秀的摄影师的。正是透过一张张世界著名新闻周刊和世界大报的封面，人类将见识推向了遥远的前方。

随便是哪一张一群士兵和冷酷骷髅并置的照片都将让我们震惊。罗兰·巴特将这种"震惊"称为"掠夺性的震惊"——照片本身并不恐怖，重要的是在我们的自由世界中看到了这张照片。罗兰·巴特的意思是说，这样技巧性强大的照片背负了过多的艺术家的指示——灵敏的捕捉、竭力的呈现、放任的摄影语言、过多的构建、刻意的巧妙、姿态的选择和影像的完美。正是路透社、马格南图片社和罗伯特·卡帕"制造"出来的照片对观众进行了猛烈的袭击、自然的质疑，将我们这些无辜的后台人员推上了不自由的判断之路——因此在他们这些批评家看来，摄影本身即使没有引入恐怖本身，也至少带来了恐怖的震动。

在这种批评之下，罗兰·巴特将摄影认为是一种"反智"的艺术武器，它能"绑架"政治、经济和流行文化的本真。任何一张优美的候选人的照片都将暗示我们社会的背景条件、家庭欢乐的迷人景象、法律和宗教上的种种规范……一张照片就好比是一面镜子，它提供给了选民自己的相似性。

在对摄影的批评之中，美国作家、刻薄的女人苏珊·桑塔格在《论摄影》中更是举起了"义旗"。她认为摄影在某种程度上是一种美学文本。"影像消费了现实"，这就是她投向摄影的最大一支标枪。摄影是工业社会的一次影像重建，它建立了"民主化"的电子媒介手段，使得摄影抛弃了传统艺术的精英倾向，而成为公共化、大众化和娱乐化的一种普罗艺术。摄影使得等级制度凋零到了"每一个人都是名人"的后现代流行文化时代。

在历史学家和艺术家之间，摄影师的位置是如此的尴尬和令人不安。赞誉的人们认为摄影师帮助历史学家保留了历史最原形的"本色"——那些历史发生时刻瞬间的影像——因此具有了和历史学家一样的重要性和重量级。而像罗兰·巴特和苏珊·桑塔格这样的批评者则抓住了摄影作为一种变形艺术的特点，揪住照片所造成的人类恐惧和影像消费的现实而不放手。

仔细地想一想，如果真的按照他们所说，摄影师也不能照单全收所有的荣耀和赞美。尤其是苏珊·桑塔格的一句对摄影的名言：摄影展示的就是"有权有势者永无休止的魅力，贫贱无依者暗无天日的堕落"。这难道就是摄影的真相吗？

尽管我是那样的热爱罗伯特·卡帕，但是行文至此，回头看了一眼历史的进程和那些优秀摄影师的作品，我还是出了一身的冷汗。

遭遇《光荣与梦想》

20世纪90年代晚期，我刚从遥远的江南来北京上学，清楚地记得那段迷离的日子，我像愤怒青年一样自怨自艾、胡思乱想。20世纪90年代的大学一片寂静，风云际会的20世纪80年代已经欢喜地结束。除了一小撮人的吵吵嚷嚷之外，大学校园里没有声音。学生们无所作为，痛并快乐着。所幸我遭遇了威廉·曼彻斯特和他迷幻般的《光荣与梦想》。

一次在课堂上，老师提及《光荣与梦想》一书，于是我开始四处寻找。不幸的是，我的大学太小，根本没有收藏这套书。我多次在北京的旧书店里搜寻，最后终于收集了第三册和第四册。而最后的两册，我是和同学一起去国家图书馆把书借出来之后复印了收藏的。

威廉·曼彻斯特对1932年至1972年美国历史的描述，仿佛是一辆历史时光中的公共汽车，它带领我们看着沿途美丽与不美丽的景观、雄伟的大教堂与微不足道的小餐馆，它们因其独特性而不容忽视……天哪，他竟然能将避孕套的销量与大萧条扯在一起。

翻阅威廉·曼彻斯特的夜晚是如此的甜蜜，这个卓越的新闻记者竟然还可以从自来水公司的水务报表中看出了20世纪60年代美国电视观众被电视肥皂剧所迷惑的历史细节，他也能够大段大段地复述尼克松第一次竞选总统落选后和妻子的对话，当然也包括1932年到1972年之间美国的所有畅销书、流行文化、政治偶像、肥皂剧以及各色充满情趣的大政治和小故事。

威廉·曼彻斯特给予我们的快感似乎相当于阅读《三国志》加上《天龙八部》。我甚至在心中从此有了一个梦想，多年以后要写作一本中国版本的《光荣与梦想》。

《光荣与梦想》是一本优秀的历史学著作，它在布罗代尔的年鉴学派和黄仁宇的"大历史"观中间开辟了一条迥异的历史路线。同样，它还是一本影响中国新闻界的著作，它深刻地提示着我们新闻写作的可能性和多样性，并在一定程度上启发了中国新闻界20世纪90年代以后的发展方向。

总之，它是一本深刻影响中国知识阶层的书籍，后来，我无数次在别人的文章中窥见他们在年轻时代阅读《光荣与梦想》的描述痕迹，并和他们一样享受到此书带给他们的激情。

专栏写作

文化试金石

很难说是媒体造就了专栏作家，还是专栏作家成就了媒体。从传播学上讲，专栏作家是传播过程中的"意见领袖"：信息先由他们获悉从而形成意见，再通过大众传播手段传达给更多的大众，其作用类似于体育中的"二传手"。可以肯定的一点是，正如《新共和》杂志在 1937 年指出的"社论版过去的影响力已经转移到专栏作家"一样，喧哗四起的专栏和日益成长的专栏作家标志着我们已经从一个"社论时代"转型到了一个"文化多元时代"。

据说中国香港的报刊专栏"每天的字数就是半部《红楼梦》"，伴随报刊潮在中国大陆的多次风生水起，大陆的专栏文字恐怕每天远远超过一套四大名著。从梁启超、邹韬奋、徐铸成到"三家村"，专栏作家曾经一度消失，而今天的汹涌程度，简直只有 20 世纪 80 年代的诗人可堪比拟。上了年纪的专栏作家有董桥、林行止、蔡澜，新人辈里则有李碧华、沈宏非、连岳，女专栏作家有娜斯、毛尖、黄爱东西、赵赵，写人文的有李欧梵、沈昌文，写经济的有张五常、胡祖六，写科学的有李方、方舟子，写足球的有董路、李承鹏，写电影的有任田、周黎明……简直是天下无报刊没专栏。

专栏文章结集出书也是出版界的一种惯例。由于自恋，又或者是出版社吹捧的原因，专栏作家的结集文字也似乎很有市场，跟明星一样，他们会形成自己固定的阅读群体。

沈宏非有《写食主义》和《食相报告》，另加《思想工作》，李欧梵有《狐狸洞呓语》，甘阳有《将错就错》，任田有《蝴蝶的声音》，许知远有《转折年代》，汪丁丁有《回家的路》等多种，郭小橹有《电影地图》，小资有《克莱因蓝》，小宝有《爱国者游戏》，陈克艰有《无聊才读书》，恺蒂有《书缘·情缘》，娜斯有《纽约明信片》，李皖有《听者有心》和《我听到了幸福》，毛尖有《非常罪非常美》，董桥有《从前》《旧情解构》《品味历程》，香港《信报》社长林行止写专栏写了30年，台湾远景给他出了45本的一套专栏文集，蔚为大观，大陆近来出版的有《经济门楣》《经济学家》《一脉相承》。

专栏作家写专栏，勤奋自是题中之义。更多的时候，一个专栏作家必须倾尽全力来维系这份职业。美国著名的专栏作家李普曼，持续36年写作"今日和明日"的专栏，帮助美国政界人士开拓视野、看清现实。那是因为20岁的时候，他的哈佛大学老师、美国实用主义大师威廉·詹姆斯告诫他必须每天书写1000字，不管有没有什么值得写的。所以他最后的职业其实是"社会批评"，而李普曼也是以"专栏作家"的身份被写入美国历史的。

勤奋之外，只有浸入专栏其中，才能深刻体会到写作专栏的快感，也才能更快捷地拉近与读者的距离。正如只有喜欢玩弄文字的董桥，只有在中西文化中流淌过的董桥，才能写作短小精悍的、带浓重董桥气息的小品文。

鄢烈山自认是一个现实的理想主义者，近20年笔耕不倦，每年撰写大量评论，作品广布《南方周末》《文汇报》《中国青年报》等报刊。专栏作品出版有《冷门话题》《中国的个案》《没有年代的故事》《鄢烈山时事评论》《中国的羞愧》等十多部。其实不就是为了实现他自己"为公民写作"的夙愿吗？

今天会写专栏的人不少，但能写好专栏的人实在不多。有趣的想象力，同样是高段位专栏作家的必杀绝技。王小波当年为《三联生活周刊》写封底专栏"晚生谈"，据说写得辛苦之极。他的后任就是今天红火异常的沈宏非和他的"思想工作"。朱伟称他"能把古文洋文、鲁迅福柯并通，聊起天来可以从最严肃的社会政治哲学到最下三烂的色情调笑，转换得游刃有余"。

所以沈宏非的文章里有佛性，一花一世界，一叶一菩提，就像普普通通一口痰，科学家却能说出那么多的冠状病毒衣原体。如果没有有趣的态度和丰富的想象力，是断难做到的。

时代产物

西方新闻学认为"个人专栏是人类偶像崇拜的习性造成的"。著名的专栏作家似乎都从属于某一个时代，比如沃尔特·李普曼书写了战后的美国，乔治·威尔是里根时代的产物，而今天的保罗·克鲁格曼在《纽约时报》一周两次的专栏则是针对小布什政府的孜孜不倦的批评之声。

没错，金庸在《明报》上写专栏社论解构大陆和香港关系的时代，跟董桥流行开来后大家都开口闭口"你一定要看董桥"的时代并不一样。同样，我们不可能想象 20 年前一张报纸能开辟社论版对页，并在上面发表署名的专栏文章。但是今天，你随便找一份报纸——比如《经济观察报》——我想你在任何一期上都可以轻易找到近 10 篇专栏，从传媒新锐许知远到清华大学教授孙立平，从复旦大学教授张军到文化批评家朱大可，话题则可以从国际局势到文化脉动，从吃喝玩乐到经济走势。

甚至更超乎想象的是，随着全球化浪潮的兴起以及中国开放进程的不断深入，我们可以轻易读到诺贝尔经济学奖获得者保罗·萨缪尔森、约瑟夫·斯蒂格利茨、弗朗西斯·福山、政坛名人亨利·基辛格以及著名学者约翰·朱厄迪等人的专栏。《21 世纪经济报道》《国际先驱导报》《书城》《财经》可以为你开拓阅读道路。

今天，时代所提供的无限可能性，同样为专栏作家的写作提供了无与伦比的空间。有专栏作家继承过去的文人传统，继续风花雪月，也有专栏作家骂人骂社会，兼职做假愤青。有人乐此不疲地讨论音乐，有人风言风语说性事，有人和你讲投资，有人教你看电影……鸡飞狗跳，不一而足。总体而言，与过去的知识分子相比，今天的专栏作家，就知识水准来说，当然还是以知识精英为主，但在写作专栏的立场上，他们更像是在执行"公共知识分子"之责——监督社会、介入生活。

真正站稳了专栏作家立场的，我以为保罗·克鲁格曼是第一个。关于美国总统布什的减税计划，克鲁格曼冷嘲热讽的专栏加起来足足有一本书之多。2001年5月，他真的就不依不饶地出了一本书《荒唐的数学：布什减税政策指南》。所以，这位普林斯顿大学的经济学教授承受了成千上万人的反击。所有的人都知道克鲁格曼了不起，并且认为他的聪明加上勤奋，有一天将成为诺贝尔奖得主也未可知呢。但是他并不在乎，因为他在乎的是——通向大众的专栏才是最重要的。

　　这就是美国专栏写作的传统特色：以"公共知识分子"的角色为普通民众写作。美国《纽约时报》当今名声最大的几位专栏作家无不如此：外事专栏作家托马斯·弗里德曼，因报道中东问题三次获得过普利策奖。威廉·萨菲尔，语言学专家，写了几十年的关于语言问题的专栏，爱好者从语言学研究者到贩夫走卒。尼古拉斯·克里斯托弗，原驻香港和北京首席记者。

　　专栏作家一般一周写两篇稿，加上随便采访，一年有一个月假期。他们一般都得从底层的新闻记者做起，至少有15年以上的工作经验后才可能成为专栏作家。当然，托马斯·弗里德曼出版的《凌志车和橄榄树》和保罗·克鲁格曼出版的《荒唐的数学》都是畅销书，因为它们既是新闻焦点，又是专家的专业解释，所以老百姓愿意谈论，也是高级知识分子必须密切注视的知识议题。

　　从"知识分子"专栏写作转型到"公共知识分子"的专栏写作，我以为国内的专栏作家重量级高手有三位：北京有王小波，上海有小宝，广州有沈宏非。不过，很不幸运的是王小波英年早逝，老《书城》

死后小宝的文章就没了当年的"流氓"加"有趣"，而沈宏非的文章也被人批评写得越来越水。但是纵观全国上下报纸杂志的专栏文字，以文化的功底、写作的方法和写作的频率而论，似乎还少有超越他们者。

而国内难能出现真正的大专栏作家，最主要的还是要怪罪现时代的传媒制度。西方的特稿辛迪加为专栏作家的发展成熟提供了巨大动力，要知道，李普曼是为全美几百家报纸写作专栏，而我们还在为"一稿两投"而分辨道德是非。美国特稿辛迪加往往用高价买下它认为足够能量和水准的专栏作家，然后将专栏文字分发给别的多家报纸，这就在市场上解放了专栏作家，并为之提供了坚实的物质基础。随着社会的发展，专职专栏作家的出现，或许会改变中国专栏写作出版的格局。

专栏作家的方向

我最喜欢读的香港报纸是香港《信报》，并不是我喜欢假装高雅，而是因为《信报》的专栏太出色了。在《信报》老板林行止的理想中，报纸也许应该是专栏型的吧，它的极致就是一个喧哗四起的世界：人们通过阅读形成一个松散但开放和弹性的交往网络。否则你就没法解释为什么他所做的报纸全请一些文化人来写文章：麦在田、戴天、程逸、邓达智等。不光如此，他自己就是专栏作家的表率，他几乎每天为自己的报纸写一篇社论，再写一篇林行止专栏，几十年如一日。我所看到大陆给《信报》写专栏写得好是写"上海通讯"的毛尖小姐，以及和她交替出现的柳叶。

从传播学上来说，专栏作家是传播过程中的"意见领袖"：信息先由他们获悉从而形成意见，再通过大众传播手段传达给更多的大众，专栏作家的作用类似体育中的"二传手"。写专栏之后结集出书也是出版界的一种惯例。最近这样的惯例中硬是使将出来了几条好汉。

第一条好汉依旧是香港的董桥。最近，三联书店出了董桥的自选集：《从前》《旧情解构》《品味历程》（董桥，三联书店 2002 年 10 月版）。在我的眼中，作为文人的董桥不如作为专栏作家的董桥好。作家刘绍铭认为，董桥是香港专栏作家的苦吟僧。从他对作品要求之苛刻看来，可见他的成就绝非偶然。正如他自己说："我扎扎实实用功了几十年，我正正直直生活了几十年，我计计较较衡量了每一个字，我没有辜负签上我的名字的每一篇文字。"他在英国 BBC 电台、《明报月刊》、《读者文摘》、《明报》等文化机构工作、主政过，他对写专栏的精髓认识是："我认为单单把文章写得美丽是没有用的，文章最重要的是内容，要有 information，有 message 给人，这是专栏文字最重要的一条。"比如董桥写翻译的名句子："好的翻译，是男欢女爱，如鱼得水，一拍即合。坏的翻译，是同床异梦，人家无动于衷，自己欲罢不能，最后只好进行'强奸'。"董桥扎扎实实地写专栏，写了几十年，文字的脉当然摸准了，他焉能不成功？

第二条好汉还是在香港，就是最近在大陆出了《贴身感觉》（张小娴，南海出版公司 2002 年 9 月版）的张小娴小姐。《贴身感觉》是张小娴的第一本作品集，书名正是她在香港为《明报》所写专栏。这本书 1994 年在香港推出，她仍然记得出版的第一天自己怀着战战兢兢的心情准备去书展签名，像个孩子一样担心没有读者来呢，结果呢？她从此发迹，开始在文坛受注目。随后就有了《面包树上的女人》等的集子传世，都是先在报纸连载、最后出书的套路。张小娴最吸引人的地方在于，她不单单是一个冷眼看世态的女人，她同样是个温情的小女人，适合香港这样的冷漠都市的人群来享用和消费。"美好的东西，往往在意料之外"，"幸福就是重复"，"人世间的幸福，总会令人好看一点"。很直白的话，却最容易击中都市里那些红男绿女温暖的心房，这就是她作为女性专栏作家成功的原因。

第三条好汉是日本女作家、漫画兼专栏作家柴门文。作为经典日剧《东京爱情故事》和《爱情白皮书》的原作者，柴门文以男女情感导演的身份闻名。而在新书《恋爱中的女人不睡觉》（柴门文，南海出版公司2002年10月版）中，她给你传授的浮世男女36法则依然具有蛊惑的力量。比如她说的"万人迷法则"：同性相斥，异性相吸，世界上大部分的人都希望受到异性青睐。不管已婚未婚、有没有很要好的情人，都会永无止境地希望有多一点异性喜欢自己。是不是比普通的男女多用了点心思？

第四条好汉是上海的性情专栏作家Kevin。在最新出版的《城市·一周》（Kevin，南海出版公司2002年5月版）中，Kevin是一百个爱情难民的救护者。这是他在上海的《上海一周》和广州的《城市画报》的专栏结集。"人人都需要恋爱，恋爱是一种人生态度，藉由恋爱我们才能成长"，这是Kevin的情感观念。以一个理科生的冷静，混合卡夫卡的自省、里尔克的悲悯和博尔赫斯的想象力，Kevin硬是成为了情感专家，尽管他自己还没有真正谈过刻骨的恋爱。Kevin回信最大的特色是他的文字好，铿锵有力，每篇里几乎都有几句话叫人过目难忘，而且思索回味再三。相比之下，一些所谓的专业作家倒有些粗制滥造的嫌疑。

作为专栏作家，勤奋是题中之义，而更多的时候，专栏作家必须耗尽自己的一生来维系这份职业。

企业史：责任与方向

　　没错，我们赶上了全球化的"末班车"。某种程度上，我们看见了一个国家的起飞，同样暗合朝向哈耶克所指称包含"市场经济和法治社会结合"的"自由社会"持续进发。我们有过 20 世纪 30 年代的发展"黄金时期"，有过山西晋商的辉煌，有过著名的家族企业，甚至有研究者将中国的商业传统延伸到商朝甚至之前，可是我们在"中国人的世纪"或者"中国经济一枝独秀"的赞扬性话语中似乎难能找到中国企业的传统精神。

　　"桃园三结义"和"梁山一百单八将"的故事并不能成为今天的经济话语资源。面对过眼云烟的中国企业，我们并无经典的企业史来记录其间的兴衰与变化。当然刘韧的《知识英雄》对 IT 业界的记录，吴晓波的《大败局》和凌志军的《追随智慧》对微软中国的报道似乎有企业史的味道，但企业史的写作并未能成为经济业界的共识。相对 20 年间起伏的企业群：三株集团、巨人集团、沈阳飞龙集团、联想集团和希望集团来说，海信集团似乎没那么重要，但可贵的是迟宇宙《海信史》（迟宇宙，海南出版社 2003 年 7 月版）担当了企业史的责任，并提供了一种可能的方向。

自 20 世纪 90 年代市场化进程以来，从"中国人可以说不"到"中国人可以说富"没过几年，我们可以看到企业家正在逐步成为这个社会的核心。今天的中国正如马克·吐温所称的"镀金时代"——"通往富裕之路有万千条，而且条条畅通无阻；机会比比皆是，成功唾手可得"。快捷的社会变化让我们眼花缭乱：有多少中国富豪一夜暴富，也有多少爆发户走马灯似的落马。伴随开放成长起来的中国富人，性格和道路天然缺陷同时又在消解他们的卓越贡献。按照诺斯的产权理论"有效的产权是经济增长的关键"，李德珍时代是前企业家时代。这似乎也就是周厚健曾经为储时健抱屈的理由。储时健曾经扛着半个云南的财政，就任玉溪烟厂厂长 17 年，创造利税 800 亿元，而自己 17 年的工资仅仅是 80 万元。如今红塔山的品牌是 352 亿元，储时健共贪污 174 万美元，折合人民币 1300 多万元。

坊间风起云涌的财富书系和富豪排行榜的出炉是今天企业界的热门话题。它一定程度上以榜样的力量引导并继续提倡人们合法制造财富。但在另一个向度上，跟美国企业巨头的"单人独舞"一样，企业领导的"明君"模式，即企业的兴衰依赖强有力的企业领导人的意味尤其浓烈，所以无休止地聚焦于海信集团的周厚健也并不恰当。1969 年海信集团的前身——青岛无线电二厂只是一个国营小企业。直到 1992 年周厚健掌握海信的时候，企业已经发展壮大，并且伴随时代的变化更换了多轮企业产品，但是企业的性质并没有发生根本转变，甚至那个时候还没有所谓今天的海信集团。直到 1997 年，企业面目才不一样了，海信电器股票上市，企业成功转型为公众控股的企业。

所以，贯穿于海信史的是企业家精神，尽管以前的海信领导人根本不是真正意义上的企业家。跟媒体上热衷谈论的张瑞敏换帅、倪润峰交权以及柳传志"分封"郭为和杨元庆不同，《海信史》并不仅仅人云亦云地光是谈论周厚健。就企业家精神来说，它的核心词是"创新"，也正如李德珍所说："我认为我是对的，如果我不坚持，企业过不了两年就死定了。我觉得国家利益和个人利益最冲突的时候，就得坚持下去。"这种"坚持"就是珍贵的企业家精神。要知道，没有她的坚持，就没有今天的海信集团。所以王云章、李德珍和周厚健对企业的创新都值得书写，甚至还有出局了的樊军以及千千万万在海信供职过的员工。

如同亚当·斯密的话："有一个富人就会显示 500 个穷人。"一个成功的企业背后是失败的 500 家企业。海信的历史，甚至所有失败企业的历史都应该是中国商业史上的华彩篇章。如果我们将企业史广为铺张，那么它同样将成为中国历史的重心。

20 世纪 40 年代以来，现代公司制度正式诞生，以所有权与经营权分离以及职业经理人的出现为标志，美国企业依靠现代公司制度顺利发展成为权势的巨型跨国公司。与国有企业和家族企业纷纷改制为股份企业一样，现代公司制度是一种最优的选择：它是在亲情和友善稀缺条件下的一种最佳企业形式。

管理学大师彼得·杜拉克在《工业人的未来》中提出公司已经成为社会公共机构的现实，它不仅仅是经济机构，还是政治机构，公司以及公司的管理者对物价、工薪、工作时间和产量所做出的决定，引导并浇铸千百万人民的生活。

记录的价值

如果说虚构作品出售的是想象力，那么非虚构作品出售的则是事实记录，其"夺魄摄魂"的核心就是记录。美国曾出现过"新新闻主义"，类似20世纪80年代我们流行的"报告文学"题材。但是他们对细节和事实本身的追求远远超越我们：卡波特为写《冷血》，花六年时间探访百人，积累的资料堆满了整间的小屋。而汤姆·沃尔夫为了写《电冷却器酸性试验》，更是亲历吸毒现场去追求"接近皮肤"的真实效果。某种程度上，国外对非虚构作品的重视跟他们对记录人类重要时刻历史的崇拜息息相关。夏伊勒的《第三帝国的兴亡》、威廉·曼彻斯特的《光荣与梦想》和茨威格的《人类群星闪耀时》，这样的作品既是历史书，但更多的时候也可看作是随笔，它们在商业和文化上的重量是基本对等的。

至于像卡耐基的成功学、雷切尔·卡森的《寂静的春天》、加尔布雷思的《新工业国》《简方达健身体操》、霍金的《时间简史》，以及其他鸡零狗碎的方志、卷宗等记录时代变迁的作品，都可以归结到非虚构作品的名下。与虚构作品的狭隘"文学性"相比，它具有更广阔的延展空间和包容性。

国内非虚构作品的大量出版和畅销是20世纪90年代以及晚近的事，与西方两者构成对立、互为掎角相比，非虚构作品在我们这里显然异样孱弱。以我个人的阅读经验来说，黄仁宇的《万历十五年》、朱正的《1957年的夏季》、冯骥才的《100个人的10年》、林贤治的《人间鲁迅》、老鬼的《血色黄昏》、卢跃刚的某些新书以及时下最优秀记者的杰出作品勉强可以算得上在与西方接轨。还值得提到是叶舟的《世纪背影》，那是总结20世纪所有垃圾文字中的杰出精华篇章。可惜只有2001年的《大家》杂志做了一份增刊，直到今天，我们的出版界依旧对它冷漠相向。

伴随商业主义成功切入出版界，所幸像《口述实录》、几米的绘本、曾国藩家书、《穷爸爸 富爸爸》和《谁动了我的奶酪》这样的非虚构作品越来越被大众所认可。它们将一边感性地刺激人们的阅读欲望，一边理性地建议出版人走向实用和亲民。而这使得操作出版的人众，也一边收获人民币，一边为非虚构作品从坊间走向百姓铺平道路。

只有企业史才能告诉未来，我们有过多么值得世人信任的公司，它们不仅创造社会财富、创造就业机会，把财富传递给后代，同时还能把中国的商业传统承继下去，把民主、节俭、勤勉和魅力传达给更多的世人。这是一种责任，也是一种方向。

在一个转型的历史年代，记录并不比思考缺少多少价值。因为事实的呈现比任何想象出来的事件都来得粗犷有力。

从陈原，到乔志高

　　语言作为社会发展的"硬通货"，也许最能体现一个时代的发展与变迁。所以语言学家陈原（其化名就是尘元）有分教："有生命的语言，是活的有机体。它随着社会生活的变化而发展。僵化的语言是没有生命力的。这就是语言的辩证法。"早在 20 世纪八九十年代，尘元老先生的《语言与社会生活》《在语词的密林里》和周有光的《新时代的新语文》《世界文字发展史》肯定是学语言学的入门书，而作为对语言学有所兴趣的门外汉来说，两位的作品读起来也饶有趣味。

　　终于拗不过读者，尘元老先生后来在《万象》杂志继续了他的"语词密林"系列，名之曰："重返语词密林。"一个七老八十的研究者天天跟你讲"酷"的来源，或者是伊妹儿的 LoL（laughing out loud）问题，又或者是"搞"字的无数种解释。时代的发展、外来词语的入侵、港台语汇的进军，使得我们今天的语汇变得越来越丰富无比。这就是后来有不少人继续切入这个可爱行当的一个理由吧。

　　就我的知识范围，我记得比较清楚的是大陆的董乐山。董乐山先生被另一位林贤治先生称为"翻译家中的翻译家"，并专门写了一篇

《只有董乐山一人而已》的文章来纪念。《一九八四》《古典学》《西方人文主义传统》《第三帝国的兴亡》《苏格拉底的审判》《中午的黑暗》……"使我们从中国翻译界的浓密灌木林中，一眼便可以瞥见一棵伤残而傲兀的大树，直刺天空"。他在自己所喜欢的《光荣与梦想》之外编辑了一本《英汉美国社会知识小词典》，力图为英文流利的翻译者建立西方文化的基础框架。

香港的董桥则利用其英文和中文均有的高深造诣，力图建立起一种文化的交流桥梁，这后来也就是其"董氏散文"的风格之一。在中国台湾，政论家南方朔所著《语言是我们的居所》等著作则试图诠释"语言是桥，语言也是历史记忆的仓库"的事实。他从语言学的转向开始，到写语言专栏，最后终于找到一种写作的文本分析之路。

而在美国，有陈原老先生之趣的华裔文字高手乔志高也在大陆推出了三卷本文集"美语录"：《言犹在耳》《听其言也》《总而言之》（乔志高，世界图书出版公司2001年7月版）。只不过，陈原先生研究中文，而乔志高老爷子研究洋文，但是好在乔志高的这些文字是用中文写就而发表在香港的，所以也就有了比较的可能。乔老爷子几十年来研究美国人的典型词语，用中国人的观点来阐述，他跟你谈论美国总统换届选举时的外交辞令，谈论美国的汽车文化，也从政治行情讲到骂人的艺术，从"滚蛋"讲到"黄色文化"。几十年来，一以贯之的研究美语者，大概除了《纽约时报》的专栏作家威廉·萨菲尔之外，非他莫属。

如果说美语创造了陈查礼和傅满州等可笑的中国人形象，那么孔子和孟子在美语中就属赞扬式的"智者"。美国喜欢动不动就说 Confucius Say（孔子说），比如：Patience – in time the grass becomes milk.（只要有耐心，青草早晚变成牛奶。）A hasty man drinks his tea with a fork.（性急的人用叉子去喝茶。）其实这些根本不是中国格言，而是美国人自己的"发明"。又比如：Life, Liberty and pursuit of happiness（生活、自由和追求幸福）是美国独立宣言中掷地有声的警句。幽默的美国人则喜欢篡改为：Give me Life, Liberty and Saturday Evening Post.（给我《生活》《自由》和《星期六晚邮报》）。三者都是以前美国最畅销的杂志，这样的嫁接就是美语的活泼所在。

乔老爷子自己也说了，自己的《美语录》不是教科书，也不是美语词典，更不是语言学的论著，而是在美国读报纸、听广播、翻杂志、看小说和非小说、看电影、看电视、欣赏舞台剧之后所作的札记，其目的仅仅是证明了语言的丰富性。

当然，老百姓绝对写不出如 T. S. 艾略特"黄昏如手术台上麻木的病人"这样的诗句，但是他们是语言学变化的最大来源。民间的语汇、百姓的舌头，就是鲜活的语言历史层面，无论是中文，还是英文，又或者美语。就像语词笔记收集专家黄集伟所说，我们的努力就是捧起双手、满怀虔诚，让金子一样的民间水分尽量漏掉得少一点。

我想，从陈原老先生，到乔志高老爷子，这样的努力一直都在继续。

和彼得兔妈妈喝下午茶

　　使人想起彼得兔妈妈是有理由的。首先，同样源自英国的《魔戒》和《哈里·波特》的持续畅销，会让我们想起英国的儿童文学和奇幻文学的历史传统；其次就是大陆出版的"彼得兔"系列图书所引起的有关诉讼。还有就是最近在阅读《寂静的春天》作者蕾切尔·卡逊的传记《自然的见证人》（光明日报出版社），跟敬畏生命、挚爱自然的环保主义者卡逊一样，我发现，彼得兔妈妈毕翠克丝·波特也是一个忠诚的环保主义者。

　　1962年，蕾切尔·卡逊写下《寂静的春天》一书，控诉人类的无知，以杀虫剂和除草剂等化学物品，杀死昆虫、杂草，同时也污染了大地，杀害了所有世界上的生物，包括自认为聪明的人类，造成四个人有一人得癌症，或死于药物中毒的血淋淋事实。书出版后，她遭到利益团体、化学药品制造商们的无情打压。"人只是自然的一部分，人类完全依赖地球，而地球却可以没有人类"……这是卡逊在接受史怀哲奖时的讲话。"用事实写作，为自然而战"，卡逊一边接受着化疗，一边在尽可能的场合指出对污染盲目无知的后果，具有宿命意味的是她所患的乳腺癌在后来的研究中证明了这一疾病与有毒化学品有着必然的联系，卡逊确确实实是在为生命写作。虽然她在有生之年只看到了一个开头，可是，《寂静的春天》为环境立法迈开的第一步引发的环保运动革命，其意义远远大于书的本身。

跟蕾切尔·卡逊一样，毕翠克丝·波特也是时代的先锋人物。这个伦敦富商的女儿，害羞内向，却对动物有天使一般的好心情。童年时代的寂寞因为小动物而变得丰富，日后她就决定以写小动物为生。"1893年，一个生来就爱讲故事的年轻女士，写了一封关于淘气小兔子的信，寄给她认识的小朋友。她写的故事后来印成一本小书，名为《彼得兔的故事》……" 毕翠克丝·波特创造的明星角色"彼得兔"过了百岁生日，1902年问世的这只小兔子，一百年来魅力不减，有着众多的彼得兔迷。

同时，彼得兔妈妈还是一个成功女士，她用自己的出版收入买下了一个湖区的农场，在此与小动物幽会。波特女士对信息的保存收集颇为狂热，终其一生，都在收集她觉得特别的宝贝，并做上注记。她写下的信件、照片、写生、画作的初稿等，都仔细收藏保存，最后连她居住的湖区土地景物，都因她的用心管理而得以完整保留，让我们跨越时空，体验波特当时的生活形态。到1943年去世的时候，她留下了4000英亩田产，包括15个农场，最后全部捐献给了全国基金会，这个基金会致力于保护英国的人文景观和人文建筑。

彼得兔妈妈的细腻不只在她的作品上可以看见，也流露在对事物的珍惜态度里。这种美好的生活态度，就是单纯的爱、幼稚的依恋和原始的好奇。她的作品《彼得兔的故事》《汤姆小猫的传说》《点点鼠太太的故事》《平小猪的故事》（中国社会科学出版社）中的彼得兔、本杰明兔子，还有大智若愚的平小猪，成了英国文学的悠久历史传统，它们住在彼得兔妈妈的农场里，永远都不会变老。

流行文化是测量人们心态的晴雨表。从《哈里·波特》到《彼得兔》，从《爱丽丝漫游奇境》到《雪人》，转眼之间，全世界似乎弥漫着英式文学的幼稚和童心。问题是当我们醉心于童心的时候，是不是我们在逃避现实呢？"为什么要长大，长大后便不再那么有趣了……"《爱丽丝漫游奇境》的作者说。

当我们想忘却尘世间的一切、保持童心的时候，那么就来英国农场吧，来和彼得兔妈妈喝喝下午茶。在一个懒洋洋的下午，这个寂寞的幽居女士会告诉你如何保持对这个世界清醒的认识，如何看待成功与失败，如何与动物相处，最重要的是，如何热爱生命、敬畏自然。

村上春树：高举火炬的流行大师

无论拜访者以任何话题来挑逗他，战争犯罪、民族主义、青少年、世界杯、二流作家还是三流政治人物，村上春树的态度依旧平静得出奇，我们几乎看不到他脸上情感的丝毫变化。他语带讥讽地贬低某一个和自己竞争的小说家之后，才闪烁出一丝的淘气，这也是唯一的一次。对于这个自三岛由纪夫以来最受读者欢迎的日本作家而言，《时代》周刊记者采访的待遇和大陆村上春树作品翻译者林少华的待遇是一样的。

村上春树就是这样。他的作品卖得好，1987 年出版的《挪威的森林》已经畅销达 700 万册，最新的一本《海边的卡夫卡》（上海译文出版社 2003 年 4 月版）两个月就销售了 60 万册以上。他备受人们喜欢，无论是韩国人、俄国人，还是美国人、日本人和中国人，要知道，在东亚已经有了一大群读他的书长大的 "村上春树的孩子"。

在日本，文坛人士或许对他嗤之以鼻，因为村上至今没有拿过芥川奖，这才是日本高级知识分子的目标和梦想。除了早年出道时获得的 "群像新人奖"，村上同样也无缘平价市场的直木奖。日本文坛严格划分着"纯文学"和"大众市场",作品卖得好,有时候可能就是一种诅咒。村上春树却不觉得小说畅销就丢脸,"有些人认为文学是高尚文化,应该只有少数人阅读。我不这样认为……我得跟大众文化竞争,包括电影、杂志、电视和电玩"。在《寻羊冒险记》和《发条鸟年代》中,他也尝试探寻了复杂高深的议题,像日本在 20 世纪所做出的残酷殖民,同时也极力描绘书中角色的挣扎,看他们如何化解希望、恐惧和现实生活之间的种种冲突。

对"诺贝尔文学奖"丝毫无兴趣的村上春树认定写作是通往"自由之路":"在社会上,我们都不自由,背负种种责任和义务,受到各种不同的限制。即使身体自由不了,也想让灵魂获得自由——这就是贯穿我整个写作的念头。"1977 年的一天,当时村上春树在东京看职业棒球赛,当戴夫·希尔顿打出一支全垒打时,28 岁的村上说他听到了一个声音,告诉他要开始写他的第一本小说《听风的歌》。"那是我最愉快的回忆之一。"村上春树回忆道,直到他 10 年之后写出了《挪威的森林》。《挪威的森林》的畅销使得朝夕之间,他成了坊间名人,整天被编辑和书迷团团围住。

"他代表了我们这个时代的声音吗?"哈佛大学的日本文学教授鲁宾说,"谁知道呢? 不过可以说他的作品具有那种无可名状的、能让文学活起来的伟大特质。""村上春树现象" 至今持续不断,一旦他出了新书,无论是日本的畅销书榜单,还是韩国、中国以及美国的《纽约时报》畅销书榜单都得有他的作品。但同时村上春树拒上电视、广播节目,绝少在公共场合露面的神秘性更助长了他的神秘。这位害羞的作家总是逃避媒体和大众，在其后的十多年中，自我放逐般在希腊、美国、意大利等地阅读、写作和教书。偶尔，他会回到东京的公寓写作，在简单的办公室，依旧穿牛仔裤、休闲衬衫和球鞋，一天跑十公里，留意自己的饮食，早早就寝，天亮之前便起身工作。除了和村上龙联络，他基本不和日本作家协会的任何人交往。认识村上三十几年的插画师安西水丸说："他从一开始到现在一直这样。"

《海边的卡夫卡》是他最近七年来的长篇小说，这本书参照了古希腊悲剧《俄狄浦斯王》，讲述一个小男孩田村卡夫卡逃离东京去寻求人生的意义的故事。他的母亲和姐姐在他四岁的时候出走，父亲是知名雕刻家，预言他将做出乱伦之事。田村卡夫卡以孤立无援的状态离开家门，投入波涛汹涌的成年人世界之中。那里有企图伤害他的力量。那种力量有时候就在现实之中，有时候则来自现实之外。与此同时，又有许多人愿意拯救或实际上拯救了他的灵魂——他被冲往世界的尽头，又以自身的力量返回。所以，村上春树说："田村卡夫卡是我自身，也是您自身。"

当然，对《海边的卡夫卡》的评价喜忧参半。批评者认为他反女权，小说经常出现大量的性爱描写。《读卖新闻》的书评作者松田哲夫则认为小说充满了深刻的哲学省思，审视了日本的动荡年代。松田甚至激赏说："每一次大风暴中，总有作家高举火炬，村上春树过去是，现在和将来都是这样的一个文学角色。"

已经有人预测村上的肖像将会出现在日本的钞票上，就像明治时代的小说家夏目漱石出现在一千元日币上一样。而对于村上春树的热爱者，我们不如这样看，他不只是又一位晦涩的日本作家，他是个大师，恰巧是个流行大师而已。

未来在历史的镜中

生于 20 世纪 30 年代的美国未来学家约翰·奈斯比特声称:"参与未来最可靠的方法是了解现在。"同样,托夫勒的"未来观"也是植根现实而非幻想的,他没有创造未来,但我们可以说是他创造了未来学——这门从历史的镜子中窥视未来的学科。

许倬云曾经提出"历史分光镜"的说法,让我对"历史学"很感兴趣,这位王小波在美国匹兹堡读书时的老师,在洞察历史和管理学相互关系方面确实有非凡的见解。在《从领导看历史》和《从历史看组织》(许倬云,上海人民出版社 2006 年版)等书中,我甚至不知道自己是在看历史,还是在看粗浅的管理学教程。

他的假设是这样的:如果我们把治理国家看作是管理企业,那么中国就是一个超级大公司,延续了几千年一直在运作,只是其间不停地改组、变换。按照与企业的对比,国家的产品就是为国民的服务,包括安全与繁荣。而国家的市场就是全体国民。如果企业做不好市场,就是说人民不能安居乐业或者国家安全有巨大危险,那么公司就要破产,国家就要面临颠覆或者遭遇革命。同样,如果一个职业经理人(在中国历史上对照是宰相）总是要开疆扩土，让老百姓民不聊生的话，那么董事会（皇帝）就会罢免经理人。

许倬云还喋喋不休地介绍了国家公司的管理成本，以及职业经理人和董事会的对立，也即历史上皇权与相权的争夺战。当然，一个历史学教授拿三千年政治史来打比喻是不恰当的，谁叫我们连几家百年企业都没有呢？现代商业不过是近一千年来才登上历史舞台成为主角的，在此之前，西方人不得不沉湎于宗教世界，并将经商、赚钱与"灵魂的拯救"天然对立，而在中国，我们又怎能渴望桎梏于农耕社会的农夫们和"重农抑商"的皇帝们发现现代社会的真正源泉？

历史上，西周的"分封制"就是大公司开公司的分号，而"春秋五霸"的故事和短暂历史则被他认为是总经理和董事长未能及时找好接班人的可恶后果。是呀，天下大乱，君主的后嗣都在邻国为人质，谁能指定谁为接班人呢？许倬云甚至把汉朝的"天人感应"说成是市场效率决定论：皇帝的统治是靠天命的，而企业的命脉也在市场。三国时候诸葛亮是一个强势的 CEO，其成功来自董事会的充分信任，其失败则来自资源短缺。唐朝实行的是"单一首长制"，有董事长，而没有经理人。皇帝自己是董事长，也是经理人，宰相不过是一些咨询顾问，某种程度上，他得出的结论是：唐朝的盛衰在皇帝而不在宰相。这种管理国家的制度基本被沿袭到了清朝，直到曾国藩才有所改变。他认为，曾国藩不但在接班人问题上有新时代的影子，而且在开拓市场资源上也有历史的创举。

尽管管理学是以 1954 年美国的杜拉克出版《管理的实践》一书为

标志开始的，但曾国藩和李鸿章的管理实践却远远早于这个时代。他们的历史遗产清晰地包含有责权分开、权力与能力分开以及重视考核等极其现代的因素。在《管理大师50人》中，作者津津乐道的都是大前研一、彼得·杜拉克、菲利普·科特勒和迈克尔·波特，他只是象征式地增加了中国古代的孙子以及意大利的政治家和作家马基雅维里。我们不得不说管理学是"美国模式"的，管理学盛开在20世纪，因为虽然管理贯穿人类历史的基本行为，但仅在20世纪人类才开始把它当作学科来研究，不仅如此，它还是伴随美国汽车产业、生产线和商学院的兴起才变得甚嚣尘上的。

已故历史学家黄仁宇曾将资本主义简单地理解为"在数目字上管理"的说法很出名，其实黄仁宇也涉足过管理学的边界。最近读到他写的《资本主义与负债经营》，跟许倬云一样，他从中国历史的过去经验——王安石变法、朱元璋的紧缩政策、中国的战时共产主义政策——找到了新的解读方法。他提出资本主义的不二法门就是"负债经营"。"在今日的中国，私人资本在公众生活之中，发挥极大的作用，负债经营是一个极大的关键。"

我以为，他和许倬云"历史分光镜"的提法是一致的：那就是借用光学上棱镜分析光谱系列之意，表示历史学的功能是将历史解析为各种因缘线索及演变过程。

现实主义：重新归来

"如果你爱他，送他去深圳，他肯定会发财；如果你不爱他，送他去深圳，他肯定会背叛。"这句篡改自《北京人在纽约》中的话，同样适用于慕容雪村的《天堂向左，深圳往右》（慕容雪村，作家出版社2004年2月版）一书。

这是一本你翻开了就不想放下去的小说，虽然披着"网络小说"的外衣，我们却依旧可以看见作者叙述的绵密功力和现实主义小说的些许雏形。

20世纪90年代初期，《北京人在纽约》红遍大江南北，你千万不要以为这是一种偶然现象，那可预示了一个时代的征候。政治追求的理想消失之后，一代人瞬间完成了他们的思想转向。于是，经济基础和商业革命马上成为常识，广州、深圳、海南，整个珠江三角洲堪比1949年之前的"延安"和"南泥湾"，成为一代年轻人的寻梦天堂。当资本家、企业管理人员日渐取代农民和工人成为社会监护人之时，一种新的秩序正从珠江三角洲缓慢崛起。

《天堂向左，深圳往右》的出版晚了很多年，但并不妨碍今天我们重新审视深圳以及 20 世纪 90 年代的整个社会变迁。20 世纪 80 年代的小说在进行了各种尝试之后,从寻根文学走到新写实主义,之后陷入了集体性迷茫,尤其是密切关注社会发展的现实主义小说。路遥的《人生》和《平凡的世界》聚焦乡村生活以及农业社会的转型,20 年之后它们依旧是一种可贵的、难以超越的传统。

20 世纪 90 年代的中国堪比 19 世纪 90 年代的美国,它们同样处在历史的分水岭上,一边是农业社会,代表过去、理想和传统;一边是都市社会,代表未来、现实和新生。马克·吐温用"镀金时代"这样的词汇来思考他所见到的华丽和慵懒背后的美国,它的社会发展哲学是抢占、开发和进步。1900 年西奥多·德莱塞的《嘉利妹妹》给美国人带来了一幅全新的都市伤痕图画。1906 年,辛克莱以《屠场》站在了他的同一边……他们和传统的雅致诗歌同现实主义题材一刀两断、势不两立。面对集体走向城市社会的中国,这么多年过去了,你看到了类似《珍妮姑娘》一样刻骨铭心的现实主义小说吗?

《天堂向左,深圳往右》以肖然、刘元和陈启明三个大学同学闯深圳为故事主线,其间穿插他们在这个欲望都市的事业和爱情。拿回扣、开公司、包二奶、爱情、浪荡公子、理想,多么粗俗的小说题材,多么贫乏的写作创意,但作者却呈现出了与众不同的阅读欲望。

如果说慕容雪村的第一本小说《成都,今夜请将我遗忘》借助了网络的力量和题材的优势,那么《天堂向左,深圳往右》的写作无疑要诚恳得多。在一个加速度发展的世界,我们的发展超越了一百年前美国人的脚步。

贵族作家、迷惘的一代要在美国"分水岭"之后的 20 年后才出现，而在我们这里，美女作家和《中国农民调查》会同时呈现在公众的阅读视野中。现实主义、现代主义、批判现实主义和浪漫主义一起相安无事、共同等待读者的评判。

　　网络对写作来说并不是什么革命性的大事，但对于锻造慕容雪村的语言来说，当然是功莫大焉。它提醒我们关注读者、关心读者、关切读者——在一个混乱之后期待清醒的阅读市场，《天堂向左，深圳往右》昭示了一种现实主义写作的回归。

看哪，那个畅销书作家丹·布朗

上次看电视记者采访作家二月河，记者问道：你怎么看待卡尔维诺、王小波的充满想象和意象的作品呢？二月河并没有就驴下坡，直接跟记者抬杠说："我没看过。我连你说的这些人都没听说过。"我真为他叫好！

这几天看完了美国头号畅销书《达·芬奇密码》中文版，感觉作者丹·布朗是和二月河一样的角色。虽然他的作品里面充满了艺术和历史，甚至基督教的历史和传统道德，他甚至说耶稣和一个妓女结过婚，留下了一堆后代，但是总体上他不过写了一个单纯的侦破小说和悬念故事。

其实畅销书作家是一个不错的差使，很多作家都在通往畅销的道路上狂奔。当然，也有很多的死硬派和嘴硬派看不上畅销书作家，他们以为作家嘛，就应该是卡尔维诺、海明威和写了《玫瑰之名》卖不出去的艾柯之类，但另一方面他们又耐不住寂寞，一边狠心地诅咒社会的失德和不公，一边嘲讽畅销书作家。

为了自己的信念，伟大的作家需要坚持到底。卡夫卡同志就是好的榜样，他甚至用遗嘱密令好朋友在他死去之后销毁手稿，荣誉与金钱，他生前什么都没有收获。或者也可以像克里玛，在革命和巨变之后依然跟普通民众在一起，共同感受时代的变迁和山呼海啸。

畅销书作家不应该被轻视，而应该被尊敬。

在一个动荡变化的世界里，他们是敏感的，至少他们能够抓住读者的注意力，并以工业化的产品使世界良性运转。他们是建设者，而不是破坏者，所有的建设者都值得我们尊敬。

也许丹·布朗真的不过是走了狗屎运，所有的功成名就，将很快被读者和历史所遗忘。但是，那有什么关系吗？"野百合也有春天"，毕竟他曾经给我们带来过惊喜和愉悦。

领袖炼金术

哈佛商学院教授泰德罗的研究成果显示，"领袖气质"是天然形成而非后天努力的结果，这彻底打消了我们积极的进取心态。

但是，他在哈佛大学的同僚大卫·葛根，这位美国四任总统尼克松、福特、里根和克林顿的顾问，却总喜欢谈论"蠢材"杜鲁门的故事，以示与前者立场的不同。

20世纪美国唯一没有上过大学的总统杜鲁门一直被人认为娘娘腔，没什么领导才能，但在第一次世界大战的一个军旅雨夜，他断呵手下，稳定军心，终于成为了一个真正的"领袖"。大卫·葛根坚信"领袖气质"能够被发掘的说法，因为在杜鲁门的成长过程中，"战争就是熔炉"，杜鲁门之所以成为领袖，是因为他完全剔除了遗传因素。

纳尔逊·曼德拉以强有力的个性特征摧毁了狱卒想把他"非人化"的努力。"如果我没有蹲过监狱，"后来他回忆，"我是无法完成生命中最艰难的使命——改变我自己的。"领导学研究文献习惯将"领袖气质"解读为"童年时代的独特障碍"，不管是贫穷，还是生理缺陷，或者是成长时代的不安全感。因为人们普遍相信，一个人个性中的绝大部分是在童年形成的，沃尔特·迪斯尼、亨利·福特、皮尔·卡丹、杰克·韦尔奇和克林顿的共同特点都是父亲在他们成长过程中的缺席，而他们都有一个坚强的母亲，他们全都在小时候承担起家庭责任，这造就了他们的争强好胜，能够面对权威保持自信，面对失败决不放弃。

实际上，伟大的需要才是创造伟大领导的关键，如果没有"9·11"的灾难，布什总统充其量不过是个蹩脚的三流总统。而同样的理由，纽约前市长朱利安尼还深陷婚姻官司呢，谁会想到他在灾难之后表现出来的勇气，足以让他入选领袖"名人堂"。

在《极客与怪杰》中，"领导学大师们的院长"沃伦·本尼斯和哈佛商学院教授罗伯特·托马斯一起采访了43位领导者以寻找其共同特质。他们具体研究了当今美国的两类活跃领导。

其中一类是"怪杰"，如今年届耄耋，诸如加尔布雷斯、基辛格和格林斯潘，他们的生命经历了大萧条和第二次世界大战，本想安度一生，却不得不以显赫的身份来参与历史。后一类被称为是"极客"，这些在"信息社会""后工业社会"成长起来的一代新人，借助20世纪90年代的信息化、全球化和电子化迅速成为一代"新霸主"。两类人有共同点吗？或许，在何以功成名就这点上，他们具有诡秘的相似之处。

一生的学习是人们成为领袖的必经之路。本尼斯首先响应了流行论调"伟大的领导者都是伟大的学习者"。加尔布雷斯就坚信"人生唯一靠得住的止痛剂，就是学习"。他管理过第二次世界大战时代的美国物价局，20世纪60年代出任美国驻印度大使。他有理由罢手了，他出版有大大小小著作 38 部，但是他并没有停止。到今天为止，还在哈佛大学教授他喜爱的经济学，并享受生活。年轻一代同样喜欢学习，只不过学习的场景换成了"互联网超级大学"，他们相互在网络上交流知识心得，思考长期困扰自己的问题，并尽量将自己表现得和上一代人不一样："我们需要创造历史，同时我们需要创造财富。"在虚拟世界中，他们早就是英雄，登高一呼、指挥若定、振奋人心、提出意愿、为民表率、扭转乾坤……

当我有幸聆听 71 岁的沈昌文先生讲述三联书店小女生和他讨论露背装问题的时候，我对"领导炼金术"中的"赤子心态"有着强烈的认同感。好奇、热忱、精力充沛，这位前《读书》杂志主编，20 世纪 80年代中国文化热的主要参与者之一，恰好应证了成为领袖的必需心态：对新鲜事物依旧如饥似渴。

美国社会学家、作家费尔·施莱特说："我常常觉得孤单，因为在我认识的人当中，太多人已经'定型'。对他们来说，世界已经凝固了，封闭了，不像我们年少时拥有那么多的可能性。我所说的'赤子心态'，说的是我们有些人虽然年华老去，却仍然能够保持着很多的可能性。"所以我猜想领袖魅力（Charisma）就是赤子心态，它是一种值得遗传的迷人宝物，能确保领袖人物能够不断领导、知足和常乐。

当我们放下"领袖气质"是遗传还是后天锻造的争论，至少我们可以在如下"炼金术"上达成粗浅的一致：首先，伟大的需要才能创造伟大的领袖。其次，一生的学习是领袖的必修课。再次，赤子心态与好奇心是成为领袖的关键。最后，只有经历尴尬的熔炉锻造，领袖才能

"优雅下线"，否则历史上将只有"蠢材"杜鲁门，而不会出现总统杜鲁门。

作为领袖，他必须是"英雄人物""救世主""设计者""教练员""辅导员""学习者"，如何成为新时代的领袖，你准备好了吗？

哈维尔：再见，政治

　　1989 年，当哈维尔被人们推举为捷克斯洛伐克总统时，大多数老百姓所熟悉的是他在地下刊物上所发表的政治文章，而对他的戏剧作品所知有限。那些文章所表现的清晰道德力量和英勇责任感让人们赞誉有加。

　　而当 2003 年 2 月 2 日，哈维尔卸任担当了 13 年的总统职位时，人们认定他的使命已经达成——那就是培育中欧地区的民主成长以及让捷克共和国回归国际社会大家庭。

　　同为捷克作家，哈维尔与昆德拉的命运并不相同。即使贵为总统的哈维尔卸任的消息，依旧引不起中国媒体的反响，与昆德拉的荣耀相比，哈维尔似乎更寂寞。

　　1979 年，当哈维尔被当时的政权以颠覆政府罪名要求他选择流亡的时候，与昆德拉选择流亡不同，他选择了坐牢，因为他坚信祖国才是他该在的地方，在这里他能完成自己的使命。

　　"亲爱的朋友，作为一个总统，我要走了，但作为您的同胞，我还和您在一起。"卸任的那一天，在告别演说中，哈维尔一再提起他获取权力的过程，简直像创造一个童话世界，美丽而令人目眩，他不断地提醒自己不可以迷失。就像他反对在资本主义和社会主义之间做出任何简单粗暴的选择和判断一样，他指引捷克斯洛伐克走上的是一条与众不同的道路。

他一直有社会主义倾向，但他知道唯一行得通的经济制度是市场经济。这是唯一自然的、可以导致繁荣的经济制度，因为生活的本质具有无限的、不可捉摸的多样性，它不能被任何集中性质的智力所包容和计划。

更重要的是，在他治理的 13 年中，新一代捷克人正在走向成熟，这一代人自由成长，没有经历极权统治而使他们的生活扭曲变形。哈维尔坚信，如果经由这些人打破陈规而带来多样化的大众生活，捷克社会将更真实、更彻底和更公平。

他为自己的祖国开出的药方是恢复健康的民主政治。他强调有力的民治政府的重要性，并对党派政治发出了"党派独裁"的警告。在外交政策上，哈维尔倡导与德国的和解，这项主张的象征就是 1997 年签署的捷德宣言，这份文件解除了捷克和德国自二战以来的紧张关系。

同时，哈维尔极力游说捷克回归国际社会，1999 年捷克回归北大西洋公约组织的梦想提前实现，到 2004 年的时候，另一个梦想，即加入欧盟也将实现。哈维尔还让捷克具有巨大的国际"能见度"，就像哈维尔的名号依旧是捷克的知名品牌一样。当然哈维尔所遭受的最大挫折也许就是 1992 年捷克和斯洛伐克的分裂。尽管哈维尔极力反对，但他还是未能阻止两个小国的分裂。

对捷克国内老百姓来说，哈维尔只要留在布拉格就能保证民主政治的存续。他的总统职位确保了他的道德力量和精神价值不会被物质利益和投机政治所取代。就像他的老朋友克里玛所赞扬的一样："哈维尔遵循了捷克斯洛伐克建国者的历史使命，以便赋予他的小国家一个崇高的目标。……今天无论谁成为继任者，都将很难超越他的成就。"

哈维尔坚信人的头顶上有一个更大的秩序，用中国人熟悉的话来说，那就是"天道"。人们在这个世界上所做的任何事情，都在看不见的天上某处永远地被记录下来，永远地给予评价，每一件事情都不会被遗漏，没有东西被遗忘，每一个人都要平等地接受天道的审判。

卸任之后，他已经断然拒绝了重返政治的可能性。他将和他的第二任妻子在布拉格管理自己的慈善基金，而其他的大部分时间，他们将去葡萄牙的海边别墅完成自己未尽的任务——写作。

当我阅读哈维尔的时候，我只能将眼光转向中国台湾的出版物《无权者的权力》《政治，再见》（左岸文化），并对"哈维尔确立了一个典范，让我们知道如何自处而世"这样一句话表示出极大的兴趣。

三个欧洲人的旅美记忆

基辛格梦系纽约

美洲大陆似乎蕴藏着无穷的机会，这使得无数身怀梦想的欧洲人都投入了其中。亨利·基辛格（Henry Kissinger）并不自愿地在他 15 岁的时候流落纽约，只是为了逃脱纳粹德国的魔掌和希特勒所制造的恐惧。在纽约，他感觉到了不同于欧洲大陆的"创新精神"。

日后他写了一篇文章《少年梦系扬基体育场》，回忆了纽约对天下四海人们的非同一般的热情：作为难民，他是在 1938 年 9 月来到美国。1939 年 6 月，基辛格第一次和美国本土人士在纽约扬基体育场观看了扬基队的棒球比赛。如果当时有人说这个穷小子日后会和体育明星乔·迪马杰奥成为朋友，那一定是天方夜谭。当然，如果这个时候就预言他会成为美国国务卿，同样超乎想象。结果基辛格成功了，他不但成为了乔·迪马杰奥的朋友，而且当上了美国国务卿，美国让他的梦想超乎想象地实现了。

多年以后他在包厢中观看明星队扬基队比赛时，万分感慨美国所具有的"魔法"。在他看来，这种"魔法"的实质就是：纽约扬基体育场不仅仅是一个体育竞技场，它还是纽约的象征之一，在这个城市里同样受到压迫和前途光明的人都将在这里实现自己的梦想。

作为"旁观者"的杜拉克

与基辛格有着同样感怀的是作为美国"管理学之父"的彼得·杜拉克（Peter F. Drucker）。彼得·杜拉克对"新政"随后几年的夕阳岁月有着刻骨的记忆：混合着失望和希望，对知识的狂热，不妥协和多元化的表现，这对于从瘫痪、思维僵化的"旧欧洲"登陆北美的年轻人来说，是多么让人震撼。在他的心中，"旧欧洲"只有陈词滥调、集权、恐怖和失落。

在基辛格抵达纽约前两年的1937年4月，杜拉克也来到了纽约。

他深刻感受到了美洲与"旧欧洲"的不同。人们对陌生人援手并付诸行动，他在陌生人的帮助下，顺利找到了居所，还有位置不错的办公室。随后，他热情地接受了美国传递给他的热情，开始主动上门走访《华盛顿邮报》《哈珀斯杂志》《星期六晚邮报》，要求为他们撰写经济分析文章。他并没有遭遇到白眼，他成功了。经济大萧条之后的美国社区意识的抬头在一定程度上扫荡了美国固有的心胸偏狭、地域文化的一面。这种感觉，杜拉克和基辛格非常相像。

有一次，黑人社会学家约翰逊博士对杜拉克说："美国的熔炉正烧得滚烫，一旦进去了，三个世代，都成了盎格鲁·撒克逊人。"而杜拉克本人的表现甚至超越了博士的预言。美国将他从"旧欧洲"带来的理想主义混合进美国本土的经济学，在自由无声压力之下，为他制造了一条快速的成功之路。正因为美国是一个勇于面对未来的国家，使得杜拉克深受其吸引。他很快地转而学习组织理论，并从大企业（大企业是美国的重要社会创新成果）着手。基于第二次世界大战是因为工业社会而开打的战争，杜拉克后来在《工业人的未来》一书中，提出公司已经成为了 20 世纪的代表性社会机构，它不仅仅是经济力量，还是政治力量。大企业的管理者为物价、工薪、质量和产量所做出的任何决定都将引导并浇铸千百万人民的生活，并最终影响这个社会的生活。

他甚至提出："只要西方文明本身还能生存下去，那么管理人员就始终是基本的和支配性的力量。"美国就是这种"工业社会"的代表。

"在所有管理学家里面，杜拉克被认为是一个真正具有原创性的思想家。"《经济学家》杂志如此评价。而在南方朔的视角里，他找到了杜拉克成就大器的真正原因：他借鉴对人的回忆，延伸了对时代的反省；他亲炙维也纳的人文熏陶，从老奶奶、恩师和经济学家拉波尼等人身上吸取了"旧欧洲"的价值关怀。

在他的自传《旁观者》（*Adventures of a Bystander*）中，他再现了自己的人生与知识历程。19 世纪二三十年代的奥地利经历对他的影响非凡，"他相信管理不善使欧洲在成长时期就陷入了灾难之中"，所以他只有从"旧欧洲"逃走。还在青涩少年的时候，杜拉克就已经离开了维也纳去了伦敦，之后是 1937 年离开英国来到美国。

游向彼岸的格鲁夫

历史具有惊人的相似之处。作为成功的商业领袖，安德鲁·格鲁夫（Andrew S. Grove）被无数世人崇拜，这位英特尔公司的董事会主席，前任 CEO，因其偏执型的管理理念更是一再地被人拿来与戴尔·卡耐基的"推销、交流和诱导"理念以及彼得·杜拉克的"创新经济"理念相提并论。和基辛格一样，作为犹太人的格鲁夫成长于 20 世纪动荡的欧洲，而后流落美洲。和杜拉克的经历极其类似的一点，早年格鲁夫也曾经把新闻记者的行当当作自己的理想追求，不幸却在经济领域和管理学上开花结果。

而更为重要的就是这三个人旅美的经历具有绝妙的类似之处。杜拉克抵达美国近二十年过后，1956 年，国际性难民格鲁夫逃亡到美国。抵达神秘国度的经济中心纽约的时候，他被这个国度财富的奢华展示所惊呆了："商店的橱窗看起来是那样的迷人，服装模特优雅而漂亮。真正打动他的是街道上的大轿车，司机穿着体面的制服，轿车停留在商场前面的时候，司机会过去为后排的乘客开门。"格鲁夫第一次看到了曾经备受讽刺的资本主义的优雅一面。1956 年，根据美国记者威廉·曼彻斯特在《光荣与梦想》中的记忆，美国沉醉于意气轻浮之中，酷热的音乐，恬静的政治，吹捧运动员，追求好汽车。这一年，《时代》杂志的"年度人物"是通用汽车公司的董事长哈恰·柯蒂斯，而 41 年之后，这个身无长物的贫穷青年将替代他的位置，而成为 1997 年的《时代》"年度人物"。

在纽约，美国社会生活中明显的平等使格鲁夫大为吃惊。他说："我快 20 岁了，总有人说我这儿不是，那儿不是。我来到美国，本以为自己是个移民，肯定还会有同样的说三道四，可是事实上却没有。"20世纪30年代离开匈牙利来到美国定居的叔叔和婶婶把在布鲁克林的一间房子让给他住。在这间狭窄的单卧室房间里，格鲁夫目睹了艾森豪威尔时代的美国社会。他考入了纽约市立大学，此时的纽约市立大学已成为免费的"移民牛津"。

在其早年传记《游向彼岸》（*Swimming Across*）中，他不无自豪地讲述了自己20岁以前横渡大西洋之前的少年岁月。1936年格鲁夫出生于布达佩斯一个中产阶级的犹太家庭。父亲早年辍学，和别人经营小商店为生。20世纪上半叶，伴随历史的曲折动荡，匈牙利的政治风云变幻，到格鲁夫进入布达佩斯大学学习化学为止，生活可以用"动荡不安"的词语来形容。

1956年匈牙利爆发了人民革命。尽管不知道国家的未来将导向何方，热血青年格鲁夫和同学一样也上街游行。如果不是因为这次革命，他可能会在匈牙利顺利完成学业，然后在工厂找到一个当时还算不错的工作，但是我们将看不到风云际会于美国的格鲁夫。革命被血腥镇压后，他们已经无法再留下去，匈牙利的年轻人必须选择"渡湖"——那就是出逃。如果说基督教的《出埃及记》中，摩西走的是西方，那么格罗夫走的则是东方，或者说埃及以西。他和另一个青年在一个农夫的帮助下逃到了奥地利边境，然后顺利逃到美国——这个在他心中拥有财富和现代技术的神秘国度。

格鲁夫的回忆中，后来他的母亲和父亲都来到了美国，他的很多朋友和亲戚也来到了美国。但是他少年最好的朋友之一加比却失去了联系。他成了匈牙利所代表的封闭时代的一部分。在这片新国土上，格鲁夫在纽约城市大学化学工业系继续读书，后又凭着自己的努力，建立了美好的家庭，终成为英特尔公司创始人之一，顺利在美国商界寻到了自己的梦想。

移民成就美国

杜拉克后来总结道，伴随美国的"西进运动"，美国与"旧欧洲"分离速度越来越快。在美国的 20 世纪初，产生了卡内基、亨利·亚当斯、林肯·斯蒂芬斯和洛克菲勒，这种新型的精神、领袖和社会氛围是欧洲社会所无法想象的。从相同的社会基础——清教伦理和英国独立理论以及法国浪漫主义理论出发，美国和"旧欧洲"踏上不同的路向。

《巨人年代》里讲述的故事已经时过境迁，亨利·福特、J. P. 摩根，所有旧时代的"强盗巨头"们花费他们的一辈子才达到富有。他们中的许多人都回馈给公众非常好的礼物，他们建立了大学、图书馆体系和公众的保健体系。现在，欧洲移民格鲁夫只用了几十年就得到了所有的一切。某种程度上，从他踏上美洲大陆的那年起，他就见证了美国资本主义 20 世纪两大模式的伟大胜利：一是福特"T"型车的"大批量生产体系"的胜利，二是信息资本主义时代的"硅谷模式"的胜利。

而杜拉克，则以无限的热情参与了"美国心灵"的建设，1942 到 1949 年他在本宁顿学院任哲学政治学教授。1950 年，他转任纽约大学管理学教授，成为"世界上授予头衔并教授管理学的第一人"。1971 年后，他成为加州克莱蒙特研究生院的教授。他撰写了管理学的"圣经"——《管理的实践》，却在大学开东方艺术讲座，还不耽误自己的小说创作。他醉心于简·奥斯汀的作品，并一度将新闻记者当作自己最有实力的职业。

这些都不能不说是移民给美国带来的贡献。至于基辛格，作为一个精明的制衡国际力量的外交家，这位"欧洲型"的美国人成为了"多极化"理论的首倡者之一，并据此为美国设计了一套"均势"外交政策。童年心理中的巨大阴影使他对人性的本质和人生的痛苦有着比常人更悲观的认识，因而更倾向于接受现实主义对世界的描述，于是有了20世纪70年代的中美和解、从越南撤退、与苏联缓和等一系列步骤。如果没有他，中美两国领导人跨越太平洋的"伟大握手"完全可能要推迟发生。

无数移民成功的历史使得我们不得不谈论人才成长的土壤和环境问题。正如我们所提出的问题，美国具有欧洲和其他大陆所少有的包容精神和"牛仔精神"，这才使得更多的世界优异分子在不断寻求机会，从出生地游向美国"彼岸"。尽管美国也有众多的反对移民者，比如帕特·布坎南式的孤立主义共和党人，他们希望在美国四境筑起樊篱，防止外国人进来败坏美国文化。但是智慧的移民白手起家、终获成功的事实已经成为20世纪美国历史的现实主流。

依据世界经济重心20世纪从欧洲的伦敦转移到美国纽约的现实，我们不得不提到美国所拥有的天然商业传统和绝对的"牛仔精神"。正如美国马歇尔基金会的专家所持有的观点一样，美国和欧洲的经济差异源于"牛仔精神"：美国重视创造对企业家精神和创新精神更具有建设性的环境，美国提倡宽松的移民政策，而欧洲则裹足不前，过多的政府干预和严格的移民政策导致失业率上升，竞争力下降。

即使是在今天，透过美国经济从 20 世纪 90 年代以来的表面，我们可以看到美国人不断地离开自己工作岗位，寻求新的机会。一些企业的破产，新的企业不断开张，"牛仔精神"的实质和"创造性破坏"的理念在美国人中随处可见。

正如欧洲人基辛格、杜拉克和格鲁夫所感受到的一样，美国洋溢着"令人眩目"的梦想，或许，这就是"美国梦"的一种体现。

慢下来，你的成长就快了

　　台湾人近来"销售"管理学成风，确实有其渊源。以前多是管理大师一样的演讲家，如曾仕强辈居多。现在则看到很多实业界的朋友来分享职业经验：我所眼见，如李绍唐、苏适平、郝明义和何飞鹏。

　　我们一般的公司、企业都缺乏职场教育这一环节。我们习惯"学长制"，在单位找一个资格深的人追随，如能遇到好的长辈，职业成长便能顺风顺水；如果遇人不淑，那只能靠自己去摸索。我身边充满了这样30岁上下对职场与职业充满疑问的朋友。说老实话，书本并不能给他们带来真正的成长，但是有指引地图总比自己摸索来得强些。

　　何飞鹏的《自慢》（北京大学出版社2008年10月版）和郝明义的《工作DNA》适合一起来读。一者，两人分享的都是文化产业从业经历，何飞鹏是台湾城邦文化的掌舵人，郝明义是大块文化的老板。二者，他们都对职业成长经历有深刻分析：郝将职业成长经历分解成小鸟、鸵鸟、鲸鱼三种人，对照为普通员工、中层主管和高层主管；何飞鹏讲从员工到总经理的工作内幕。比如，何飞鹏提到"工作不当在野党"，向上管理，"有做、做完、做对、做好"做事四阶段，道理大家都懂，如何做到易于理解才是关键。我们以为何飞鹏是很有诀窍的，他在《第一财经周刊》的"职场专栏"很受欢迎就是一个小小佐证。

对职场晚辈来说，作者用"自慢"二字作书名，最终聚焦的还是"专业的自我"，提醒我们做事做人要专注，要把能量放在对的地方，聚焦你的核心所在，这样慢下来，你的成长自然就快了。

易中天不是太多，而是太少！

　　易中天创造性地为中国畅销书写作开辟了新路，他提供的这种可能性是中国出版业的新标志。

　　学者易中天的话题近来又成热点，在央视《百家讲坛》开讲三国名满天下，拍卖新书《品三国》卖了"纹银两百多万"。各种批评的声音甚嚣尘上，有认为教授上电视侮辱了学者名分的，有对他的"评书历史"嗤之以鼻的，有认为他会弄垮学术出版的。种种批评之中，既夹杂着知识分子的酸论，也有对时代本身缺乏清晰认识的短见。

　　我以为，认识到社会基础正在发生的巨大变化以及易中天本人作为一个畅销产品制作者的本质至为重要。

　　首先，在所有对易中天的批评当中，知识分子的腔调似乎为他是今日"余秋雨第二"做了定性，那就是易中天是一个哗众取宠的家伙，他既玷污了学术、教授以及历史等这些玩意，也在取悦大众的道路上走得过于遥远。社会正在发生变化，一种"反智主义"的思潮正在兴起，那些怀抱文化救国之类梦想的知识分子当然看不清楚。不管我们承认与否，精英文化正在技术创新和技术革命的基础上发生"去中心化"的巨大裂变，这表现在平民文化以及娱乐文化的快速兴起，并占领舆论话题的中心。那些批评他"哗众"的知识分子有必要认识到这种社会变化的群众基础，精英文化"精英—平民"二元对立的传统结构遭遇了巨大困境。不管我们理解与否，这种"反智主义"的思潮将会是21世纪的文化主流。

所以，老百姓喜欢易中天的三国说辞，尽管可能有各种的历史错误。在论坛上，更有无数的"易粉"称嫁人就要嫁易中天。

其次，易中天本人作为一个畅销产品的制作者，他是经历市场经济考验的。熟悉他的人都知道，此前他写了不少书，靠美学起家，几乎可以说是"万金油"，他写品读男人女人的书，写美国大宪法背后的故事，写品读城市的书，直到后来写品读汉朝历史、三国历史才声名鹊起。可以说，是市场考验并选择了易中天。

更为重要的是，那些批评易中天将搞垮学术出版的人没有意识到，他的成名历程暗合了中国最为缺乏的畅销书写作和类型写作的风潮。在海外，除了有历史大家写就的历史专论，更有无数大家写就的普通历史教科书，以及二线作家写就的流行通俗历史读物。这点在文学领域就更容易理解，多少所谓的二线作家一辈子没有升堂入室的机会，但是他们的著作动辄销售百万册，老百姓人人争睹，谢尔顿、斯蒂芬·金（他是特例，后获美国国家图书奖）、房龙和克里斯蒂，莫不如是。易中天的风行印证了这种可能性，并创造性地为中国畅销书写作开辟了新路。

中国现在有很多畅销书的作家，但是没有"畅销书作家"，什么意思？我所理解的"畅销书作家"，那就是说不论他写什么题材，按照每年一本左右的速度，都能上排行榜，成为热点话题。这是出版工业必须经历的一步。

　　不管中国现在畅销书的作家多么自信和自傲，但就算余华、莫言、安妮宝贝，都不能算是这个意义上的"畅销书作家"。现在说易中天是，也为时过早，不过他提供的这种可能性是中国出版业的新标志。

　　所以，我要说：易中天不是太多了，而是太少了。

　　正在发生的文化与出版领域的变革，不是毫无出路，而是才刚刚开始。

蒋一谈：创造性写作实践者

《赫本啊赫本》（蒋一谈，新星出版社 2011 年 5 月版）是作家蒋一谈的第三本短篇小说集。朴素、优雅的赫本照片让人驻足停留。这本小说集没有腰封，也没有花里胡哨的广告用语，更无传统文学作品的故作高深和矫情。这本小说集，静静地摆在书店里，卓尔不群的气质好像在说：你读不读我，我都在那里。

蒋一谈已经是第三次这么干了！《伊斯特伍德的雕像》，2009 年 7 月作家出版社出版；《鲁迅的胡子》，2010 年 4 月新星出版社出版。正像《赫本啊赫本》一书简介所言，《鲁迅的胡子》出版后，蒋一谈的短篇小说引起读者和批评家的广泛关注，其开阔的写作视野和卓尔不群的故事构想，给中国当代短篇小说写作带来特别的新鲜味道。

读完《赫本啊赫本》，个人感触良多。八个短篇小说，不同的写作风格，带给我们奇特、丰富的阅读体验。压题小说《赫本啊赫本》很精彩，正如网友所言，这是迄今为止最好的描写中越战争的小说，其实那一段历史离我们并不遥远，我们只是在这个时代强迫自己学会了遗忘。

我个人最喜欢如下三篇：《金鱼的旅行》《芭比娃娃》《七个你》。

《金鱼的旅行》揭示了当前中国人的移民心态。蒋一谈以一个5岁小男孩睿睿的视角，写自己随爸爸从北京回千里之外乡下爷爷家的故事。爸爸妈妈已预备好"移民"去加拿大，要去和乡下爷爷告别。"加拿大"对睿睿来说是陌生的，"移民"同样是陌生的，甚至"乡下爷爷"也是陌生的，一如今天生活在大中城市的普通中国人。故事的主题背景外，金鱼只是穿针引线的道具，是故事叙述的切口，也似乎是无关紧要的点缀，但是借由"金鱼"，两对父子之间淡淡的感情，以及乡村与城市之间的距离、乡愁，让我想起了侯孝贤的电影《冬冬的假期》。《金鱼的旅行》俨然具有好剧本范。

《芭比娃娃》属于另一种类型：一个梦想得到芭比娃娃的少女小翠平生得到——不，是"偷来"的"芭比娃娃"却是叔叔成人用品商店里的"玩偶女孩""黑夜情人"。小女孩的梦想是让爸爸能给自己买一个芭比娃娃，可是爸爸死了，死在煤矿上。叔叔把抚恤金拿来，开了一家成人用品商店，想让小翠和妈妈在北京立足。叔叔当然知道他店铺里的这些"玩偶女孩"不是芭比娃娃。他甚至从不让小女孩来这个店铺……相较之下，《芭比娃娃》气质酷烈，属现实题材的纪录片。聚焦现实，呈现出某种撕裂的残酷，但又绝无抱怨之气，更没有喋喋不休的谩骂。

《七个你》风格大异，都市情感浓郁，展示了一个都市女孩的七种视角：她有七个身份，也可以说是她在城市迷失的"七种武器"，每天一个，每周轮换：周一是插画师苏城，周二是霍金粉丝团成员"霍金的仆人"，周三是微博上的不热闹分子"长翅膀的猪"，周四是女德普，周五是丧家鸡，周六是街头卖画的哑巴，周日是犒劳自己的"小厨娘"。《七个你》具有韩国都市电影的劲头，摆明是一部成熟都市电影的故事框架主题。茫然的时代，"我"，或者"我们"正在迷失，唯有想出生存的技法，才能感知自己与这个世界的距离，才能感知自己的真实存在。《七个你》是一种有益的尝试。

灵活多变的叙述主体、创意性的小说构思、浓厚的影视气质，如此独树一帜的小说写作风格，内涵丰富，技法新鲜。正如蒋一谈自己所阐述的小说写作方法一样，他已经从"我手写我心"的阶段进入了"我手写他心"的阶段。有评论家言，好小说的重点不在于讲述发生了什么故事，而在于讲述故事发生的方式。蒋一谈自己是这么想的，也是这么实践的。三年来，他一直把小说的焦点放在"故事发生的方式"上，这是他持续至今的创造性写作的一贯主张和持续实践。我甚至可以这么说，这是他小说写作的秘匙。

蒋一谈的创造性还表现在，他与一般作家成长道路的不同。一般写作者的习惯做法是，先混文学圈子，开始写小说，寻求在文学杂志上发表。找机会写个长篇小说，才有可能找到出版的机会。蒋一谈偏偏特立独行，他绝不专注于在文学期刊发表作品，而是以短篇小说集的形式，直接与读者见面。他专注于写短篇小说，要知道，现在短篇小说基本没人写了，为什么？短篇小说难写，而且短篇小说稿费实在太低，短篇小说结集的出版机会太少！蒋一谈的写作与出版，直接背弃了以上的一切规律和一切惯例，他完全按照自己的兴趣和逻辑来写，专攻短篇小说，并坚持每年结集出版一部。

现在中国每年出版千部以上的长篇小说，但是敢于将笔触伸展到今天，并聚焦到当代普通中国人情感和命运的作家又有几个？

蒋一谈敢于直面沉默如迷一样的普通中国人，聚焦他们之间复杂的情绪、气质和情感，带给了读者强烈的阅读想象空间，这一点相当不易。"我手写他心"，小说也能干预现实世界。

《大国崛起》：姿态与话语

央视《大国崛起》刚播出。批评性的评论也很快就出来了，很多专业人士对它有不少苛求，也有非常尖锐的批评。

这部"暗火"类型的电视纪录片，在我看来，其姿态与话语方式至少值得大大肯定。

首先，《大国崛起》有一个比较诚恳的姿态。

其总导演任学安在接受访问时说，这部历时三年的电视片最初的设想，是受到中共中央政治局一次集体学习内容的启发，但却不是奉命之作。与传统的、主流的、宣传说教味道浓烈的片子有本质的区别。它能引起学界、媒体乃至网友们的热烈追捧和热议，其实是一种自然而然的行为，中国近三十年的稳定发展的世界性变革使得我们具备了谈论这种话题的社会基础。

所以不如说，在时代背景之下寻找中国历史发展成因的诚恳心启动了该纪录片，它的切入姿态很好。

其次，专业层面上，《大国崛起》的话语方式有很大进步。

学者麦天枢说，他们撰稿确立了两个基本原则，一个是看看国内需要什么就诉求什么，二是突出人物。所以九个大国的崛起史并不面面俱到，我们看到在英国专题中，主要介绍了以牛顿为代表的科学发现与突破，以瓦特为代表的技术创新，以亚当·斯密为代表的市场经济学说。而介绍美国政治制度时，《独立宣言》确立的会议让人印象深刻。德国和日本的"国家资本主义"以及其造成的历史灾难，则证明了"大国崛起"方式的不同，可能将结果殊异。

关于媒体的说话方式，凤凰卫视中文台执行台长刘春的两句话可以附会这个纪录片。一句是说他们的节目《社会能见度》的，其节目力求"我要让你感到我的分量，我又不能让你生气"；另一句是说凤凰话语方式，"凤凰不是话语空间大，而是它的话语方式有优势，是它的语态吸引人"。

《大国崛起》讲了很多普通的外国历史故事，讲了许多国家发展的基本成因，和中学课本上的相比似乎没有太多超越，但你会觉得它很有技巧，一种新的电视话语方式使它与其他以大众诉求为主的娱乐电视节目绝然不同。

该纪录片最大缺点就是逻辑比较简单，很多时候结论粗暴，材料依附于既定的思维，甚至被批评有精英化的倾向。但"和平崛起"等宏大话题本来就是精英话题，它只是借助了电视这种大众传播和普及形式。

50分钟一集的容量也让更多的内容、争议以及理性思索不能被包容其中。

不管对《大国崛起》的批评有多少，但值得肯定的是，至少可以让你换个方法心平气和地谈论。

不羁少女的青春写作

春树写过诗，也写小说，热爱音乐，尤其是摇滚，正如她自己所说，17岁的时候写出《北京娃娃》纯粹是为了斩获名声和稿酬。而在她的小说中，我却分明看见以"青春写作"为旗帜的一代正在为写作所摧毁的残酷现实。

跟巴黎人把所有巴黎地界之外当作外省一样，北京正在成为文化意义上的"巴黎"。每年无数的优秀青年从上海、从成都、从兰州、从中原的乡村小镇拍马而来，裹挟才情和傲气来北京寻梦。因为北京就是天堂"巴黎"，这里是艺术、摇滚、音乐、写作的天堂，而万分残酷的是他们中的大部分不得不散落在东北旺的画家村、树村的摇滚音乐圈、乱七八糟的写作团队或者其他北京的边角地带。

《北京娃娃》里的春树是北京土著，但是和她交往的大多是上述人等，无形中，春树和这些人有着血浓于水的联系，这些人的愤懑和欢喜也就是春树的愤懑与欢喜。

因为商业变局所带来的利益动荡，因为流行文化所带来的无限梦想，因为成功个案所带来的模仿和追捧，正如我看见自己的堕落一样，我看见我们这一代正在毁于疯狂。以青春为旗帜，被写作所摧毁。在文化的北京，我见过了大量的蠢材，也见识过无数优异之士。到最后，不是优秀分子的才华成就了他们，而是他们的隐忍让他们光芒四射。历史让我知道和明白：才华不算个东西。

春树的书中把可笑的"青春"二字贯穿始终，带着她一贯的鲁莽和热切，对青春的撒娇、炫耀、期望、埋怨，呼之即来。她坚定地认为自己躺在一块非常不错的背景布上，多糟糕的演出都可以因此得到原谅，并因为青春本身而变得可爱绮丽。毫无疑问，书上布满伤口和惨痛。而将这些套在一个写作本书时不足 18 岁的女孩身上，我不知道，它所发射出来的弹力和威力将是多么巨大……

春树的才华是不言而喻的。尽管在这本是小说还是传记都难以分辨清楚的作品中，你还是随处可以看见其巨大的潜能。而她敏感的体悟以及从未有过的决绝反抗和决裂姿态更是让人揪心，在一路"天天向上"的青春成长道路上，我们也看见小说和作者本人以野性和狂奔的速度将我们的见识和观念勇敢地背弃。

这是一种我们无法命名的"成长"——我们的阅历和经验在这里严重欠缺，我们的文明姿态和文化品位在这里重型缺氧，我们的道德信义和虚假关怀根本不值一提。因为她已经在千万次的成长中超越了我们，我们是她所面对的另一个世界。

出版商最初给小说取名为《我，17 岁，不良少女》，我以为这最能体现春树的盲目和奋不顾身，也最能折射沈浩波的商人心态。作为残酷而艳丽的花朵，她不是开在盆景中，而是开在大花园里没有被剔除。

我不祝愿出版商和春树能够发财成名，只愿天下父母看见，能发现成长还有这样一条道路，这就足够。

《蓝海战略》：从竞争战略杀入无人竞争地带

崇拜迈克尔·波特"竞争战略"的企业和企业家们要注意了，波特的"竞争战略"正面临新的挑战，那就是最近海内外风行的一本管理畅销书《蓝海战略》所倡导的"蓝海战略"。

《蓝海战略》一书 2005 年 2 月由哈佛商学院出版社出版后，迅速在世界范围内引起反响。

在书中，作者将现存已知市场和待建未知的市场形象比喻为"红海"和"蓝海"。

"蓝海战略"认为，要赢得明天，企业不能靠与对手竞争，而是要开创"蓝海"，即蕴含庞大需求的新市场空间，以走上增长之路。这种被称为"价值创新"的战略行动能够为企业和买方都创造价值的飞跃，使企业彻底甩脱竞争对手，并将新的需求释放出来。企业评论界普遍认为，这是企业战略研究的一个新突破，它是对旧有企业战略的一种颠覆，它将构建新一代的竞争模式。

本书充满了让各国职业经理人激动的字眼和语句："没有永远卓越

的产业"，"没有永远卓越的企业"，"重建市场边界"。我在一本杂志上发现台湾人周浩正用"蓝海战略"来研究台湾出版业，同样很受用，它和传统的产业竞争以及各种战略分析路径迥异，倒是和全世界风行的"创意经济"极其类似。

此刻，"蓝海战略"正成为全球企业转型的一种风潮。

为了论证"蓝海战略"，书作者 W. 钱·金和勒妮·莫博涅举出的最简易的例子，就是美国电脑产业。很多年前风行大型电脑的时代，苹果电脑没有着眼和它的竞争对手竞争这些，而是开拓了个人电脑的新领域；个人电脑时代，康柏电脑没有和苹果电脑逐鹿中原，而是自己开拓了个人电脑服务器的新时代；后个人电脑时代，戴尔电脑也没有将康柏、苹果等著名公司直接列为竞争对手，而是自己开拓了戴尔电脑的直销模式。

但凡有管理经验的人都知道，要实现创新，克服组织障碍是关键一步。本书同样提出了"蓝海战略"的执行步骤：克服认知障碍、克服有限资源障碍、克服动力障碍和克服组织上的障碍等。迈克尔·波特的《竞争优势》和《竞争战略》出版以来，竞争理论已主导该领域很多年。

科特勒在《水平营销》中谈到"跳出盒子的思考"，《蓝海战略》也谈到了创新市场的重要性。但"蓝海战略"不只是简单的创新，它是竞争战略的革命，真正的竞争不是和你的竞争对手的竞争，而是变革你所处产业的竞争，核心价值就是"价值创新"。

《蓝海战略》创造性地提出了以创新性代替对抗性的新企业战略，

照亮竞争战略之路。但其缺陷同样显而易见，结论简单粗暴，论证并不行云流水。

书话：功利主义时代的"内圣外王"

我上开心网的一大爱好就是去上面的"运程"里看看我今、明两天的运气如何，越是看到它揭示自己的坏运气时，越发觉得说得太准了。周围像我这样依赖开心网和星座暗示的大有人在，也许是我们焦虑和迷惘太久了，也许是这个时代太过功利，我们总是慌乱地像抓住救命稻草一样去尝试相信一些东西。

台湾学者曾仕强在《百家讲坛》主讲的《胡雪岩的启示》结集出书，他大讲："作为一个中国人，一定要记住，我们活一辈子，千万不能丢父母的脸。只要小孩心中有父母就会规规矩矩做人。""对待金钱，平常心最好。三句话就讲完了：不够时很紧张，多了很麻烦，刚刚好最愉快。""古今中外，每一个人的结果都是一个样——不了了之。但分为死不瞑目的不了了之，心安理得的不了了之。"平心而论，我真不认为曾仕强讲述的这些胡雪岩的生存之道有多高的技术含量，只不过这些名言警句点缀在主人公传奇曲折的人生故事上额外增加了一些夺目的光彩——"心灵鸡汤"一类的所谓处世哲学有时恰恰需要的就是这种似是而非的效果，如果高深得不能激发读者共鸣就没有传播开去的生命力。

虽然从字面上看，"智慧"比"启示"更高级一些，但《智慧书》上榜的秘诀和前些时的畅销书《沉思录》仍然如出一辙。作者葛拉西安这位 17 世纪的满怀热忱的耶稣会教士教给我们的仍然不过是些人生常识："事前，不要撩起他人过高的期望"，"藏好你受伤的手指"，"不要与令你黯然失色的人为伍"，"别让过多的同情心使你变成被同情者"……

　　《智慧书》的作者简介多少露出了一点功利主义的马脚："他从未出任过重要公职，但常与政治人物交游往来，这些经验都成为他写作的灵感"。但它的最后一节"一言以蔽之：做个圣徒"，和序言中说的"人有臻于完美的可能，任何一个凡夫俗子，只要佐以技巧，善必胜恶，从而有可能达到完美"，都让我想起儒家"内圣外王"说对有道德的政治的张扬和追求，以及新儒家呼吁的对"内圣外王"的创造性诠释和现代性转化。

　　从深入理解"外王"的角度去读新上榜的《统一与分裂：中国历史的启示》《谁是中国土地的拥有者：制度变迁、产权和社会冲突》《欧洲的战争与民主（1650—2000）》《民主四讲》，就会显得更有问题意识和现实感一些了。

　　由畅销而长销的《追风筝的人》"怪异"地挤进总榜，让我多了一丝欣慰，我们即使焦虑、即使迷惘也应该有一些更为超越性的信仰，就像《追风筝的人》的译者李继宏说的那样，"每个人心中都有一个风筝"，"它既可以是亲情、友情、爱情，也可以是正直、善良、诚实"。

余华：激情之后能否再有高潮？

余华最"新"的一部小说是《许三观卖血记》，写于 20 世纪的 1995 年，将近 9 年过去了，余华没有任何新小说问世，他倒是给《读书》和《收获》写了不少随笔，在这些小文章里，他畅谈他的阅读和欣赏音乐的经验和感受，并企图揭示音乐叙事和小说叙事的相互关系。

从《十八岁出门远行》到《古典爱情》，从《活着》到《许三观卖血记》，20 世纪 80 年代的"先锋派"作家余华，以其对暴力的迷恋引领我们走过 20 年的时光。是到了为余华的写作做总结的时候了，这就是上海文艺出版社一套 12 本余华作品系列出版的重要缘由。

评论家王德威称余华的小说为"伤痕即景，暴力奇观"，就像昆汀的电影《杀死比尔》对暴力的迷恋一样，暴力美学是余华美学的焦点和核心。同时余华能从古典音乐中寻找到对节奏感的控制，他还是一位孜孜不倦的文体学习者，他的写作越过了众多国外文学大师的界碑，从卡夫卡、博尔赫斯到马尔克斯和胡安·鲁尔弗。

与余华同时开始写作的众多作家中，很少有人还在坚持自己的写作路径，余华用他的坚持证明了叙述角度的可贵。

多年之后，他会依稀记起20世纪80年代，记起那个浙江海盐的小牙医，记起那种要永远面对众多陌生口腔的恐惧感，写作拯救了他，并将永远救赎他。

在写作的高潮之后，余华已经沉默了将近九年，他能否在高潮之上再次建立高潮，显然值得大众关心。这种关心是如此迫切，使得我们企图从对余华的访谈中发现，在平静的叙述段落中，余华"伤痕即景，暴力奇观"的写作要怎样才能持续下去。就像他喜欢的音乐大师肖斯塔科维奇和作家霍桑一样，在安详和温和的叙述段落之后，他是否能以更高的高潮为昔日的高潮作一酬谢。

阿尔伯特·爱因斯坦说："苦难和甜蜜，都来自外界，而坚毅却源自内心，来自一个人自身的努力。"我想，余华会认同这句话的。

我们一直站在余华的身后，等待余华的新作，更期待他的新作能超越以往所有的成就。

"追风少年"韩少功

我喜欢主政《天涯》杂志时代的韩少功，这点可能和别人不一样。不过，现在的《天涯》杂志也不怎么样。韩少功几年前出版的《暗示》一书我很是不喜欢，到最新的小说集《报告政府》，犹是如此。

我丝毫不否认韩少功作品的可读性，《报告政府》也确实是可读的小说。"身后有关门的咣当巨响，把我一个趔趄送进了黑暗。"通过囚犯"我"的眼睛，他写就了我们人人知晓但却从未真实窥见的一个监狱世界：这个世界和外面世界规则一样，一样的弱肉强食，一样的有着冰冷的规则和温暖的人性。

他还塑造了这个边缘世界里的群像，比如9号仓的牢头霸主黎国强，以及智慧的"瘸子"，还有作为大学生的"我"自己。很多时候，你会觉得"牢霸"就是你的童年伙伴，智慧的"瘸子"就是你的中学同学，而那个"我"就是我们每一个人。韩少功有着写小说的长久历练，对人物的描写以及精心刻画，对小说节奏和叙述语言的掌握，都不在话下。但好的小说仅仅有这些是不够的。好的小说需要虚构，要虚构得跟真实一样。

在读《报告政府》的同时我在读杨显惠的旧小说《夹边沟记事》，里面写 1957 年的故事，真实得让人无法相信，你会以为是大大的虚构。

真实与虚构是一个重大命题，需要在小说理论中占据重要章节来阐述。其实我想说的是，诸如《南方周末》等媒体重点报道过的监狱女犯人怀孕事件，韩少功一定有所知晓。不是说文学艺术是对现实生活的反映吗？小说《报告政府》题材的选择以及细节之描述多少有对此种题材反映过晚的嫌疑。

《报告政府》刊发在 2005 年《当代》杂志第 4 期，与它同时刊登的还有中篇小说《未完成的夏天》。对照而言，前者写监狱中的人性故事，后者写禁欲时代的"偷窥故事"，都是现实主义题材，难道现在又流行起现实主义题材了吗？

现实主义作为一种文学样式又成风潮，评论家对此多有置喙。一种好的说辞是，作家们正在深入民间，潜入水深火热的人民群众当中，与他们血肉相连。不好听的说辞是，今天的作家正在制造一种写作边缘群体的新"写作景观"，此种写作很容易满足读者的好奇心，同时可以消费作家的同情心，最后达到兜售人民群众廉价道德情怀的效果。

我没有说韩少功就是这种边缘写作的参与者，也没有说"边缘写作"就写不出好的文学作品。但是，说句实话，联系到韩少功先生的写作经历，我以为韩少功就是文学道路上的一个老牌"追风少年"。他喜欢有什么时髦就写什么作品，而他写作的老资历可以保证其切入任何题材都保持优美的身段以及娴熟的写作技巧。

对今天的韩少功来说，这么说未免刻薄，但何尝不是真话。

用禁欲的笔墨写禁欲的时代

什么是好小说？借用评论家的话说，天下的坏小说各有各的坏，天下的好小说却没有千篇一律的好。

我对中国小说缺乏足够的热情，但是如果要评出今年最好的三部小说，我推荐的是余华的《兄弟》、东西的《后悔录》和王安忆的《遍地枭雄》。如果你有不同意见，那不妨告诉我，我可以请你吃饭。

东西的小说《后悔录》刚刚在杂志刊出，就获得了批评界的激赏。出版后的《后悔录》会不会成为与《活着》一样伟大的"中国小说"？这是一个需要时间来验证的问题，但是可以肯定的是，作为"后悔者"的主人公曾广贤绝对是近年来中国小说中最有个性的人物形象之一。

主人公曾广贤一直梦想得到性，甚至因为强奸罪坐了八年牢，但实际上没有经历一次真正的性。

因为自己一不小心将父亲的情事"泄密"，父亲遭受残酷迫害，三十年不和他说话，母亲死于非命，妹妹失踪。因为一次幼稚荒唐的行为，被当作强奸犯捉拿归案，身陷囹圄八年。出狱之后毫无心理准备地一脚踏进开放的新时代，准备跟真爱自己的两个女人中的一个结婚，过分谨慎，结果把两个女人全错过了。因为一时冲动，因为被张闹的一张假结婚证所骗，他多年受制于她，等到明白过来的时候，已经人财两空……

小说叙述非常自由，以曾广贤向一个按摩小姐讲自己经历的方式写就，甚至一开头就是人们围观两只狗交配的场景。东西以"后悔"作为切入点，写了一个人如何用一生来犯错，又用一生来后悔的故事，整部小说就是一个老年处男兼性无能者的"后悔录"。

近年来批评家一直在质问：中国作家都干什么去了？他们为什么对变化的时代缄默不语。我现在可以替我喜欢的作家余华、东西和王安忆来回答：他们都在学习呀，在向笨拙的现实主义学习，在向《焦点访谈》和《南方周末》学习，在向无休止变化的世界学习呀。我以为，《兄弟》《后悔录》《遍地枭雄》就是他们学习之后上交的"作业"，这些"作业"多少有一些好小说的气质。

尽管与余华的"正面强攻"我们时代的《兄弟》相比，《后悔录》写的是小人物的故事，写的是侧面，是个案，是畸零人，是社会中微乎其微的生物体，但是我们不能因为其小而否定其价值。就像好小说没有千篇一律的好一样，题材选择同样和好坏小说没有必然联系。

《后悔录》的结构和荒诞程度太类似余华小说，而东西对中国人30年"性"经验的追逐性描述，则让阅读者重新获得了此前阅读王小波《黄金时代》一样的快感，这在近年来的小说出版中，并不多见。

一个 "杂志癖" 的私人观察

与《杂志癖》同时推出的《新周刊》十周年系列丛书中，还包括《新周刊》其他主笔的作品，肖锋的《少数派》、何树青的《连城诀》和绮色佳的《私享家》。我个人以为，与《新周刊》一直以来在北京、上海、广州等大城市的反响重合，《连城诀》一书中对城市的描绘最值得推荐来阅读。

几年前笔者写过一篇小文，称赞两位崛起的 "新锐"，一位是许知远，一位是令狐磊。几年之后，如你所见，他们正在一起制作一本叫《生活》的高端杂志。此处不是说我的预见如何准确，而是和你谈他们的成长路径。好了，现在有了文本参考，是为令狐磊出版的《杂志癖》一书。

令狐磊的《杂志癖》和瘦马的《时尚：幕后的策动》是我最近在反复翻看的两本媒体书。前者，透过视野的不断扩大，令狐磊让人不断萌生对杂志业的好奇心。而后者，同为杂志人的瘦马则努力在一个匮乏标准化管理和操作的媒体氛围中做出激情四射的标准化努力。

提起令狐磊，必然要提到 "磊周刊" 的网刊，也会提到《新周刊》。《新周刊》已经 10 年了，新锐感正在消失，而作为杂志，它也正在失去市场的敏锐度和判断力。正如封新城所说，国内杂志界敢称"杂志癖"的，恐怕唯独令狐磊一人。

伸手可及之处，他被各种杂志所包围，并企图从中寻找到自己的兴趣点。英国的《i-D》、香港的《CREAM》、《Milk》、《东西》、《号外》以及《COLOR》、《WALLPAPER》、《时代》、《国家地理杂志》、《明镜》、《FHM》等，无数的"智力爆炸物"给他提供了与众不同的思维路径。

这一点尤其重要。在言必称"创意"的杂志界，我个人以为，视野、好奇心和激情三者决定了创意的发展维度与传播幅度。当内地杂志圈人都在自己的一亩三分地上"你争我斗"的时候，令狐磊无限地打开了自己的视野，并不断将杂志的边界推到无限之远。同时，他放纵自己的好奇心。正如托马斯·弗里德曼在《世界是平的》一书中所说，IQ+PQ>EQ，好奇心将最终决定我们做事的高度。至于激情，从《新周刊》到《生活》，他似乎从未失去过。

在书中，令狐磊醉心于各种少见的杂志，以及它们所推销出的启发性观念。尤其是，他通过日本和北欧杂志之旅带回来的观念，在文章以及和杂志人的沟通中，你能发现他不同的思维角度，那就是"慢杂志""平坦世界的杂志""创意世界体""生活钝感力"等。具体到越来越风尚化的设计师和杂志的互动关系部分，他推荐的是大名鼎鼎的汤姆·福特。

对了解作者的人来说，《杂志癖》是一本好书，透过作者的成长路径，我们可以思考"杂志人"自我的发展路径在哪里；它还可以告诉我们，对于杂志，我们想象的边界在哪里；而对于并不认识令狐磊的人来说，这本书则是最好的杂志"私人读本"。

在书中，我们可以看到不一样的杂志、不一样的杂志人生、不一样的杂志成长与衰退故事。至少对我自己而言，杂志的阅读有其特殊性，我总是通过杂志的阅读，来更新自己的逻辑思维。因为杂志比报纸的制作似乎更加用心，它比书本更加庞杂和繁复，而最最重要的是，它还提供给人以思考的价值。

在回忆的光芒中行走

从《钢琴与政治》、布罗茨基到奥威尔，从布拉格的政治档案、1957 年一百个的爱到被误入地狱的个人青春，多少被历史的狭隘偏见和掌故资料所敌视的奇迹或者悲剧在这里一一登场。作为一个事件性复述的文本，它简直是一部间杂呼喊与迷茫的精神之书。

我说的是《记忆》（中国工人出版社 2002 年 1 月版）。这是一本书，也是一本杂志。这是一种精神之书，充斥着回忆和反思的光芒。

在有的人眼中，殖民主义者是文明的传播者；而在有的人眼中，殖民主义者则是文明的破坏者。这在某种程度上说明了人们对一个事件的不同看法，而在另一个角度上看，这就是人们对信息的接受方式和话语权力的掌控的不同结果。

按照正统历史学家的观点，时间可以消灭一切，但是不能消灭记忆。记忆是历史的唯一保证，而良知则又是记忆的唯一保证。所谓良知，确保了人们对历史重大问题的回顾的准确性和责任感。新近有如福柯之流，则对这种论调发出了"炮火"。

例证是电影《辛德勒名单》的成功。《辛德勒名单》不过是一个虚构的历史文本，而在西方各大高校里，它却获得了纪录片一样的尊荣。敌视者的态度是：事实是假的，但是历史的感情记忆是真的。因为回忆是一种高度选择呈现过去的事件，回忆经常容易受到虚构的诱惑。而是在真与假之间、在虚构与纪实之间、在历史的真相与历史的记忆之间就有了莫大的鸿沟。

人们认为回忆是混乱的，也是建构的；是变动不居的，也是率性自由的。于是某一种历史的回忆或者说是对历史的解释就可能强加给所有的人，而造成一种无可抗拒的强势话语和强势权力。所以，这些人认为记忆会成为一种图腾，会成为一种仪式化的原则，只有对记忆保持一种批判的态度，才能确保容纳世界和人类事物的多样性的解释。

其实这个道理比较简单，跟马克思他们说的是一个道理：统治阶级的意识形态就是占统治地位的意识形态。这些人不过用了一个新的理论"外衣"：只要有强势集团，就有强势话语；强势话语的背后就是强势的权力。他们的结论是：历史的改变不是说发现了多少"事实"，而是说话语权力是如何实现变化、更迭和转移的。

虽然话语的权力没有实现更迭，但是有如林贤治、谢泳、蓝英年等一辈人还是在《记忆》中驱遣出了自己的一套历史解释原则和文本。这些人对俄罗斯的浪漫主义作家和白银时代的风尚有着偏执的热爱，对斯大林体制下压抑的作家群落怀着无穷的好奇心，对中国"文化大革命"的破坏有着千丝万缕的敏感。也正如这些编选者所说："有的胡同已经消失，有的胡同将要消失。"

作为历史的"幸存者"，他们有责任把那些垂老的生命、如花的青春、中断的个人事件，在另一个时间里勾起、记忆、凭吊和讲述，让历史的解释变得灿烂多样。

非职业作家崛起

回顾 2009 年读书界的热点，我的最突出感觉：非职业作家群已经崛起。

有出版人开玩笑说，一本《明朝那些事儿》，让多少从来不看历史书的人成了历史书的读者；一本《货币战争》，让多少以前从来不看财经书的读者成了财经书的拥趸；一本《求医不如求己》，让多少以前不看书的人，见了中医健康养生书就买。

以上各位，当年明月、宋鸿兵、杨奕，以及此外的赫连勃勃大王等，都非传统意义上的作家，此前更无大众知名度，但他们是近来出版圈畅销之王。再加上比如人生职业导师李开复，黑道小说作家孔二狗，官场小说作家王晓方，职场写手李可、崔曼莉等，非职业作家群已成行业风潮。

其实欧美等国的畅销书榜上，非虚构作品占绝大部分，这个趋势在中国也终于出现。原本写小说、写诗歌的传统作家被渐次扩大为能写类型作品的普通人和专业人士，他们一般都拥有专业知识和行业经验，具有揭开行业内幕的流行潜能。

联想到多年前王蒙在《读书》杂志写过的一篇文章，"不要徘徊在文学的羊肠小道上"，我们就能发现，真正的出版资源和畅销作者应该在广大的人民群众当中。

　　这一趋势不容忽视，也值得好好关注。

以无锡为例，解码江南文人

去无锡玩，发现无锡真是人才辈出。

无锡最出名的文人有两"钱"，钱锺书和钱穆。无锡书画艺术名家更是繁多，画圣顾恺之、"元四家"之一的倪瓒、吴冠中、徐悲鸿、沈鹏。实业家以荣氏兄弟为代表，经济学家有孙冶方、薛暮桥，二胡名家有刘天华、民间音乐家瞎子"阿炳"，学者有顾毓琇和王选，中共领导人有博古、张闻天、陆定一等，他们都是无锡人的骄傲。

后有机会参观无锡东林书院，看到从小在教科书上读到的那副名联"风声雨声读书声声声入耳，家事国事天下事事事关心"，遥想起明清以来，以无锡为代表的江南文人的才情逸致，隐约找到了无锡人才荟萃的某种答案。

在无锡我们能找到很多类似的名城逸闻和文人掌故。更重要的是，通过对无锡古今历史以及无锡文化传统的对比，我想到了江南文人这一群体。

对明清江南文人的精神气质的描摹，《仙骨佛心：家具、紫砂与明清文人》一书中提出了不少新见解，值得品味。作者严克勤对书画艺术等有别致的体会和经历，他把对明清家具、紫砂壶的研究和明清文人的精神气质研究联系到一起。"文革"时期，因为偶然原因严克勤被锁在图书馆里，他读到了很多此前看不到的好书，从小对艺术和美产生了浓厚兴趣。下乡之前，爱护他的老师给他找来怀素的千字文字帖，叮嘱他在再艰苦的环境下也要坚持练字，可惜后来等到的却是老师自杀的消息。世事多舛，造化弄人，从小浸淫在鼋头渚的美丽风光和东林书院的书院文化中，从严克勤本人的经历中，我们也能看到"一方水土养一方人"的某些佐证。

《仙骨佛心》书中，作者惊喜地发现，明清文人"理想为儒，实行用道"的人生姿态，正是他们活得仙骨佛心的"密码"所在。因为"理想为儒"，"实行用道"，明清文人的风流，是能出俗也入雅的风流，是能上天也可下地的风流，所谓"心中有主义，手中有枪杠"。明清时期的文人整体发展到瑰丽时代，从言志时代转向了言趣时代：他们以奇傲世，又沉沦于温柔乡，总体基调哀而不伤。

对明清文人"密码"的解释，也可以理解为文人气与匠气的亲密合作。中国文人历来号称"君子不器"，明清文人却能将"道"贯穿到各种形而下的器物当中，而未能玩物丧志。他们研究明式家具，玩味紫砂壶，弹词，弄曲，藏画，盖园，过着有闲阶级的快意生活。这其中最有代表性的，格调之雅、品位之高的文化样式就是文人画、明式家具和紫砂壶。宜兴紫砂壶是无锡的骄傲，紫砂本是一种比较粗糙的陶土，但经过明以后很多文人、艺术家的提点、参与以及介入，从设计紫砂壶、烧制紫砂壶到为紫砂壶刻字、书写紫砂壶铭文，一系列的程序和流程，都日渐成为一种艺术。他们对茶壶、茶事的理解也日渐成为一种生活观和哲学观。一旦文人气与百工匠气亲密合作，把玩的器物上，就充满了丰富的人文情怀，这似乎也是明以后宜兴紫砂壶成为世人疯狂收藏品的原因之一。

中国古代文人的精神风貌，从魏晋风骨、唐宋风尚，到明清风流，达到最高峰。如今我们的物质生活已超越明清水准，但我们的精神归属呢？

寻回中国人的文化自信和精致生活追求，亟须一代新人不断努力。

一场不期而遇的革命

李纳斯·托沃兹，一个芬兰人，大龅牙，祖辈遗传的大鼻子，圆脸。在赫尔辛基大学宿舍，他写了一个名为 Linux 的电脑操作系统，顷刻从卧室传布了整个世界。在微软公司内部，他是受到攻击最多的"飞镖靶子"。在各种关于电脑、IT、垄断、网络世界的国际会议和全球展览上，他是被追逐的传奇英雄、核心人物。他的生活细节和商业策略跟好莱坞的爱情细节一样被传媒渲染得遍布世界。

垄断，还是开放？商业，还是乐趣？黑客，还是商业套装中的狐狸？全球新闻媒介都在关注这个一夜暴富者，关注这个籍籍无名者对世界首富比尔·盖茨的挑战。但是当新闻记者问他是否想见比尔·盖茨本人时，他却说：我连见他的欲望都没有，我对他根本不感兴趣。

不过这种想法经常被人以为是名人的"装孙子战略"。一位美国记者是这样抱怨的：记者以前把电话打到以短剑和斗篷为标志的 Transmeta 公司找李纳斯时，绝对是李纳斯自己接听电话，帮助你解决哪怕是初级程序员的问题。而现在好了，革命已经结束，接听电话已经变成了接线员动听的女音……一个名人就这样诞生了。这位记者兼专栏作家的呼吁是："忘掉这场革命吧，让我们重新回到 Windows 操作系统吧。"

尽管零星的喧嚣正在被众多的支持者所取代，尽管黑客的精神正在被商业套装中的狐狸收编，说到这场革命，其实远未结束。革命的意义和细节依旧需要仔细的打捞。

美国的《PC 杂志》认为 Linux 从一个芬兰学生的博士学位论文到如今的成长壮大，经历了不到十年的时间，Linux 赢得人们信赖得归功于它的两个 Free 特性：一是免费，二是共享。所谓的"自由共享"，这是信息时代的"圣经"：信息应该成为致力与改良的人们所不受阻碍地获得，并在资源开放的条件下实现成果的逐渐进步。

《乐者为王》是李纳斯在记者大卫·戴蒙的敦促和帮助下完成的自传，在这本书里他谈到了他在芬兰家乡的成长，设计 Linux 的理念，自由软件运动的历程，并令人惊异地谈到了他的人生娱乐哲学和对知识产权概念的质疑……

李纳斯的豪言壮语是："的确，我总是将开放源代码视作一种使世界更趋于美好的途径。但仅仅有这一点还远远不够，除此之外我还将它视作带来快乐的途径。"

仅此而已，李纳斯·托沃兹是一个"商业理想主义者"。如果他自己愿意的话，他可以变得跟比尔·盖茨一样富有，如果比不上盖茨的湖滨行宫，那么他至少也可以多拥有几辆宝马。如果他愿意让野蛮的商业侵袭纯洁的自由王国和互联网精神，他也许会成为一代商业巨子。

但是，所有被商业掮客、创意贩子和互联网折腾手盗卖的商业策略和计划书，他都拒绝了。他让商业精英和互联网斗士以及众多的创意先驱震撼的是，他说自己所做纯粹是为了玩玩（Just for Fun）。他相信所谓知识分子的势利原则——"你不能购买到真正的天才"——以金钱为主导的商业模式并不能真正产生创新，就像用金钱炒作的辣妹组合折腾出来的音乐并不能和莫扎特相提并论一样。

李纳斯·托沃兹唯一作过的预言是：在信息社会之后将是娱乐社会。我们的所有生活都是为了娱乐，这是一个"生活的熵定律"——一切事物都将从生活走向娱乐，战争、电脑游戏、有线电视新闻网……那将是一个思科（Cisco）成为往事、迪斯尼（Disney）拥有世界的时代。

而在历史的进程当中，革新是最重要的"药引"。革新者并不是天生的，革新也不可能被预先地计划和事前得到控制。就像 Linux 风暴一样，在电光火石之间，革新只能是不期而遇地发生。

无耻者无畏

差不多在十余年前，"痞子"王朔嚷嚷"我是流氓我怕谁"的时候，纯洁而正直的人们羞于与他为伍，并同仇敌忾，口诛笔伐之，弄得出来主持公道的王蒙（他那会儿是个部长）也惹来一身臊。但在今天这样一个"流氓"尽享荣耀的年代，连王朔也不得不痛下狠招，以其中年老态破口骂遍天下大师才勉强博得几声叫好。

"流氓当道"

但真正风光的顽主们已经有了新的招牌。格瓦拉名义上的追随者，也就是一度打着穷人的幌子高举革命大旗的冲锋队员现在都变成了老爷，一个个油头粉面拿革命的饰品卖弄他们的时尚。比美女作家更为生猛的是一些来路不明的写手。她们在端着自己光荣的异国情爱史开始卖弄风骚的时候，也不忘装满自己的钱袋。她们已经不需要把美貌印在封面，更无须将复旦的学历写上扉页。至于2000年版的网络汪国真们，则已悄悄下网，盘算着如何将自己的那些比特变成铅字，在排行榜上抢占一个好位置；兜售他们点缀着幽默、感伤或者忧国忧民的

"葱花"……

播下龙种，收获的却是大把的跳蚤——但也并不能一概而论，或许我们的现实本来就有太多跳蚤被思想家们一次次说成龙种，以便让大家说得悦耳又体面。

人类有一个拿手绝活，那就是在弄出一些好东西的同时又把它们做坏，比如把爱情做成"婚姻大法"之后，继而把它做成贞节牌坊，继而把它做成促销噱头，最后把它做"死"之后，又打着博爱的旗号声色犬马、纵欲无忌……接下来类似的流行玩法是：把美做成恶心，把道义做成无赖，把自由做成暴民四起……

真理的节目与末日几乎同步降临。在这个"流氓"们招摇过市的狂欢气氛中，大众传媒正不遗余力地开始制造无数的偶像和真身、噱头和头条、卖点和年度花边。它所牵引和炒热的当代社会的文化、生活、时尚之种种征候就像锁子一样，堂而皇之地获得了进入历史的某种通行证。就像传媒成为我们无法抗拒、无法摆脱，也无从逃避的强有力的权力制度一样，面对无耻，我们唯一的选择就是比无耻更无耻！

尼采有一句名言："一开始，人为自己的不道德而羞愧，末了，他也要为自己的道德行为而羞愧。"人类的弱点与生俱来，它深深根植于我们的肉体，当我们已经无法分辨精神、脸皮、心肝、肠胃、生殖器甚至肛门这些东西哪些更干净一些的时候，我们也就没法知道，是"一开始"的那个人更纯洁，还是"末了"的那个人更无耻？

"媚俗万岁"

没有人再像十年前那样自诩高雅地拿着媚俗的大棒左劈右杀。敢于媚俗，善于媚俗，总比动辄拿出救世主或者民族英雄的嘴脸好玩些。所以，广州的足球顽主、小资张晓舟就说：媚俗永远比道德主义更有趣，更接近民主和真实。他甚至说：调戏自己，娱乐大众，这是一个伟大的媚俗标志。

所以，一副好牙与好胃比脸面更重要，下半身比思想更有力量。谁说不是这样，罗兰·巴特不就干脆用"身体"来置换"自我"吗？更何况当今生物技术的发展已把人推向了前所未有的境地：猪肾植入人体，混有动物基因或植物基因的半人——如男猪人或女马人不久将面世，到那时候，我是不是一个人还很重要吗？

我们生活在一个空前自由的时代，但你不得不发现这个自由的获得，却是以牺牲宽容为代价的。对同一个事物，爱与恨都需要理由，世界多元了，标准却单一了。在传媒的塑造之下，于是就有了标准的公式：你我都用 CK 内裤，你我都读《挪威的森林》，你我都用宜家的家具，你我都饮星巴克咖啡……大家都在一模一样的道路上狂奔起来。在生活的诸多层面，刚刚散溢出自由，此刻又进入了"专政"的围攻。我们在这样的文化境遇下遭受到了自由和伪自由的双重袭击。文化的诸多层面就这样被高度统一和束缚起来，成为了一种无耻的"标准共识"，与整个社会的无耻狂欢沆瀣一气。不是吗？就连老牌的民族主义者们都改头换面，干脆在中国足球出线的沈阳五里河体育场打起了"2001 年中国四大顺"的横幅：申奥成功，足球出线，加入 WTO，美国挨揍。

在快意的同时，他们获得了从未有过的满足。

个人从以往体制与政治的钳制中解脱出来特容易投入金钱的怀抱，当年尼采的发烧友们在玩过哲学与诗歌以后，很快成为狠宰客户的无良商人。而个人从金钱压迫下解脱出来后，最容易奔赴政治强权的幻境，他们攫取并操纵着这个时代的话语权，你若胆敢不从，二话不说，一笔勾销。甚至连温和的面纱都不再需要，无耻成为了这个时代最高级的暴力美学。

"金色大粪"

作为流行文化的一道朝霞，花枝招展的《卧虎藏龙》即使征服了所有的盗版商贩和文化大员，还是无法改变其垃圾本色。而我们日夜生存其中的奥斯卡、格莱美、港台电视剧、韩流、晚会歌曲、都市小说等一类文化垃圾，无非就是一堆无耻行话的超级文本，流行于一个物化的消费时代，一方面对你无情施暴，另一方面则不失时机地对你轻抛诱惑，乔装打扮的商业广告和厚颜无耻的政客联手制造着消费时代的人本谎言，每个人都是自己的大明星，每个人的利益都会得到最大限度的尊重，每个人都被爱不够——只要你取得一张镶着时尚花边的无耻通行证，这一切都不在话下。

"穿先进十年的服饰：猥亵。穿一百年前流行的服饰：浪漫。穿一百五十年前流行的服饰：绝妙……"时尚的"莱佛定律"一针见血地揭开了时尚的漂亮面具，让热衷时尚的男女听得既舒服又难过。研究并惯于诠释大众文化的法国人罗兰·巴特也持同样的道理，无耻行话不过是传媒话语和暴力美学的一次暗合而已。他老人家的说辞是："活在我们这样一个矛盾已达极限的年代，何妨任讽刺、挖苦成为真理的代言。"

于是，无耻换上了解构主义的晚礼服，"上帝"被人干掉以后，人类"非神化"的凯旋，直接把数千年人类自己堆积而成的真理山峰夷为平地。一切审美的等级制度都被证明是一种无聊而累人的自欺欺人而惨遭解构，从前那些书生强加于人的标准与模式，随便来几句调侃与刻薄，就可以被拆解得一塌糊涂。

是呀，找真理确实很累。窦文涛也说：找不到快感的人才去找真理呢！话虽世俗，但道出了现代生活的本质。有些东西虽然无耻，但是有人喜欢就行。有些东西虽然是垃圾，但那是金色的大粪，人们是愿意给你眼神的。

当然，文化工业下的"垃圾泡沫"如果能够偶尔在历史的章节中抛头露面的话，那将是它们最大的幸运。就像言说美国 20 世纪 60 年代文化所说的"艾伦·金斯伯格朗诵、新新闻写作、摇滚乐时代、甲壳虫乐队、反战示威游行"；就像说美国 19 世纪 90 年代的"企业、血性、干劲、活力、上帝的国度、增加的人口、百分之百、美国主义"。

作为商业文化中的陈词滥调，在文化的公共喉舌中喧嚣放肆地散播，这些无耻的文化招贴，充分体现了粗鄙的中产阶级的优雅特色。

第三章
师友杂忆

回忆老妈点滴

可以说没有老妈的眼界就没有今天的我，祝愿老妈在天堂一切安好。

1

老妈临终时（2009 年年底），我对她说，自己有三个遗憾，请她原谅：一是自己还没结婚；二是还没带她来过北京；三是她辛苦一辈子，没好好享受过一天。

2

老妈在病房，高兴时会唱起圣歌，她信基督教。

情绪好时，和临床病人家属谈起怎么做刺绣；记恋家里还有很多土布需要去织，听时我无语，内心很伤痛。

3

小时候老妈给我做过一个"海鸥"肚兜，上面有"北京"的字样。

妈总是说，给你看过北京，以后你会去北京的。

十八年后，我果然来到了北京读大学（1996年）。

4

六岁时要去外婆家，经过我家门后的小学，很多人在报名上学。我去了，人家嫌我个小，不收。后经争取，六岁开始发蒙读书。

老妈找老师，理由是，和我同一天出生的小孩去年已上学，仅仅因为他长得人高马大，上学应该看年龄。后来老师默认。

5

老妈从小喜欢和我们一起读书。以前一直给我们念作文，我记得最清楚的一篇作文是说一个人跑到北京来看故宫，还没到跟前，远远看，就脱口而出"敌营"，闹了很大的笑话。老妈告诉我们：做事不能粗心。

现在回想起来，除了三好学生，我最早得到过的所谓奖项就是从写作文开始的：小学五年级获得过全乡作文比赛第三名（1989年）。

6

十岁左右，我是一个连县城都没去过的乡下小娃。

我在的乡村小学有一次组织去南昌市动物园（1989年），我妈舍不得交钱，没去成，我后悔死了。

后来总和我妈抱怨我哪都没去过，妈总是告诉我，以后你自己会去的。

十七岁我自己去了南昌，十八岁我自己来了北京，以后离开家乡，一个人行走江湖至今。

7

十一岁我考中学（1989 年）那年，不知怎么突患毒疮，且长在脸上。

老爸不在家，那时正农忙，老妈先干完家事，半夜还满世界带我找人治病，求土方找偏方。

终于没有破相。

8

大姐高考落榜那年，后去复读，读了一段又背了个箱子回家来。天天跟着我妈去棉花地里捉虫。

那一年的棉花田害虫疯长，大姐捉了一酒瓶又一酒瓶。老妈没怎么劝她，只是简单和她说，交了钱，去把最后这一段读完吧。

大姐后来才又继续去复读，之后考上大学，才有了今天公务员的工作。

9

老妈生了两个姐姐和我，一共三个小孩。我和大姐都上了大学，二姐自己不想念书，小学都没毕业。

老妈一直觉得对二姐不公平，总提及这事，觉得愧欠二姐。

10

我读中学，一个月才能回一次家。回家时总不想返校，不是因为别的，每次都是嫌给的零花钱太少。

磨蹭了几次，老妈就知道了。尽管家庭条件不怎么好，最后还是会尽量加钱给我。

回忆故乡点滴：一切美好的事物都烟消云散了？

1

北京连日下雨，我也接连做了好几天的乡村梦，梦里我和老爸一起在春夜里去捕鱼，醒来了不禁哑然失笑，又顿然若失，顺便想起清明节回老家的经历。

近年清明节，照例都要回江西老家为老妈扫墓。老妈是对我影响至深的人，再远再忙也得回去。老家在江西省宜春高安市。今年照例，从北京，坐飞机，到江西省府南昌市，与我叔叔在机场会合，再驱车沿320国道从南昌奔高安方向走，一个半小时后，就会经过我读书的高安中学。再朝前走半小时，一路分别是石脑镇、龙潭乡和到我家所在的杨圩镇，再折向朝南继续在乡道上前进，20分钟后，"路的尽头"就到了我老家：路江村。

2

回到老家后去看我奶奶，老人家已近90岁，一直以来康健精神，前年不小心把大腿腿骨摔折了。奶奶是家里的祖宗，多年来独立惯了，膝下子女六位，孙子孙女外孙外孙女十数位，连曾孙辈她老人家都带大过好几个。同辈的大表姐的女儿早就生娃了，所以我们家早实现了真正的"五代同堂"。

奶奶住的砖瓦房建于 1967 年，是我爷爷和我老爸共建的，至今保存完好，我也出生在这里。房子位于我们村的最中间，附近几乎已经没有了年轻人居住，青年人盖房都朝更远处的宽阔之地上建设。奶奶拉我们坐下聊天，聊她年轻时候走过的地方，做过的买卖，村子里到了年纪的老人们，谁最近走了，又有谁还健在。

1973 年老家发大水，大水涨到了屋顶，那时我大姐才两岁，在屋顶上靠喝糖水度过了三天，奶奶回忆起这些掌故好像就发生在昨天。

3

在近 50 年前的老屋前，我给奶奶照相。奶奶衣襟齐整，一定要把发髻挽好，就像要出嫁一样，不拾掇齐整就是不让我开始照相。

奶奶的神奇还表现在她几乎"无所不知"：家族里所有人的微小变化、最新动态她都能了如指掌，这对一个快 90 岁的老太太来说，真是一件不可捉摸之事。比如，她会追问我在北京的另一套房子租给谁了等等诸如此类的问题。

末了，奶奶还叫我大姑把她的寿衣拿了出来，心安理得地摊开来一一评点、比较。一套是好几年前预备的，似乎旧了，不流行了；一套是最近才刚刚做好的，绸缎面，分七层，样子是最新款的。她细心地问我大姑寿衣的价钱，和经手裁缝做衣服时说过什么话，谈到死后将要去的地方，她通透、淡然，"完全好像在议论其他人的事一样"，我家人议论说。

4

平常村里的年轻人都出去打工，远的去广东、福建，近的就在南昌、高安附近。真正种地的农民少得可怜。

年轻一代的农民已经和我一样，习惯了城市里的生活，他们中的大部分已经都不会种田。路江村500多亩水田多半是靠50岁左右的老人在种。

现在几乎家家都有三层楼的别墅，可平常房子里装的有的是稻草，有的全空着。除了春节前后大家庭的团聚，平时的路江村里仅剩数百老人和小朋友在留守。

5

我想起我老爸在老家路江别墅里的很多东西：风车、水车、铁犁和渔网，都是我们的下一代将不认识甚至完全陌生的乡村物件。

临走的时候，我向奶奶讨要了一个她多年前用过的带罩煤油灯（江西俗称马灯），带回北京作纪念。

关于我的故乡，小时候记忆里的一切美好事物似乎都烟消云散了。今天的农村留下的仅是空心村、留守儿童、空别墅和问题少年，这些社会学关注的题材我总不忍心去触碰。

我很想回江西老家，在春夜里安静地捕鱼，可是故乡真的已经回不去了。

与互联网有关的阅读记忆碎片

《创业者对话创业者》

张向东是前资深媒体从业者，如今的网络公司老总。2000年前后我和张向东在博库中国网做过短暂的同事，他后来在广州新周刊做过。

他对传统媒体有很强的依恋，即使后来成为3G门户网总裁，还是持续关注传统媒体，做传统媒体才做的事，《创业者对话创业者》（张向东，中信出版社2010年7月版）就是这样做出来的。当当网、豆瓣网、3G门户、盛大文学，张向东与这些网络公司创业者的对话启动了我关于互联网的散乱阅读记忆。

张向东

我记得认识北大高才生张向东是通过网易读书论坛，最早认识的一批朋友都是通过网络论坛成为生命中的朋友的。甚至我还记得他在2000年左右跶个人字拖，带美女来参加聚会的场景。

未毕业他就投身于当时最为火热的第一波互联网潮流，其时他和麦田搭档，那个时候麦田也还是个资深文学青年，不是现在资深网络工作者。张向东是趋势高手，看中了手机即将成为最有杀伤力的终端，现在一门心思做他的 3G 门户网。

张向东喜欢读书和旅行，还喜欢一个叫沈灏的人，并多次延请沈灏先生为自己的书写序。沈灏和程益中当时被誉为南方报业"双子星座"，也是我们那时刚毕业的文科生心中的媒体偶像。

沈灏

程益中后成为《南方都市报》和《新京报》总编辑。沈灏参与创办的《城市画报》《书城》《21 世纪经济报道》，也影响了一批批的媒体青年。

"风和日丽，江山耀眼。心存理想的人来到这里。万物谦虚，纹丝不动，这里蕴蓄积极、向上生长的力量。"我至今依然记得当年《21 世纪经济报道》诗一般的推广广告。

沈灏在这本书序中提到张向东曾向他提出两个问题，一个是什么时候退休，另一个是退休之后去干什么。他觉得这两个看似无意的问题促自己思考，一是思考做事的节奏，如何退出，以及商业模式的稳定性，后续人员的物色等；二是思考事业和个人爱好之间如何保持平衡。无论对普通人，抑或组织的负责人，这两个问题值得深思。

当当网

信息革命生机勃勃，互联网人的创意要多疯狂有多疯狂。北京的网民硬是把一个绝好创意的 E 国网（号称北京市区一小时送货，一杯可乐起送）买死了。

预感网络潮即将到来，1999 年，当当网上书店成立。那时中国的网民才 800 万，没多少人会使用信用卡，支付成问题，物流几乎没有，如何培养网民的消费习惯是面临的最大问题。

问题成堆，对手同样成堆。卓越后来成为了卓越亚马逊，今天依旧是当当网的对手，而 8848 网、旌旗网、书生网等对手或者潜在对手还有多少人记得？

十多年后，支付、物流、消费习惯，还有中国网民数量的激增等问题都已难以阻挡当当网成长的速度。

豆瓣网

2005 年创办的豆瓣网如今已俨然是中国文艺青年的网络大本营，可创业者杨勃却不是传统意义上的文艺青年。技术范的杨勃，最多算个"极客"吧？

豆瓣网刚开始的时候，我们都觉得很好玩很有用，但推测此类网站应该很难持久，很难赚钱。没想到能坚持至今，成为清晰的文化符号，改变了一代人的沟通方式。

盛大文学

网络上读书从来不需要付钱的。我曾工作的网络公司曾为销售电子书，每天派一同事去邮局取汇款，回单位再把电子书的下载账户通过邮件发给顾客，初算下来，每月的收入还不够支付员工的跑路费。这是

2000 年左右留下的深刻教训。

正如张向东观察到的，从以前的黄金书屋，到榕树下，网络文学是互联网上最早流行的内容类型，也从没人把它当回事，直到后来有了盛大文学。盛大文学是在用"大拐弯"的方式完成数字出版的转型。

以前得知新浪的侯小强要跑去做盛大文学，不理解，想不通，也读不明白。读了张向东对侯小强的访问，发现是我自己水平太低。

Everything is in its place

参与者张向东，用观察者的身份说的是"凡事成，必借大势"，纠结没有用，抵抗也没有用的。以上这些人与事，Everything is in its place，都是在合适的时间，处在了合适的位置。

小镇青年跃入主流

　　在急剧变化的二十年中成长起来的一代小镇青年，此刻正身陷日常生活的惯性。背叛了计划经济时代的理想主义，我们爬上了市场经济时代的高速列车，在商业文明和文化乌托邦中，我们倒退着向主流迈进。伴随二十年时代变迁的激越、户口以及两元论的消失，我们和所代表的文化一起成熟起来，我们眼界开阔、姿态前倾、独立高蹈、放纵梦想、追逐自由。

　　我们看见了旧世界的摇曳，也看见了美丽新世界的快速崛起。

成长

　　陪我逃过学的兄弟，一块儿抽烟的兄弟，你们现在哪里？……学小马哥叼火柴的兄弟，背吉他忧伤走过人群的兄弟，你们在哪里？……结婚生子的兄弟，放弃幻想的兄弟，你们在哪里？

——绿妖（作家）

　　在小镇成长或者在鲁迅外婆家一样的社戏中嬉戏，如今的我们居住在大中城市的中心地带。小时候喜欢过张海迪姐姐，感受过20世纪90年代初的物价飞涨，今天我们喜欢的或者是F4，或者是金喜善。高中毕业时最大的理想是要做史玉柱那样的巨人，今天的目标已经不言而喻转向杰克·韦尔奇。1993年左右的时候自费学习电脑，打字用的是王码五笔，还需要学习无聊枯燥的数据库知识，2000年前后的时候我们满怀激情地遭遇网络泡沫，进行了和20世纪80年代极其类似的"经济启蒙运动"。

我们是一代新人，在政治平反运动与经济改革开放的共同造就下，我们在社会学上成为了现代意义的中产阶级的标准前身。1980年前后的国家，农民的儿子就应该是农民，工人的儿子就应该为父亲火热地接班，子承父业是多么天经地义，而绝不愿意满足的小镇青年怀揣梦想出发了。

街边那一排摆地摊儿的还是你吗？每月为两百块钱苦留厂里的是你吗？考上成人高考不知所终的是你吗？从南方回来恳求领导继续上班的是你吗？政治浪潮、经济革命、南方讲话、网络泡沫、下海经商……一次次的革命之后，我们摆脱了人事关系的噩梦，我们在人际关系的故旧网络中出逃，在拆除观念尤其是心灵的艺术之后我们被分化成不同的群体。

巨变当然是从1978年开始。台湾青年邓丽君和罗大佑以一种积极的力量推翻了人们禁锢的心灵。生活的诱惑，对享乐的追求，以及无穷尽的快感成为普通人们的所思所想。更为重要的是，和我们一起玩玻璃球的同伴找到了征服世界、获取新空间的手段——高考。出身贫寒、习惯奋斗的新一代青年凭借高考即将成为社会的主流人物。

城乡

在你懵懂的成长里，看到一部小说，谈农村和城市的界线、一个人想到城市里来有多少障碍，他可能会付出道德上的东西。看了小说你就明白，原来人和人的天空不一样，你知道自己在地球的哪一端。

——贾樟柯（导演）

进城曾经是小镇青年的一大梦想，从路遥的小说《人生》和《平凡的世界》对我们这一代人的影响可以看出：横亘在城市和乡村之间的那道隔阂其实是心灵的而不是现实的。如今我们好像成了"社会的稳定元素"，而真正的革命尚没有开始。

随着我们进入城市的中心，学习智慧和掌控知识，我们仅有的自信疯狂地得到了恢复。实业世界的兴起、教育的开放、经济战争和文化流行时尚都为有才干的人士提供了越来越大的空间。中国的社会结构正在奇迹般被撕开，在平头百姓与政府官僚之间，我们是一种新的力量形态。

在启蒙激情的 20 世纪 80 年代，我们喜欢金庸、古龙、三毛，我们崇拜席慕容、北岛、汪国真，我们爱好王朔、钱锺书、张爱玲。我们谈论政治，研究哲学，译介昆德拉。在深圳、海南、广州、珠海，我们打工，或在其他地方有过类似的打工经历。结婚时使用车队并且录像，男穿西装、女穿婚纱。多数人结婚后就和父母分开住，过上了独立自主的个人主义形态的"资产阶级"生活。

而在 20 世纪 90 年代之后我们去卖保险。虽然我们自己不大为涨工资或下岗之类的事情糟心，但是家乡的亲戚朋友总是为之伤神。中英谈判成功的时候还觉得很遥远，一转眼香港已经回归了。传闻 1999 年的世纪大劫，自己却平稳地度过了世纪末的最后一天。曾经迷恋的《聪明的一休》的日本动画片已经被十多年后的《蜡笔小新》所取代，不知道是我们拒绝了成长，还是在跟踪小镇青年的大路上，流行文化加快了自己的脚步。

收获

年轻的我疯狂地写着小说，期待不一样的日子的到来，特别是 1990 年的严冬，如果没有家人和老师的支持，或许我已经放弃了生命。……等待，绝望，再等待，几乎成了生活的全部内容。……在我曾经沉沦的生命里，有很多人一起伸手打捞了我。

——程青松（影评人）

年轻的我们并不富裕，在大学的是时候总是被家庭的变故和遭遇弄得心惊胆战。在学会了写小说的同时，我们把心灵交付给了敏感的诗歌。但是这也不妨碍我们踏上社会以后会以"前诗人"的心态和姿态在商业混水中"肆虐"。我们的勤劳是人所共知的，就像我们的疯狂成长的焦虑一样。大学毕业之后，我们茫然地选择留下或者出走：留下是因为隐忍，出走是为了去闯荡天下。

多年以后，不一样的日子来临，以报答小镇青年的不死奋斗。我们收获的除了成功之外，还有女人。在与心爱的女人回到鹿港小镇的时候，我们热衷谈论的其实是小镇生活的极端美好。没有小镇的恬淡和平静，就不会有我们的焦虑和野心，但是我们知道我们已经不能被禁锢在小镇，小镇已经没有了我们的梦想。

二十年的巨变让刷满性病的广告贴满了老家的墙壁，也让一代小镇青年的昔日漂亮的同桌成为人父，将雏挈妇欢迎我们的回来。今天的中国，伴随时代的变迁和全体人员的流动，农民、爆发户、文化掮客、音乐人、城市贫民，以及像我们一样心怀梦想的新移民纷纷拍马要进入主流，历史简直是在导演一部壮烈史诗剧。

时代和国家的巨变之后，我们的个人遭际平缓散开，闪亮着"巴尔扎克"式的光芒。巴尔扎克用自己的天才与偏执建造了一个庞大的精神世界，而最为重要的是他像于连一样是个默默无闻、没有好出身的年轻人，但是他们以小镇青年的梦想和焦虑在光怪陆离的巴黎社会获取了荣誉、财富和女人。开放的二十年就是一代小镇青年成长的二十年，就是小镇青年切入主流的二十年。站在历史转型的"分水岭"上，我们像过客一样感受到机会，同时也感受到责任。

这一代人的怕与爱

关于"这是什么样的时代"的说法哪怕没有一千种，也有 999 种。这是一个换衣服换配偶换身份换花样的时代，小市民一夜成名，高级官员顷刻落马，每天的信息量能塞满人的脑容量，病毒来了全世界叫冤屈……好了，号称"北方池莉"的天津作家王小柔的说法是：我们都是妖蛾子。

王小柔的文章好读，有趣，适合发在《读者》《知音》等大众杂志上，不过你要是喜欢帮忙，能帮她发在《中国社会科学》上也未尝不可。尽管还不完全，甚至更多的是基于王小柔个人对生活的体认，《都是妖蛾子》一书完全可以作为粗糙的社会学样本，以供分析这个时代的变迁和这个已经让人厌烦了的"70 年代群体"。

这几天一直在看《时尚先生》这本杂志，10 月号的专题是"'70 后'大声喊：这一代人的文艺腔"，他们采访了很多"70 后"的所谓优秀青年，比如张亚东、徐静蕾、陆川、许巍和张扬，当然另外有趣的还有一个北大 EMBA 班的故事和"70 后"艺术以及英国 20 世纪 60 年代平面设计展，后两个活动我都去看过，最后上了这份名流杂志，算是看它的理由之一。当然眼花缭乱的还有数不清的名牌衣饰、化装品和汽车广告。无论是成名的张亚东、徐静蕾，还是你我一样的普通百姓，还有美女作家王小柔，这一代人的怕与爱是什么呢？是他们洗脱不了的"文艺腔"，年轻时候的理想、20世纪80年代的风华，在今天加速度的世界里，通通像同心圆里的切线一样四处飞溅。这个时候，他们不再反叛，他们在用此身的经历见证西方三百年的变革。

我们北京有赵赵等瞎贫的"名角"，而王小柔的新书《都是妖蛾子》简直就是直接冲着咱北京版赵赵来的。对了，她们一样喜欢谈美女作家，谈傻吃傻喝，谈网络生活。没心没肺，却又讨读者喜欢。小情小调，却还不讨媒体怨恨。她们追求点小时尚，搞点男女关系，对世界的认知更多地来源于书籍、影像、媒体以及各自的圈子，她们是天然的全球化一代。文学梦已经成为过去，只剩下歌厅里周杰伦《东风破》的哼哼唧唧。学习英文的时代已经过去，只剩下对名叫"肉丝"的女性的刻意调侃。黑白电视机的时代已经过去了，只剩下在网络上视频聊天之后的空寂……她们焦虑，企图描述现在，可又没法临摹下来，因为时代时刻在变。

作为同龄人，我能深刻体味王小柔的焦虑。她企图描述时下正在发生的变化，从文化细节、生活方式、时尚元素以及价值观念等诸多方面。尽管在写作之初，可能仅仅是为了片刻的欢愉。我非常喜欢《1890年代的美国》一书中的一句话："文化有他自己的位置，应该关心他自己的事情。"我想，这一代人的怕与爱都是"文艺腔"。其实今天，我们已经不再需要北岛，不再需要朦胧诗，不再需要萨特，不再需要文艺腔。我们需要 CK、需要《时尚先生》，需要《都是妖蛾子》，需要一代人自己的鸡零狗碎和日常生活。

王小柔并不孤寂，世界已经和你我在一起。

老报人忆旧

新京报的创刊地址在北京永安路 106 号，我们都在那座楼上坚持工作了好几年。那座大楼，是 1956 年到 1966 年《大公报》的办报地址，活跃了很多新闻史上的名人。《各具生花笔一枝》（张宝林，湖北人民出版社 2010 年 1 月版）的主人公高集、高汾肯定也在这里待过。

翻阅这两位老报人的历史传记，别有一翻感慨。

高集、高汾是上一代的出色报人。男主人公叫高集，女主人公为高汾。新记《大公报》创办人张季鸾是高集的姑父，因为这种关系，高集早年就投身于新闻界，后进入《大公报》，与中国共产党新闻史上的范长江、徐盈、子冈等辈共事，还曾直接在周恩来领导下工作过。中华人民共和国成立之后，经历坎坷，遭遇非凡。晚年创办人民日报海外版。

高集本人已于 2003 年去世。女主人公高汾曾在夏衍直接指引下，走上新闻革命道路，至今 90 余岁，依然健朗。

高汾是在重庆碰上高集的，1945 年两人结为伉俪，婚礼就在"二流堂"举行，当时重庆的文化名人郭沫若、夏衍、徐迟、曹禺、吴祖光、廖沫沙、黄苗子、萨空了等都参加了他们的婚礼。

郭沫若题写贺诗曰："宏抒康济夜深时，各具生花笔一枝。但愿普天无匮乏，何劳双鲤系相思。"回忆起他们伉俪与张季鸾、范长江、廖沫沙以及诸多"二流堂"文艺名人的交往和旧事，老太太高汾至今沉浸在缅怀之中。

历史转到 1957 年，高集违心地批判了那些自己的好友，包括《大公报》的师友子冈、"二流堂"兄弟吴祖光，甚至是救过自己的黄苗子，还有浦熙修。这些人最后都成了"大右派"。

不完全统计表明，很多违心批判的人最后也成了"大右派"，唯有高集、张恨水、赵超构三人幸免。2003 年高集去世之后，家人在遗物中找到了一份 1980 年在子冈座谈会上的发言稿，稿纸上着重写下了如下字句："悔恨，伤害了最敬重的一个同志。"据《各具生花笔一枝》一书作者、本书主人公高集和高汾的女婿张宝林写道："这愧疚，如同心殿里麇集的一群白蚁，几十年来，啃肝噬肺，一刻也不曾停歇。"

是小人物，遭遇了历史大时代？

还是在历史的风卷残云下，每个个人总不如沧海之蚍蜉？

老报人的历史，很值得存留，但我很想知道，高集本人会如何自述和评价自己在 1957 年的那一段经历。

第四章
媒体掌故

范以锦访问：告诉你报业的"南方经验"
——南方报业传媒集团掌舵人推出《南方报业战略》

《南方报业战略：解密中国一流报业传媒集团》（范以锦，南方日报出版社 2005 年 10 月版）一书新近出版。它首次详尽披露中国一流报业传媒集团成功运营的秘诀。

对于关心中国报业的人来说，我们从中可以看到一个崛起的南方报业背后的故事。"和而不同，这就是南方报业的文化密码"，南方报业传媒集团掌舵人范以锦在《南方报业战略》一书中总结和归纳道。

仅仅从外表看来，集团掌舵人范以锦并不像他属下名满天下的报纸一样张扬。

在饭桌上，他津津有味地和人探究牛奶的喝法。而当他回忆起少年时在田野里抓老鼠吃的经验时，他会豪爽地哈哈大笑。他能迅速地抓住提问的核心，也能在最短的时间内影响身边的人。"和而不同，这就是南方报业的文化密码"，你或许从中就能理解为什么南方报业能相聚那么多才华横溢、激情四射的媒体人才。

新京报总编辑杨斌评价道："老范作为集团一把手，集中地体现了南方报业传媒集团的精神和文化。从他个人的经历和表现，可以管窥南方报业传媒集团。他可以成为南方报业传媒集团的一个标志性领导，在他任集团主要领导期间，南方报业传媒集团的声望达到空前的高度。"这个有着 35 年新闻工作经历的传媒人，至今还在名片上写着"高级记者"的头衔。

他每天都会翻看集团属下所有的报纸杂志。"我自己还愧称'媒体企业家'，但是我要向这个角色转化。""我希望南方报业将来变成南方国际文化传播集团。"在他赶往北京大学颁发南方都市报新闻奖的一个中午，他接受了萧三郎的采访。

出书：对内是总结，对外提供参考

萧三郎：范社长一直为人很低调，为什么突然出版一本书来解析南方报业传媒的成功经验？

范以锦：主要有两方面原因，一个是南方报业老一辈新闻工作者，经过长期奋斗，积累了丰富的报业发展经验。新一代南方报人在继承传统优势的基础上，无论在新闻方面还是经营方面又都有了比较大的发展，创新了很多新鲜经验，尤其是在报业的整体战略格局上。

我作为集团第一把手，把这些经验加以总结提升，这对老一辈和新一代的报人都有一个交代。

当前文化产业体制改革正在引向深入，抓住这一时机回顾总结我们的经验教训，以更明确我们的发展方向，我有这个责任。这是从我们自身报业来考虑的。如果从国内报业来考虑，这几年全国很多人到南方报业来了解情况，听取我们在办报和经营方面的介绍，因为时间的关系，我给他们介绍的情况都是片段的、侧面的，不可能介绍得系统和全面。

现在，我把我介绍的情况和我在一些论坛上的演讲内容以及一些总结材料，进行理性的、有系统的总结，汇编成册。如果能对兄弟报人有参考价值的话，我心里也会感到很欣慰。

《南方报业战略》一书里既有成功的总结，也有失败的教训。不像人家讲得我们是很完美的，其实我们有很多教训，所以我们既总结经验，也谈到我们某些失误。总的来讲，对内我们是一个总结，对外提供一种参考。

基于这些方面考虑，就有了这本书的诞生。当然，如果我的总结能给新闻教育提供一些新的观点和材料的话，我也会乐意与师生们交流、讨论。

萧三郎：《南方报业战略》出版以后，媒体圈引起了不小反响，很多人认为是一种"解密"，你怎么看？

范以锦：其实书里的内容也说不上什么秘诀，但是有些人可能没有听过，比如报系组织结构形式，"龙生龙、凤生凤"的发展路径，全国其他报纸少见。还有我们的用人理念，我赞同人才流动，但是首先是集团内部要先流动起来，"肥水先流自家田"；我们也强调吸引人才要有"刺激"的措施，但不是片面靠高薪吸引人，而是靠营造平台吸引人才。

这些方面大家讲得比较少。我在书里提到了六大人才战略理念，这些有自己的特色，和别人的提法不一样，或者强调的侧重点不同。

"和而不同"：南方报业的文化气质

萧三郎：南方报业创新体制之后，你现在是多重身份，既是南方报业传媒集团的党委书记、管委会主任，也是南方日报社社长，还是集团公司董事长，你其实具有政治家办报和企业家办报的双重身份。你觉得自己是一个什么样的人？

范以锦：一般企业以取得利润最大化为目标，但是我们这里有社会效益和经济效益要统一的问题。我觉得我本来就是一个报人，当领导首要考虑怎么把报纸办好。

这几年我的身份一直在转化，我不仅是一个报人，我也希望中国报业的领导者是一个"媒体企业家"。我自己还愧称"媒体企业家"，但是我要向这个角色转化。"媒体企业家"一定要培育好媒体和经营好报业，应该是复合型人才，他懂得办报、懂得经营，还要懂得管理，作为第一把手要做到这三方面。

作为我自己来讲，我原来一直搞报纸，搞经营我是半路出家，我往复合型人才的方向一直在努力。在自己还达不到这个程度的时候怎么办，那就是"用好人才"，这样可以弥补我的不足。现在要求中国报业的领导是"媒体企业家"，一时不容易做到，但作为领导者要有人才战略和用人眼光。要有新的用人理念，把管理、经营、采编各方面的人才都用好，形成团队合力，如能这样做，报纸就一定能办成功。

萧三郎：这是不是也就是外界常说的南方报业的人才优势，你把自己定位成一个报人政治家，让下面更多的媒体型的企业家出来做顶梁柱？

范以锦：政治家的要求是很高的，政治家办报首先是一个群体的概念，作为个人这也是一个努力的方向。

报人政治家，他应该有政治家的风范、政治家的敏锐、政治家的智慧和政治家的艺术。报业领导者既要有政治家的品质，还必须有企业家的眼光。

萧三郎：南方报业是中国报业走市场的先锋，这个集团一直强调创新，并依靠其精神引领了中国报业市场很多年，你认为南方报业的核心文化气质是什么？其最重要的经验是什么？

范以锦：南方报业的发展不能割断历史，从创办以来这种主文化、良好氛围就一直存在，我们是在继承和发展。我们为什么能够继承和发展呢，因为我们尊重主文化、继承主文化，也尊重我们的亚文化，包括我们各个子报子刊的亚文化。

我在《南方报业战略》一书中讲到了南方报业的主文化——"和而不同"。这个"和"指的是我们集团历来比较好的和谐氛围，上下级之间、同志之间比较亲和，有共同的积极向上的社会责任感。当然内部也不是没有矛盾，应该讲总会有矛盾，但是总体上讲大家都是比较齐心、融洽。

举个很简单的例子，我 1970 年进南方报业，我经历过的报社主要领导有六七位，每位领导都不设秘书，门都是敞开的。我们的员工到领导办公室打个招呼就可以进来聊，只要领导不是在忙。人与人平等地交流，包括报纸上有什么问题面对面谈，不管哪个领导定的稿，可以公开把评报意见讲出来、写出来、贴出来。

"不同"指的是我们子报子刊的亚文化，它所形成的一套办报理念、报纸的风格、管理模式和操作方法，这些我们是要尊重的。每个采编人员的个性要尊重，尊重每个人的创造。一张报纸的风格和领导者的个性有一定的关系，每家报纸可能会受到个人气质的影响。如果一个集团里把每个人的个性消磨掉了，那报纸办得可能就是同一个脸谱。

有人曾经问我这样一个问题："你们每年招聘的名牌大学优秀生个性非常强，你怕不怕，你怎样管理他们？"我说，有个性是我们的财富，每张报纸的定位要有不同就要有操作者的个性，没有个性就没有品牌可言，独特的个性才能形成有影响力的品牌。如果进来的人都是同样的个性，服服帖帖，那么表面上很好指挥，什么都服从你，但是可能这个报纸就办的是同一脸孔。

当这种个性与管理冲突的时候，就要抓大放小，大事不糊涂、小事糊涂，大事就是关于办报的方向、经营的方向问题我们要把握好。

大学生进来以后，我们首先要对他们进行南方报业传统精神的培训，国家新闻政策的要求和基本规则，要跟他们说清楚。平时我们在大原则、大方向方面要进行积极引导，在这样的前提下发挥好他们的个性。

战略因时而动：从多品牌战略到其他

萧三郎：南方报业的经验从核心文化气质再往上讲，就是战略规划。

在战略规划等层面你讲得最多的就是"多品牌战略"，能不能具体阐述一下？

范以锦：报纸作为平面媒体，整个战略发展是这样的：首先它是一个纸质媒体，然后这个媒体变成品牌媒体，然后再成为报业品牌，就像南方报业集团，有南方日报的品牌、南方周末的品牌、南方都市报的品牌、21世纪经济报道的品牌和新京报的品牌等，它们成就了南方报业的群体品牌。

过去在北京大家会说，广东有个南方周末，现在除了说南方周末之外，大家还会说广东有一个南方报业集团。

这个报业集团再往上，就是南方传媒集团，南方传媒集团就不仅仅是报纸，我们现在有互联网——南方网，还有出版社，今后还有可能和广电合作。发展到一定程度以后，我们就是文化传播集团，最后的目标是成为国际文化传播集团。

我希望南方报业将来变成南方国际文化传播集团。现在谈这些可能是天方夜谭，但是你要有这个雄心壮志，当然要经过几代人的努力。具体到多品牌战略，首先就是要把你的媒体变为品牌媒体。这是第一步。

然后以品牌媒体为龙头，形成报系组织运营结构。这个运营结构，我们有南周报系、南都报系、21世纪报系三个报系。以报系中的龙头报纸作为龙作为凤，然后形成"龙生龙、凤生凤"的滚动发展路径，用老子良好的基因，把子孙带动起来，到一定程度后，就成为品牌报业集团。

我们国内现在有很多报业集团，对子报子刊管理模式是多种多样的，我们和他们不一样。比如21世纪经济报道原来依托南方周末来办，南方周末当时发行上百万份，21世纪经济报道就送了上百万份，送了一个多月，后面它的发行很快就打开了。

萧三郎：在书中，你和属下几大报系负责人都有长篇对话，比如南方都市报报系是"办中国最有生命力的报纸"，21世纪报系是"打造中国最优秀的财经媒体"，南周报系是"培育全球最有影响力的华文报纸"。2006年具体有没有一些新想法和思路？

范以锦：南都、南周、21世纪，这三个报纸是我们的三把尖刀，这三个报系有它们的报纸，集团就是要把三大报系作为一个大品牌培育发展。我们既要有一个长远的目标，又要立足于当前。比如南方周末，过去的路子好的我们要继续，不足的我们要改进，要转型。

萧三郎：南方体育休刊了，要转型办一个周刊，你怎么看待这个"一生一死"的问题？

范以锦：外界评价南方报业都说办一个成功一个，有人会觉得南方体育休刊是不是意味着南方体育失败，意味着南方报业多品牌战略大失误。我觉得多品牌战略不意味着只生不死。内部报刊要根据新的情况来调整，南方体育要采取一种新战略，因为全国体育类报纸都面临着市场不太认可的问题。记得当年我们办《海外市场报》，有一点市场，但是我们觉得都市类报纸市场更大，那我们就把它变成了南方都市报。如果当年没有这个决策，就没有南方都市报的今天。

同样的道理，停掉南方体育我可以搞更好的项目，可以把资源更好地利用。如果等资源耗尽，那才是真正的失败。还有一个问题，因为南方体育留下的一批人才是南方报业的财富，不管将来还做不做体育报，我现在可以马上让他们搞其他报纸。南方体育再有的经验就是其新闻写作的创新，它对中国体育类报道的文风是一种贡献。

我觉得不应该一味指责南方体育，它有失误的一面，也有对提高南方报业品牌贡献的一面。战略是随着环境的变化而变化的。

期待"媒体企业家"：既有政治家胸怀，又有企业家智慧

萧三郎：这本书对报业管理者有很好的参考价值，但是对于普通新闻从业人员作用可能会小一些。对于有志进入南方报业的人，你对他们有什么建议？

范以锦：我讲的是报业战略，一般人理解的就是管理方面的，纯搞采编的人员可能不太关注。但是我们希望我们的团队既懂得采编又懂得经营。如果采编人员能够熟悉经营，可能会比从外面找纯粹的管理人员进来成长更快。集团这几年从采编转到搞经营的人是不少的，如果你进入南方报业是搞采编的，也懂得研究报业战略，将来很可能会重新定位。

另外，我在书里有相当一部分讲到，作为采编人员，怎么更理智地对待社会上的一系列问题。新参加工作的一些大学生从事采编工作有很大的抱负，有正气、有社会责任感，但是具体操作时碰到现实的很多复杂问题，不能把握自如。

我在书中也有针对性地谈到这类问题，期待新进入报业的采编人

员，要在第一线磨炼自已，要更全面地了解社会的方方面面，要用更加理智的眼光看待社会上存在的问题。比如对于容易引起社会动荡的报道，我们就要很慎重。

萧三郎：掌舵集团这么多年，你觉得对你来说最大的挑战是什么？

范以锦：从媒体到报业发展过程，需要观念的转变和体制的创新，在这过程中会引起诸多复杂的问题和矛盾，比如讲如何处理好经济效益和社会效益这个矛盾，如何处理好继承和创新的关系。

还有，既要遵守游戏规则又要积极探索，等等。作为报业的领导者从单纯办报到多重角色的转换，处在充满矛盾的旋涡中，怎样去驾驭这个局面，报业航船才不会翻掉，这个难度是最大的。政治家的胸怀和企业家的智慧在这里得到充分体现，我感觉这个挑战是最大的。（本采访由萧三郎和姜妍一起完成）

小众人文杂志的思路与出路

圈内此前频繁传出《书城》《万象》的消息，据说他们都"劫后余生"了。和中国所有杂志的命运一样，以《书城》《万象》为代表的小众人文杂志的命运并不比别人更幸运，也并不比谁更凄惨。小众人文杂志一方面还要在文学文化的传统领域内跋涉，另一方面则必须转身面对一个超级多元的、日渐丰富的、变化万千的商业新时代——它和今天中国所有杂志的历史命题是一样的，那就是要解决从传统杂志向现代商业杂志的转型问题。

业界普遍认为，《书城》和《万象》的问题主要是经济问题，这当然没错，但绝对不是问题的全部。《书城》和《万象》，尽管一个从历史上找来了渊源（老《万象》），一个在世界范围内找到了榜样（美国的《纽约客》），但从时代背景来说，它们生不逢时。

现在已经不是理想主义的 20 世纪 80 年代，不是所有大小知识分子都得看《读书》、谈论存在主义的年代，说句刻薄点的话，文化已经回归了它本属的领域，这注定了《书城》和《万象》不可能像 20 世纪 80 年代的《读书》一样成为社会舆论焦点以及文化的议题中心。

与经济问题相比，我以为，这类杂志的主办者以及主事者保持对时代变迁的清醒认识至关重要。

经济问题是所有杂志的"一般性命题"，而与时俱进跟上时代的步伐才是小众人文杂志的"特殊性命题"。以不知道是谁发明的"小众人文杂志"来称呼这类杂志再合适不过。从20世纪80年代文学、文化占据舆论中心，到20世纪90年代的经济、法律逐步归位，到2000年以后的"全球性接轨"，《书城》和《万象》这样的杂志已经失去了时代号召力。

因为，即使是这类杂志中的领军读物《读书》也一样不能把握这个时代的精神核心。

正视"特殊性命题"，而不被"一般性命题"所误导，《书城》和《万象》的命运就是为它们所中意的那些小众人群而生存下来。如果《书城》《万象》还想办下去，我以为主事者的思路应该做出如上的转变。与思路相关的则是具体的操作手法以及应对手段。

比如，主事者必须意识到网络阅读对此类杂志的冲击，必须意识到设计元素在此类杂志的大行其道，必须意识到要用商业手段来稳固自己的小众读者，必须意识到此类杂志要在作者资源上多重整合。

反正站着说话不腰疼，如果《书城》复刊，《万象》也不停刊，我希望能看到一些新变化：《书城》千万不能再老是刊登北大教授不痛不痒的长篇学术论文，《万象》也不能成为固定的圆桌论坛，老是那些老头子在怀风花雪月的旧。

有变化就好，尽管他们的前途依旧未定，旅程依旧充满艰辛。

追赶 2.0 阅读时代的"迷幻列车"

从 10 年前为了缓解无知而疯狂阅读，到面对阅读 2.0 时代的汪洋大海，我觉得自己的经历是这一代人的一个样本。一方面，我们是传统阅读的"最后传人"；另一方面，猝不及防的瞬间，变化世界的"过山车"已经将我们带入了一个更为新奇的世界。

为了缓解无知的疯狂阅读

1996 年，我从遥远的老家来到北京上大学，小镇青年杀入大都会，见到了无比辽阔的世界。外来者的身份始终笼罩在我的头顶，和中学去新华书店消遣寻找乐趣一样，我在北京的记忆也是从学校图书馆开始的；当然后来还有北京各式各样的书店。那个时候"万圣书园"和"国林风书店"刚起步就博得大名，互联网在中关村还很死寂，"愤怒青年"在大学校园比较流行，一群人在大学里无所事事。对于 2000 年之后将要应对的世界，我们一无所知。

在大学里，乖巧的我被老师的温情话语所激励。于是，从学校图书馆里源源不断地搬来大部头作品阅读，先是《美国新闻史》《光荣与梦想》，然后是余秋雨、《白鹿原》、王小波的《黄金时代》等。20世纪 90 年代后期的那些年，和同学写信，天天讨论社会正义和革命情怀，并不惜笔墨地抄写文学作品中的大幅段落。为了缓解无知感，我在大学所做的也许最为疯狂的事情就是，每天去学校图书馆借五本书，专门挑名家作品和大家推荐的名著，第二天还回去再换五本新书。那根本不能算看书，充其量算是"检阅"那些书，书的色泽、气味、品相，以及还有谁谁谁借过、读过这本书之类的小乐趣。那时候的图书后面都有借书卡，每借一次就要签名。几年之后，伴随电子化时代的来临，这些乐趣基本消失殆尽。

我依然记得第一次闯入北大南门附近"风入松"书店的情景，看到满架子的文学作品头昏眼花，当时作为"文学青年"的我就想：人这一辈子能看完这些小说吗？后来，我觉得应该"杀"到国家图书馆读书才够带劲。那个时候，国家图书馆还叫北京图书馆，离我所在的大学很近，周末的时候经常骑了个单车就去读一天的书。从最大的中文图书阅览室到港台阅览室，从中文期刊阅览室到电子阅览室，笔记和书目做了一大堆。这个时候，你问我为什么阅读？我会回答说，纯粹是为了缓解我的无知感和焦虑感。

职业性阅读及其伤害

大学毕业之后，先后参与的几份工作都和阅读有所关联，不能不说和 1996 年以来的阅读经历不无联系。2003 年之后，有机会参与制作新京报的《书评周刊》，阅读状态进入了另一种境地。爱书人扎入了书堆中，最初的狂喜当然是不言而喻的。

《书评周刊》每年评价图书五千种以上，此一工作对我提出的挑战似乎更加艰巨：不仅仅需要对图书行业保持足够的敏感，而且还需要对重点图书资讯合理地掌握。而阅读一旦变成了职业行为，就必须不断地超越个人的情趣以及喜好，这是私人阅读与职业阅读的不同之处。新京报《书评周刊》做得有所起色，是因为我们和别人不一样。初生牛犊不怕虎，我们开创了一个"蓝海"（Blue Sea），但是三年过去了，它不过仅仅还是一个"蓝"，是一个新领域，而并没有成为一个"海"，我确信那是因为我们确立了"行业标杆"，却远没有成为真正的"行业标准"。这也是如今的困惑所在，我想这会是我们经常拜会的"三文一黄"（沈昌文、吴兴文、王进文即止庵、黄集伟）阅读顾问团队也难能帮我解决的问题。

因为，一种文化意义上的阅读分野正在悄然发生，我对此的命名是"平民阅读挑战精英阅读"。标志性事件分别是电视节目《读书时间》的停播；读书类杂志《书城》《万象》频传停刊消息；布衣书局、豆瓣等网站的不断兴起。尽管有不少电视人有志于做中国的"奥普拉读书节目"，但我清晰地知道这几乎没有成功的可能性。同样，中国出版业界频频以《纽约书评》和《纽约时报书评》为师，但我依然可以看到这种精英文化没落的必然趋势。

转变：从阅读 1.0 到阅读 2.0

从古到今，阅读介质都在不断变化之中，倒不是说互联网等新介质将会有革命性的后果，而是它作为平民文化的代表将颠覆以前的操作模式，而它暗合商业文化的潜质将让它直接抢夺革命成果。

首先，传统阅读的精英模式正在遭遇挑战。无论是《书城》杂志、《纽约时报书评周刊》，还是新京报的《书评周刊》，传统的阅读模型是这样的：市场上出版好书或者畅销书—专家或者编辑发现—编辑推荐、专家约稿—读者阅读报纸杂志上的书评—读者购买阅读。我将这种阅读模型称为阅读1.0时代，而现在的主流阅读模型则是阅读2.0，其阅读模型是这样的：市场上出版好书或者畅销书—读者发现并阅读—写稿后在小圈子（包括互联网、同仁杂志、手机媒体等）定向传播—小圈子的传播效果被大众媒体捕捉—编辑推荐、专家约稿—读者阅读报纸杂志书评文章—读者购买阅读以及更大范围的推广。

我所参与的《书评周刊》是目前国内评价图书最多的大众报纸，但对于中国每年20万册以上的图书出版数来说，仅仅是很小的一部分而已。而刚刚才崛起的豆瓣网上的书评，依照我个人的预测，每天网友的自发更新书评数量当在500条以上。或许，这仅仅是挑战的小小开始。

其次，借助Web2.0等新技术的平台，新的阅读模式将成功对接商业文化。所有的传统阅读媒体，从电视节目《读书时间》，到杂志《书城》，到报纸《纽约时报书评周刊》，其基本商业逻辑依附于传统媒体的商业逻辑。最大特点之一是，过于简单地依靠广告营利的模式。另一个更为重要的特点是，其价值考量过于依赖文化评价而敌视商业评价。在美国，超级"巨无霸"卖场亚马逊书店的价值远远大于出版明星兰登书屋，这就是商业文化的胜利，也是美国人的商业逻辑。尽管目前还没有借助新的阅读模式而取得成功的标志性公司或者企业，但你只要想想黄光裕的国美电器和江南春的分众传媒的成功，就会为这一新的商业模式而心动不已！

传统的阅读文明正在变成为数字化的商业服务，这种阅读伦理的变化才是我们正在经历中的最为根本性的变局。图书作为信息、知识和文明的载体，将越来越从封闭、被少数人操纵的时代解救出来，变为服务、消费甚至是娱乐和休闲、打发时间的一种填充，这和过去对文化尊敬的价值观是决然不同的。我们为什么阅读？在今天这样一个时代，其价值判断已经从过去的个人思想历练，快速转变为一种唾手可得的信息消费与服务，这种无可挽回的杀伤力正在扭转传统意义的阅读伦理。

从10年前为了缓解无知而疯狂阅读，到面对阅读2.0时代的汪洋大海，我觉得自己的经历是这一代人的一个样本。一方面，我们是传统阅读的"最后传人"，而就在猝不及防的瞬间，变化世界的"过山车"将我们带入了一个更为新奇的世界。

另一方面，这个世界我们现在尚观察不清楚，但它注定是为新一代人而设计的。正视和应对这种挑战，将是我们的责任，而作为传统媒体，尤其有必要和可能性，就像未来学家托夫勒所说，追赶上2.0阅读时代的"迷幻列车"。（刊于《信睿》）

"后《读书》时代"的阅读走向

与20世纪80年代相比，读书类杂志唯一的也是最重大的变化就是，《读书》一统天下的时代已经终结，现在的读书杂志并没有公认的领袖。

在被各方受众认定《读书》转向后，湖南长沙的《书屋》与海南的《天涯》成为了文化杂志的标杆。而被商业主义接管的新《书城》能不能承继旧《书城》，这还是一个值得期待的问题。沈昌文支持下的《万象》显然有流落为一份怀旧的旧上海杂志的倾向。

其他杂志，比如《随笔》《博览群书》《东方》《二十一世纪》都还必将在商业和文化、清流和杂议、专业和学术、启蒙和问题的众多纠葛中寻找自己的真正定位。所以杂志史家言：我们已进入"后《读书》时代"。

一位老文化人这样描述自己的心情：对于现在还活着的读书杂志，我们祝福它；对于已然出局的读书杂志，我们怀念它；对于苦苦支撑的读书杂志，我们声援它。启蒙转型之后，后《读书》时代的文化品位和阅读姿态随着商业主义的入侵和文化多元的大环境跌宕起伏，杂志诉求点和兴趣点始终在怀旧、小资、问题、学术等各种领域左冲右突，摇摆不定。

启蒙的转型

1979年，《读书》石破天惊地打着"读书无禁区"旗号创刊。《读书》是眼下唯一可以在大街小巷的报摊上很方便买到的读书类杂志，甚至比买菜还方便。某一期《南方周末》横跨二版刊出的《读书》杂志老主编沈昌文的《读书二十年》，算是为这份中国最权威精英杂志所做的最大的赞礼和最后的葬礼。

1994年，上海的一场关于人文精神的大讨论被争执到了《读书》，这是新《读书》转向的前奏。1995年，韩少功当选海南作协主席，着力将一本文学杂志《天涯》改造成一本人文杂志新《天涯》。1996年，学人汪晖接管《读书》。这几件事情之间暗合了启蒙的变迁和杂志价值的流变。加上《读书》的办刊方向以及"长江《读书》奖"等问题，《读书》的转向更是被人认为是中国思想学术界变化的重要标志。

其后，读书杂志进入了"一南一北"，《读书》和《天涯》相互呼应的阶段。

20世纪80年代的《读书》堪称是中国读书类杂志的范例，在优秀主编沈昌文等人领导下，《读书》是学院知识分子和高三学生同样热情接受的读物。他们把无限的好奇心和启蒙责任加诸杂志，延续了一代人的精神追求和文化梦想。而在汪晖之后的《读书》已经被认为纯粹是一本论文结集和技术读物，其间的乏味、空洞和规范让人望而生畏。

文化的多元

沈昌文是旗帜性的人物，就像现在的《万象》被认为是读书人文杂志最后的旗帜一样。《万象》以对旧上海风花雪月和 20 世纪 30 年代的回顾、怀旧、抒情和喋喋不休而著名，它们无休止地在传达自己的独特品位和独特姿态。《万象》放弃了新闻性的话题和锋利的切入点，在靠近另一种乏味、软弱和旧闻记事中狂飙突进、寻找目标。

读书类杂志在北京的三联韬奋书店原本最全面，现在只剩下《书屋》等几种常常出现在排行榜，或者是在北京的文人之间口耳相传。长沙根本就不是文化中心，《书屋》也没有闻名天下的主编，该杂志甚至是没有什么好的历史渊源，《书屋》的快速崛起和获得话语霸权也是人文杂志史的一个值得研究的话题。紧紧地抓住了中国知识界所关注的全球化、市场化、大众文化、后殖民问题、腐败问题、民族主义、农民问题、女权主义等问题，并不遗余力地刊发人文学者、经济学家包括何清涟等人的文章，《书屋》一跃而成为了读书杂志的自由中坚。

这在某种程度上对要制造中国自己的《纽约客》和《大西洋月刊》的"贩卖者"来说是一个伟大的历史经验。经验告诉我们：办刊物最重要的是刊物本身，而不是技术层面的更新、商业层面的包装或国外流程的引进。

只有在文化多元的基础上，寻找到杂志的最锐利的诉求点，才能让一份杂志站稳，而不是其他别的要素。

商业的侵袭

说到商业主义，就不能不提到《书城》，这份原本在商业大道上夭折的杂志，这份在商业大道上又复活了的杂志，这份号称直奔《纽约客》的杂志。早期的《书城》由一位雅好藏书的学者主持，大谈买书、淘书、藏书、读书。以16开本坚持了数年，虽然一度封面也以时髦女郎为招牌。

自1998年始，破天荒头改为8开报纸型杂志。它在20世纪90年代后期作为中国最具有活力的人文读书杂志，将煽情和滥情推到了极致，而成为了城市精神的代表。但是由于过于低廉的编辑费用，它最终夭折。

又是商业让它在2001年重新开始新"生命"，并且有了一个"洋榜样"——美国人文清流杂志的重镇《纽约客》。新《书城》涵盖时尚、文学、电影、音乐、艺术、思想、学术，它以批评为由将这些文化碎片拼接起来。新《书城》能否在商业上取得巨大成功？新《书城》能否继承旧《书城》而成为一种精致文化的代表？这些都必须等待时间的验证，毕竟它刚刚开始不到一年时间，我们所有的正误论断都为时尚早。

商业主义的侵袭在20世纪90年代后期也给很多读书杂志的终结吹响了丧钟。《书林》停刊了，《夜读》停刊了，《书缘》停刊了，《大视野》停刊了。最值得一提的是《大视野》，这份由一帮中国最优雅的文学青年编辑的杂志，最后在粗鄙的投资人手中覆灭的故事。其间的经历可以作为中国期刊界的阅读趣味和编辑理想争斗的一个最佳脚注而被记忆进入历史。

跟中国传媒业界所遭遇的现实问题、人文背景、艰苦困境一样，读书杂志还必须在商业操作和编辑理想中找寻好自己的定位，还必须在国外先进榜样和国内落后现实的差距中寻找心灵距离，还必须在优秀主编和粗鄙的投资者之间制造阅读期待和理性共谋。

10年太短，这样的探索或许还需要更长的时间。

中国即将融入全球化的世界，也必将催生一代新人，他们需要自己的时尚杂志，就像《VOGUE》一样；他们需要自己的新闻杂志，就像《TIME》一样；同样他们也需要自己的读书杂志。而在当下，我们的阅读范围不外是《读书》《书城》《书屋》《博览群书》《万象》《东方》《天涯》《开放时代》《战略与管理》《今日东方》《东方文化》等。

文艺性的姿态、学术性的探究、问题意识的切入、政治和思想的交锋、专业背景和人文追求、现实关怀和派系斗争，多少的投资人、出版人、文学家、经济学家、新闻记者、学院派知识分子、知道分子、自由知识分子和新锐的首席执行官们都在为此而努力。

历史正处在"断裂"阶段——旧的文化已经死去，它的卓越代表就是《读书》；而新的文化尚没有诞生。谁能在文化上胜利、商业上成功和话语上紧紧抓住社会变迁的重心，谁就将成为"后《读书》时代"的文化重心。

亨利·卢斯的偏执

20世纪美国新闻史上的巨头人物亨利·卢斯（Henry Luce，1898—1967）在历史上作为最伟大的发行人被人记住，与此同时人们奉送他的称号还有"教育家""虔诚的基督教徒"……《美国新闻百科全书》称赞卢斯是"真正的知识分子"，他的《时代》周刊所创造的词语已成为当今美国英语的一部分，芝加哥大学前校长赫钦斯说"他的杂志的影响力远远超过整个美国的教育制度的总和"。

亨利·卢斯一生都在从事新闻出版工作。有人说，他留给世界最大的财富就是对杂志新闻事业的革命。这个"偏执狂"首创新闻杂志的形式，创办了《时代》周刊、《生活》周刊、《财富》等著名刊物，30岁成为美国百万富翁，进入上流社会。美国杂志品牌的经营与延伸，对创意的无限推崇，对人力资源的发掘等杂志经营理念都是从他而开始的。他成立了当时美国最大的杂志出版公司——时代公司，这一公司的主体后来辗转成为当今全球最大的传媒集团"美国在线—时代华纳"。

新闻人和传教士

在《亨利·卢斯：创造美国世纪者的政治肖像》（*Henry R. Luce：A Political Portrait of the Man Who Created the American Century*）中，作为一个真正学者的奉献，南卡罗来纳大学的罗伯特·赫兹斯泰恩教授对亨利·卢斯的研究胜过了传记作者斯旺伯格。他化入了《时代》的风格，大量使用像"独裁者斯大林""权威李普曼"一样免费的形容词，断章取义、混合比喻、折磨句法式地提出了"卢斯思想"的概念。他认为卢斯的新闻学是卢斯的父亲在中国宣讲的教条的世俗版本，总是尽最大努力确认新闻学就是传道福音。卢斯认为一个有用的谎言胜过有害的真相。"任何新闻学的歪曲或扭曲都是为了上帝和耶鲁。"

卢斯将20世纪20年代表达新闻和意见的新闻文本改弦更张。卢斯让新闻反映他个人的观点，他粗暴地强奸了新闻技术，大大贬低了"真相"作为新闻界"硬通货"的作用。在《时代》周刊内部，风格决定内容，简洁性杀死了复杂性。小说写法的发明把每日的新闻报道变成了情景喜剧。卢斯杂志帝国包括了《时代》（1923年）、《财富》（1930年）、《生活》（1936年）、《体育画报》（1954年），每一个领域都被他开拓并被发掘成为一个自由广阔的市场。在电视来临之前，卢斯以娱乐的形式重新发现了新闻的价值。他告诉《时代》的华盛顿分部负责人："开明新闻学的功能就是去指引和领导新世界。"

作为美国新闻界的顶梁柱，亨利·卢斯在世的几十年一直担负主要创造者的角色。教育家和宣传家、传教士和新闻人、好奇心和思想观念，这么多的矛盾在他身上一直纠缠不清。是他把新闻的定义扩充到美国无数报纸杂志主编的身上，是他教育了老牌报纸如何去采访、如何去发掘新闻制作的广阔天地。但是他所喜欢的不是金钱，而是权力；他所看重的不是业主这个身份，而是主编这个职位。

在他出来混迹新闻界之前，新闻就是政治斗争和案例分析，卢斯将新闻拓展到了社会的细枝末节——医药、法律、音乐、书籍。而作为一名成功的出版人，卢斯还热心于政治。他利用他所控制的杂志反映他的整套价值观，利用他的杂志为共和党影响全国选民。从1940年大选起，他的杂志就成为共和党的一厢情愿的忠实喉舌。

卢斯不仅是个传教士的儿子，而且是个虔诚的清教徒，既追求财富，又讲求责任这一美国文化的特点在他身上典型地显现出来。商业成功使他自视受神灵恩宠，同时又把他的职业视为神灵的感召。他无休止地强调新闻应教育大众，要维护传统价值观念和宗教信仰。他自命为资本主义价值观念和宗教信仰的捍卫者，称自己的杂志是美国既成体制的代表（The Establishment）。

尽管后来上了耶鲁大学，进入了上流社会，卢斯还保留了乡下人一样的好奇心，他的好奇心是无法满足的，他想知道每一个人的每一件事。他的一生都在鼓吹"美国世纪"，1941年2月他写下《美国世纪》的文章，得意扬扬地宣称美国应当充当"世界警察"的角色："（美国应当）全心全意地担负我们作为世界上最强大和最有生命力国家的责任，并抓住我们的机会，从而为了我们认为合适的目标，通过我们认为合适的方法，对世界施加我们的全面影响。"

卢斯告诉他的手下他的新闻哲学：天下有两种新闻，快新闻和慢新闻。慢新闻具有深度，应当回答更多的问题，让人有时间思考，因而能影响更多的读者。《时代》周刊就是要为慢新闻提供更加广阔的天地。《时代》周刊忠实地反映了卢斯的新闻思想和观点。卢斯首创"群体新闻学"，在他的杂志中，记者只写背景材料，不署名，编辑决定一切。整个《时代》周刊是一台围绕卢斯思想转动的巨大机器。

主编和"双料使者"的斗争

卢斯公开宣称其发行的杂志具有强烈的倾向性，强调报刊应教育"茫然无知的读者"，这在强调"客观性"的新闻同行中受到了极大的攻击，但是卢斯不在乎。他说："我并未自命杂志是客观的，从第一页到最后一页都是编辑的，无论什么内容都反映我的观点。"

卢斯首先确立了编辑制度——《时代》周刊是编辑的天下。人们还告诉他无权将《时代》周刊称为"新闻周刊"，理由是杂志充满了他的个人观点，偏执的卢斯回答："因为我萌发了这个念头，所以我爱给它取什么名就什么名。"

卢斯是时代杂志公司的总编，也是《时代》周刊和《生活》周刊的主编，无论发表什么文章，他都全权负责，掌控一切，谁也不能染指。一次，卢斯的一名高级记者曼宁焦躁不安，卢斯亲自飞到欧洲和他会面，劝他改变主意。会面后，爱才如命的卢斯彻底丧气，因为曼宁想当他这个角色。对于卢斯来说，这是绝对不可能的事情。

一般来说，《纽约时报》主编的变更，连精明的读者也察觉不到，因为这样的大报，主编对报纸的控制几乎鲜为人知。《时代》则不同，

《时代》是编辑的杂志，编辑对报道格调的决定权达到了超乎寻常的程度。在周刊内部，主编支配高级编辑，高级编辑支配撰稿人，撰稿人支配记者，主编是凌驾一切的。

卢斯手下的记者被新闻历史学家称为"双料使者"：一方面努力寻找事实真相，来佐证这个世界的变动；另一方面则与编辑部不断地进行斗争，寻找政治支持和版面呈现。卢斯道地的记者好奇心和纯粹的传教士的个性分裂在中国问题上受到严峻考验，而牺牲者就是最著名的记者白修德。

卢斯非常欣赏他的驻华记者犹太人白修德，因为他实在太出类拔萃了，他的激情、意志、洞察力和判断使卢斯赞叹不已。卢斯发现白修德像自己一样热爱中国，白修德也认为，"自己的一生每时每刻都受到卢斯的影响"。1942 年卢斯曾有中国之行，抵达重庆的第二天，他与白修德就乘坐一辆黄包车到闹市区与市民交谈。两人在重庆形影不离，结下深厚情谊，随后卢斯任命白修德为《时代》远东版主编。白修德没有因为老板的赏识而冲昏头脑，他对中国的真实报道以及对蒋介石政权的批评越来越刺激卢斯，两人之间的分歧越来越大。1944 年，白修德发现自己的一篇署名文章被卢斯删改得面目全非，遂发出抗议。同年11 月，他的稿子已经在《时代》周刊发不出来。

1945 年日本投降时，《时代》周刊准备出版一期蒋介石的封面人物报道。白修德不相信蒋介石是中国的希望，在发给卢斯的电文中说："如果《时代》明确地、无条件地支持蒋介石的话，我们就没有对千百万美国读者尽到责任。"不久，白修德奉召回国，他和卢斯不再称兄道弟。在冷漠的气氛中，白修德提出辞职，然后一鼓作气，写下了《中国的惊雷》。书中的倾向使卢斯大为光火，他大骂"那个婊子养的犹太丑小子"，使得白修德伤透了心。其后十年两人不再交往。

后来的事实证明，白修德是对的，而卢斯错了。1956年二人在巴黎邂逅，曾有一夜促膝长谈。不久，当漂泊法国的白修德失业时，卢斯打过越洋电话来请他回去工作，卢斯说："在中国问题上，我不知道谁对谁错，不过现在是回国的时候了，老弟。"倔强的白修德没有重返《时代》，但同意为其写稿。他与卢斯彼此更加小心翼翼地接触，但已经没有了当年的亲密。

美国管理学大师彼得·杜拉克（Peter Drucker）在自传《旁观者》中分析中国管理文化是一种分化人事的文化，他比较了亨利·卢斯和毛泽东的管理方法，认为卢斯治理《时代》周刊的做法，类似毛泽东的政治举措。因为卢斯在中国出生，所以他的管理方法是由中国文化学到的。

卢斯的中国情结

卢斯随作为传教士的儿子，在中国山东小城登州度过了生命的最初14年，他的中文名字叫秦·卢斯。他在中国的童年过得艰辛无比，成年后他总是回忆起作为传教士儿子的悲惨之处。中国养育了他，又像鬼魂一样依附在他身上。某种程度上，卢斯的存在是作为国民党的驻美大使而存在。

卢斯一生数次访华，接触的都是少数上层人物。1932年访华与宋氏家族建立密切联系，其后的访问都得到蒋介石政府国宾般的接待。20世纪30年代始，蒋介石成了卢斯理想的代表。他的反共行为、基督教徒身份，以及他所依靠的以宋氏家族为代表的资本主义势力都赢得了卢斯的好感。蒋介石被视为美国文明培养的结果和未来的希望，是使中国实现资本主义而又不破坏旧有文化的第一人。

置自己的记者从中国发回的大量客观报道而不顾，随心所欲地拼凑旨在影响美国对华政策的宣传攻势，这对亨利·卢斯来说，只是一个前奏。

20世纪40年代，《时代》周刊对中国报道的广泛性和深入性恐怕是美国任何报刊所无法比拟的，其报道的倾向性厚颜无耻。《时代》周刊和《生活》周刊笔下的中国引人瞩目。那对漂亮的夫妇仪态万方，排练中的士兵让人难以忘怀。而事实上中国已经溃不成军，一败涂地。

从统计资料看，《时代》对华报道连续性强［平均每期1.2篇，90%登在国外新闻（Foreign News）的"中国"栏中］，覆盖面广，观点前后一致，倾向性强。专家研究后指出从中可以清楚看出中国历史发展的脉络，但是这些历史事实却是被卢斯的编辑精心包装过的。

《时代》周刊的倾向性立场尤其表现在人物新闻上。蒋介石是《时代》周刊竭力塑造的媒介人物（media figure）。蒋介石像曾六次登上《时代》封面，同一时期在报道中也经常出现蒋在各种场合着各种服装的照片。蒋的生平被数次长篇介绍，极富传奇色彩。

此外，在新闻报道中，综述和背景介绍中运用各种写作手法把蒋介石塑造成一个虔诚的基督教徒、中华文化和孙中山思想的捍卫者、抗战英雄。

报刊不会创造历史，但是，它们能够记载和饱览历史，影响历史发展的可能方向。对卢斯在中国问题上的拙劣表演，像大卫·哈伯斯塔姆这样锋利的批评家，都只能把罪恶归咎给卢斯，是他接着导致了朝鲜战争、麦卡锡主义以及随后的越南战争。

卢斯的"美国世纪"观点最后为美国强硬派人物福斯特·杜勒斯所接受和继承，成为了二战后美国对外政策的重要理论来源。所以历史上有人不得不说 20 世纪 50 年代被证明了是"卢斯的十年"。

《生活》周刊的辉煌与没落

2000 年，美国时代集团宣布旗下杂志《生活》（*Life*）月刊 5 月出版最后一期。虽然在声明中没有使用停刊字眼，又称日后仍会不定期以《生活》的名义出版特刊或书本，但已变相宣布停刊。时代集团主编默勒在召集《生活》编辑部宣布有关消息后说："没有人掉泪，我想部分原因是多年来有关《生活》寿终正寝的消息都不绝于耳。"

这是《生活》杂志自创办以来第二次停刊，上一次是在 1972 年。时代集团主席唐·洛根和《生活》杂志主编诺曼·珀尔斯坦在一份联合声明中称："《生活》是一种有价值和荣耀的特权。然而，尽管许多天才的出版者和编辑殚思竭虑，但这本综合性月刊杂志还是难以为继。"

《生活》杂志由卢斯在 1936 年创办。卢斯和他的同事瞄准了机会，创办了这本图片杂志。在此之前，报纸杂志发表的照片通常都是预先约定的或是摆好姿势的，这也许与摄影机的体积大和易破碎的特性有关。

随着轻便式照相机的面世，摄影界的革命开始了，摄影者们可以迅速捕捉一瞬间的影像。正是这种新型相机给了卢斯创办图片杂志的新意念。卢斯说："为了使聪明的人们对普遍关心的事物做到见多识广，我们将为你提供每天的报纸、《时代》周刊和图片杂志。"

美国著名摄影家玛格丽特·伯克－怀特拍摄的表现下班后的大坝工人的照片被选中作了《生活》创刊号的封面。杂志编辑在序言中写道，怀特的记录美国第一线生活的照片"为人们展示了一个新的世界"。杂志成立后，摄影记者成为了《生活》周刊的主角。亨利·卢斯的思路是，和传统的完全依赖文字记者和编辑的办刊方式相比，《生活》杂志更需直观和动感，一切都为了"图片，图片，还是图片"。"当然任何一幅摄影作品捕捉的都是生活的一瞬间，所以我们需要同样优秀的文字编辑，那些短小精悍的文字说明，让每一幅静止的照片都活起来！"在亨利·卢斯看来，任何期刊的创办，和读者都应该是"交互式"的：

"看生活（Life），看世界，目击大事的发生，撞上贫穷的脸颊，感受自豪的手势与陌生的一切——机器、军队、人群、投在丛林中与月亮上的阴影；看人们的工作……看千里以外的万物，隐藏于墙后与屋内的一切；看危险袭来，男欢女爱与膝下婴儿环绕……（我）看见了，所以我心生愉悦、困惑或茅塞顿开……"

该杂志最著名的商标是红底白字的"Life"字样。其中最著名的照片虽然没有成为1945年8月出版的杂志的封面，但这仍无损其作为最著名的庆祝"二战"胜利的照片，它捕捉了纽约的时代广场上一名海军士兵知道日本投降、二战结束的消息后，情不自禁地搂着旁边一名陌生女子拥吻的瞬间。

《生活》杂志的大出风头还有一次是在越南战争期间的1969年6月27日，那个时候拉尔夫·格雷夫斯刚刚接手《生活》周刊主编三个星期。越南战争好像远离美国本土，与美国人的生活没有丝毫的联系。《生活》杂志将这个谎言彻底打破了：平淡的一周，没有大战，阵亡的242名美国年轻士兵的头像就这样打破了国内的沉默，那些穷人、黑人、乡下人以及蓝领阶层的子弟的照片令人惨不忍睹，这是《生活》新闻报道的一个最高峰。

《生活》杂志停刊了，多数从事摄影的人士都表示了哀悼。但是正如视觉专家顾诤所说：《生活》的停刊除了电视和互联网的挤压之外，更深层的原因在于它所代表的西方主流话语与价值观念的统治力量的式微。《生活》一直用大量的图片宣传美国生活方式，证明美国生活方式的唯一正确性，这是一种将"事实简单化的线性的图片组合方式"，一种"影像快餐"。它在1972年的停刊原因在于"它所代表的保守清教主义的价值观受到1968年以后的多元价值的挑战而无所适从"。

以"图片报道"起家，又因为"图片报道"而没落，《生活》杂志的故事作为媒介发展的历史一直被新闻历史学家所记忆。

《财富》的成功模式

《财富》周刊的创刊号在1930年的2月摆上了零售商的货架子，当时美国正经历一场严重的经济危机。对于许多投资者来说，亨利·卢斯创办《财富》是不幸运。对别人的指责与嘲笑，亨利·卢斯有他自己的打算，那就是"1930年，意味着新的十年的开始"，而《财富》杂志也的确是当时全美第一份响当当的商业周刊。

1930年2月，第一期财富杂志与大众见面，3万份184页光艳豪华、近乎奢靡的创刊号照耀了亨利·卢斯的凌云壮志。在亨利·卢斯眼里，那些在华尔街街头踱着方步的商人们既没有什么教养，也谈不上什么社会良心，与其对他们风花雪月弗如对牛弹琴——那些拿了MBA学位的名校生与经济评论学家在亨利·卢斯面前也因此成了酒囊饭袋。那些名不见经传的小人物成了亨利·卢斯的掌上明珠，"傲慢、尖刻与捕风捉影"成了一时的文风。摄影师玛格丽特·伯克-怀特等人亦功不可没，他们深入田间与工厂，用实实在在的生活将从前报纸杂志中的经院味一扫而光。

在卢斯看来，他要做的就是将那些灰心丧气的企业家从办公室里拖到大众面前，让人们渐渐意识到美国经济的复苏指日可待。到1937年时，《财富》的发行量超过了46万份，作为华尔街的必读刊物，《财富》成为世界经济报道期刊中当之无愧的"领头羊"。

亨利·卢斯认为商业是"美国社会的核心"，商业行为保证了对自由市场的严格要求，从而能确立自由社会的基础。卢斯看出美国大多数生意人的昏昏欲睡、目光短浅，不配肩负责任。他决心挖掘出一批行为高尚的实业家为榜样。

卢斯的遗书中清楚地写道，他希望《时代》是一个有公信力的营利公司。既强调社会责任感，同时兼顾利润。对《财富》杂志来说，新闻自由的原则更占上风。在公司内部有"国家"和"教会"之分。"教会"代表编辑部门,"国家"代表经营部门。这两个部门之间历来有人为的争端。《财富》杂志绝对不会让广告、美元来左右编辑部的立场。《财富》的核心竞争力是"和资本主义的商业成功联系在一起",它和《商业周刊》(定位为:影响全球资本主义经济走向)、《福布斯》(定位为:对人物的关注和对私营企业的关注)成为当今世界最强势的三家商业杂志。

如今,《财富》杂志企业评价的基本方法是在每年的 7 至 8 月,以上一年销售额为基准对世界大企业进行排名。除了销售额之外,还要公布利润、资产、雇员等指标。《财富》杂志的企业评价以 1995 年工业公司与服务公司混合排名为重要分水岭。

1955 年,《财富》接受一位名叫埃德加·史密斯的编辑的建议,开始以上一年销售收入为主要参数对美国 500 家大工业公司进行排名。1983 年,杂志开始公布规模完整的美国 500 家大服务公司的名单。1995 年开始,杂志开始不再对美国工业企业与服务企业分别排名,而是混合地排出美国 500 强。

《财富》杂志现任总编休伊说:"我们受抱怨只是因为我们把事实告诉了人们。古希腊有一个名言:你不能把报告坏消息的人杀掉,因为他只是一个信使。你对新闻原则的执着程度,也就形成你的公信度,这是你作为媒体的最大卖点。公信度就是新闻与宣传的最大区别。"

时代公司现在依旧是全球最大的杂志集团,拥有三十多种期刊,其中有全球影响的就有八九种。1923 年亨利·卢斯先生创办《时代》时,世界上还没有一本新闻类杂志;几年后创办《财富》时,世界上还没有一本专门为企业、为老板办的杂志。时代公司的诀窍是：第一是注意培养自己的应变能力，杂志不能一成不变，必须随着时代的变化而变化。第二是独特的公司结构。在时代公司，有两个并行的序列："教会"与"国家"。"教会"是编辑系统，最高首脑是总编辑；"国家"是经营系统，最高首脑是总裁。"教会"不考虑广告、不考虑挣钱，只考虑如何按他们的原则和理念办出一本读者信任的、最好的杂志；"国家"则负责市场推广和挣钱，他们绝不对"教会"施加任何影响。

"全球500强企业排名"的成功以及两年一度的"财富论坛"的成功，是卢斯品牌延伸的一个最好案例。美国杂志把品牌当作生命，《财富》的成功模式多少启发了《美国新闻和世界报道》每年评选"美国大学排行榜"以及《商业周刊》两年评选的"25所最佳商学院"。

传媒帝国多元化

50年前，《时代》杂志要买下一家出版教材的公司，理由是那家公司能赚钱，时代公司的老板亨利·卢斯并不赞同这桩交易，他的理由是，所有他出版的东西，不管是《时代》《生活》《体育画报》，还是《财富》，都应该是他这个总编看过的东西，他不会去看一套套教科书，为什么要把自己的名字印在上面呢？这个理由并没有阻止《时代》杂志的收购计划。事实上，亨利·卢斯的经营策略一直是扩张，他相信经济活动在日常生活中的影响力越来越大。

在他垂死的阶段，卢斯下定决心做了两件事情；一是让公司上市，变成公众公司；二是自己退休，将自己的责任一分为二，他深知"教会"与"国家"各自独立的重要性。因此自 1964 年起，这种结构就正式形成。

卢斯先生想要创造的是一种体制，不管谁来都能够在这样一个体制中确保公司的正常运行。而这个体制的背后是公司文化。卢斯的真正继承人在经营方面是安德鲁·海斯克尔，在编辑方面是赫德利·多诺万。

时代公司的奠基人亨利·卢斯说 20 世纪是"美国世纪"。2000 年 1 月 10 日早上，21 世纪的引路人——AOL 美国在线总裁史帝夫·凯思出任刚刚诞生的"美国在线—时代华纳"公司主席，合并后的公司市值超过 3000 亿美元。世纪联姻，钟声为谁而鸣？这个结合，在一般人看来，更像一次联姻。

联姻的结果是一个超级媒体家庭的诞生，它将覆盖报纸、杂志、电视网、电影、音乐、卡通与互联网等多个媒体领域。

时代华纳的一个源头就是卢斯的时代公司，1923 年由亨利·卢斯和布里顿·海登（Briton Haden）创办，它以印刷媒体起家，乘着摄影技术发展的东风，在杂志上大量采用图片新闻，成为图片新闻的先驱和出版业大亨。

另一源头是作为电影技术受益者的华纳兄弟公司。华纳同样创始于 1923 年，1927 年因制作第一部长篇有声电影《爵士歌手》而声名大振。华纳公司的其他经典影片还包括《卡萨布兰卡》（1942）和《无故反叛》（1957）等。1972 年华纳公司更名为华纳通讯公司，并最终成为音乐和有线电视的主力军。

时代华纳是历经两次大型合并后形成。第一次是1989年由时代股份有限责任公司和华纳通讯集团合并；第二次是1996年时代华纳与特纳广播公司合并，将CNN纳入公司，后者的创立者泰德·特纳（Ted Turner）成为时代华纳的副主席。时代华纳的版图内，有CNN、TNT、迪斯尼等电视台、多家著名的杂志、报纸、出版社以及网站，在音乐、电影和有线电视等领域也有极强大的竞争力。

1992年4月中旬，《时代》以"最彻底的改革"面貌示人。该刊华裔老臣姜敬宽1993年8月写了一本《时代七十年》的书，在文章《〈时代〉前途——新闻理想？商业挂帅？》中指出《时代》及集团旗下的《人物》《娱乐周刊》等刊物，和卢斯及他的伙伴所遵循的理想与道德基本原则相去甚远。即是纯粹"为利"（for profit），而不是"为义"（for righteousness）。

在弗吉尼亚州的杜勒斯，"美国在线"的总部里有这样一块铜牌，上面写的是："美国在线的任务：建立全球每个人日常生活的中介，就像电话或电视机一般，甚至更有价值。"

如今，在卢斯的《时代》杂志的遗产之上，美国在线—时代华纳——这个当今全球最大的传媒集团——正在以制造全球最庞大的信息而狂飙突进。

附录：卢斯新闻思想要点

群体新闻学 （Group Journalism）

群体新闻学为卢斯首创，在杂志的编辑中，卢斯要求记者只写出新闻的背景材料，不署名，编辑来决定一切，发挥编辑、撰述员、特派员和研究员的工作合力。整个《时代》周刊是围绕卢斯思想转动的一台机器。卢斯认为这个世界只是他的记者和杂志对偶然事件的观察进行证实的固定模式。

解释性新闻报道 （Interpretative News）

解释性新闻报道也是卢斯以及《时代》周刊的贡献。一方面，《时代》周刊的写作内容丰富，手法生动，使得新闻变成故事一样吸引人；另一方面还能寓理于事，以事明理，点破事件的意义，缩小或扩大事件影响，它不靠改变新闻，而是利用各种手段改变新闻的意义，来发表无形意见，从而引导读者在不自觉中赞同它的立场和观点。

人名创造新闻 （Name Makes News）

《时代》周刊的倾向性立场尤其表现在人物新闻上。卢斯认为，大量生动的人物新闻是《时代》的特色。《时代》周刊竭力塑造的媒介人物（media figure）就是封面人物。当代有很多批评家认为《时代》周刊陷入了封面故事的肤浅拼凑之中。

封面报道 （Cover Story）

封面报道也是《时代》周刊的创举，杂志内页进行详细报道和论述的主要文章，在封面上通过照片、图片或者标题加以突出。杂志的封面报道大概相当于报纸的头条新闻。《时代》周刊的编排制作方法，后来受到国内外新闻杂志的流仿。

年度新闻人物（Man of the Year）

从 1927 年起，每年年终《时代》周刊要选择对世界事态影响最大的一个人作为"风云人物"，也叫"新闻人物""年度人物"，用以提高杂志在国内外的知名度。

核心辐射力

一般公众对美国国外事务不太关心，只有大约 25% 的美国人对对外政策感兴趣，这些人一般受过良好教育，能出国旅游，或出于职业原因对国际问题感兴趣，如记者、编辑、商人、劳工领袖、知识分子。由于他们一般在社会上有一定地位和影响，故其意见往往能传递给更多的人，构成所谓"舆论精英"。在美国一直有"谁调动了精英，谁就调动了大众"之说。卢斯的读者群正属于"舆论精英"和"意见领袖"的范围。时代杂志是一系列光谱的核心，它的影响数量可以达到 200 万，而这些人可以传达给更多的受众。

新闻周刊（News Weekly）

新闻周刊一般被认为是杂志风格和出版期限的自我囚徒。它们每周发行一次，无法抢先发表新闻，需要足够的内部消息的逸事和珍闻。细枝末节对新闻杂志具有重要意义。新闻周刊的做法是从卢斯开始的。

快新闻与慢新闻

卢斯告诉手下他的新闻哲学：天下有两种新闻，快新闻和慢新闻。慢新闻具有深度，应当回答更多的问题，让人有时间思考，因而能影响更多的读者。《时代》周刊就是要为慢新闻提供更加广阔的天地，《时代》周刊是为"忙人"而办的刊物。

教会与国家

卢斯深知"教会"与"国家"各自独立的重要性。自 1964 年起，这种结构正式形成。卢斯想要创造的是一种体制，不管谁来都能够在这样一个体制中确保公司的正常运行。"教会"是指编辑系统，最高首脑是总编辑；它的"国家"是指经营系统，最高首脑是总裁。"教会"不考虑广告、不考虑挣钱，只考虑如何按他们的原则和理念办出一本读者信任的、最好的杂志；"国家"则负责市场推广和挣钱，他们绝不对"教会"施加任何影响。

纽哈斯兜售《今日美国》

艾尔·纽哈斯，《今日美国》创办人，前甘奈特报业集团董事会主席，于 1982 年创办《今日美国》，使其在短短十年之内成为美国发行量的第一大报。1989 年，65 岁的纽哈斯退休，并主持《今日美国》的"实话实说"专栏。

艾尔·纽哈斯（Al Neuharth）被人称为"新闻界最胆大妄为的人"，惊世骇俗是他一贯的作风。他创办的彩色印刷、小巧插图以及全国统一的新闻哲学的《今日美国》（USA Today），为他博得了一个嘲弄性的称呼"麦当劳报纸"，甚至被誉为当代美国最聪明、最精明的理财人巴菲特也把《今日美国》的创意看作是一个可笑而自大的梦呓，从而无情地给予嘲弄。现在《今日美国》却是美国最广受谈论、引用、模仿的美国第一大报纸。

背叛水门传统

美国最大的报业集团甘奈特报团前董事长艾尔·纽哈斯看不惯出版旗舰报纸《华尔街日报》的道·琼斯公司，也看不惯出版《纽约时报》的纽约时报公司。他被人称为"新闻界最胆大妄为的人"，跟所有正人君子不同的是，纽哈斯愿意自己称自己是混小子（son of a bitch），也从不讳言自己要名要利。他1989年65岁从甘奈特报团退休时写了一部自传《一个婊子养的自白》：声称讨厌美国新闻界所谓的"揭丑报道"和"绝望新闻学"的一贯传统。

纽哈斯批评美国的一些大报，如《华盛顿邮报》和《纽约时报》，把争夺新闻奖项而不是争夺新闻当作了自己的奋斗目标。那些所谓大报的总编把获得普利策新闻奖而不是把他们的读者需求放在第一位。

他提出："玩世不恭者从事的是绝望新闻学，陈旧的绝望新闻学通常使人们读后感到沮丧，或发疯，或愤怒。而新鲜的希望新闻学则是喜忧皆报的一种新闻手段，读者读后会对事物有充分的了解，使他们自己能够决定什么值得他们关注。"

《华盛顿邮报》的专栏作家们将他提出的"希望新闻学"扣上"快乐新闻学"的帽子。

事实和编造的故事是《华盛顿邮报》的罪恶宫殿里和"绝望新闻学"里的密不可分的床上伙伴。匿名的或是不透露姓名的新闻来源是《华盛顿邮报》标榜的新闻学的真正核心所在。纽哈斯认为在美国有相当多的一批玩世不恭的记者，他们继承了水门事件的传统，对世界上任何事情都带讥讽的眼光。他们一心一意要当第二个伍德沃德或是伯恩斯坦。纽哈斯锋芒所指其实就是《华盛顿邮报》——在水门事件中的"深喉"其实就是《华盛顿邮报》的总编自己。这种角色以不透露新闻来源来维护自己的神秘传奇色彩，其实公开违背了记者职业道德的准则。而

《今日美国》则实行的是铁的新闻纪律——严禁使用任何匿名者提供的新闻。他认为只有这样做才能增进报纸的可信度。

跟美国的传统"新闻独立"不一样的是，《今日美国》在起事的1982年做了一次成功的政府公关活动，也引来了万千骂名。《今日美国》为再次入主白宫的美国总统里根提供无偿广告和美元赞助，被政府称为是一次爱国的举动，却被传媒同行笑掉大牙，因为美国传媒人的基本共识是报界是与政府并立的，他们的关系是对立而不是合作。

在《今日美国》的《记者手册》中，记者要求"叙事简单，强调新闻，少说背景"，完全背叛美国新闻业界调查性报道和解释性报道的传统。这里的人不以获得普利策奖项为荣，而以把文章写得精练为骄傲；他们不以影响政府决策为追求，而以图表、照片的简单组合和清晰呈现为终极目标。

他的主编谆谆教导手下强调图片意识，改变报道模式，寻找报道组合方式。一个新闻是否应该用示意图？是否要做表格？是否应该用黑体字做出重点标志？以至《哥伦比亚新闻评论》的人说："文字＋照片＋示意图"就是《今日美国》。

借鉴电视新闻

有人称《今日美国》是恶俗原则最正宗的典范：科技炫耀面貌其外，空虚无聊内容其中。它是表象战胜实质的一个经典范例。首次出现于1982年的《今日美国》是其创立者纽哈斯构想中的一种反抗"绝望新闻学"的新锐武器。

《今日美国》完美地配合着美国人越来越花样翻新的化妆打扮，实现了报纸向电视的学习。纽哈斯是美国伴随电视业的发展成长起来的一代人，正是电视节目尤其是电视新闻节目在表面功夫、颜色鲜艳和平民主义式的简单化上取得的成功，给了他巨大的启发。

为了诱惑迷上了电视的观众，纽哈斯经过长时间的摸索，终于想出了一个办法：在人行道旁的报摊子上支起了一个类似电视机的东西：整个报纸的上半部分完全模仿电视机屏幕。《今日美国》的编辑对画面、图片的使用极尽炫耀、卖弄之能事。像电视新闻部一样，纽哈斯的报纸没有几个记者，却拥有一大批编辑和改写作者，他的新闻编辑部门摆满电视机，仿佛在鼓励这些被供养的语言大师把最新锐的发行物调整到与电视报道的步调一致。

美国媒介人普遍认为电视是一种贫民传媒，最善于宣传假牙清洁剂、不能自控时使用的尿片、啤酒、通便剂、汽车以及洗涮用品，但是一碰到书籍、思想、历史，以及人类文明对话的复杂、精微和讽刺性就死了。而《今日美国》与电视简直就是"孪生子"。多少美国传媒人嘲笑《今日美国》跟电视一样白痴和浅显，而这正是纽哈斯的得意之处，他以"革命性"方式让报纸适应了时代的要求。

谁会是这堆东西的读者呢？1982 年的时候，纽哈斯自己也不知道，但是正如我们前面所说，这是一个与众不同的决定。跟美国所有成功的穷小子创业的历史和偏执的商业领袖一样，由微不足道的小学生恶作剧者，升级为狡猾阴险的企业权谋者；由一个写少年棒球联盟消息的小报记者，成长为访问世界各国元首的资深报人。一如他的历史，纽哈斯完全具备成功者的素质。一直等到1993年，当《今日美国》摆脱了赢利的压力的时候，纽哈斯和他的部下在编辑室里举杯庆祝。

兜售全美报纸

在《今日美国》出现之前，美国没有全国性的报纸。20世纪70年代，水门事件的新闻导致尼克松下台，也把《华盛顿邮报》推向了全国，甚至世界舞台。但只要稍微浏览一下《华盛顿邮报》的头版就可以看到，《华盛顿邮报》深入报道的仍然是它所在华盛顿政治社区的地区新闻。

在各种类型的调查中，美国的读者与新闻专业人员认为一份报纸最重要的部分，第一名是地方新闻，第二名是讣闻。全国性新闻仅仅排名第七甚至是更后面，与连环漫画、每日星象占卜、书评、电视肥皂剧、读者来信为伍。在报业的世界里，地方新闻一直是最具有附加价值的新闻。

美国报业的传统是对广告的妥协性的依赖。广告收入占到了报纸收入的80%，而能够使这些报纸生存下去的广告商主要都在地方，而不是全国。那些推销商品的工商业界人士需要的是一个集中的读者群，以及良好的渗透率，而不是什么从东部到西部，从新奥尔良到"阳光地带"所有读者的空头许诺。

连《纽约时报》都打从心里自认是一份地方性报纸。多年以来，《今日美国》一直被出版界视为圈内的笑话。1982年9月，美国第一家，也是唯一面向大众的全国性报纸《今日美国》，11年后国内版和国际版的成功已经证明，全国性的广告市场的存在。而在当时，纽哈斯的这种大胆创新曾被人们看成是一种无聊的冒险和逆潮流的冲动，是荒谬的，是注定要失败的。

如果有一天世界末日来临，美国各大报纸的标题：《华尔街日报》是《世界末日来临，股票交易停止》，而《纽约时报》则是《世界末日打击第三世界贫困者》，《华盛顿邮报》则是《世界末日可能影响选举》。而《今日美国》将是《我们离去》：A 组－每州记录，C 组－最后记录。

《纽约时报》像珍视传统一样维护它的客观和严谨，而纽哈斯发行《今日美国》则强调变革。由一个周薪 1 美元的卖肉小伙计，到年收入超过 1500 万美元的企业总裁；由经营运动周刊失败的人，变成《今日美国》一份全美读者最多的全国大报的创造者。

跟所有偏执的商业领袖一样，纽哈斯富于想象力，怀抱梦想，有着难以置信的执着、铁腕风格和商人习气，只有这样的"变革派"才完全具备素质让《今日美国》摆脱赢利压力，直逼成功彼岸。

单之蔷访谈：《国家地理》杂志
——从美国漫步中国

《中国国家地理》的宣传词这样写道：你看过《廊桥遗梦》吗？《国家地理》的记者不仅拍摄如诗如画的图片，其自身的经历也编织着种种传说。你看过《泰坦尼克号》吗？《国家地理》不仅寻找和打捞沉船，也打捞令人心碎的故事。地理是一种教养，地理是知识的平台，地理是一种气质，地理是谈资和话题。

这份新锐而又老牌的杂志介绍天文、地理、科考发现以及探险历程，跟《美国国家地理》一样，它的内容也已经越过了一般旅游杂志的范围，旅游景点景区、文化遗存、珍稀生物的抢救保护以及世界各地的民俗民情无不囊括其中。

这份定位清晰的红边杂志已经从旅游积极分子之中风行到了普通市民之间，从影像精英的视野跌落普罗大众的视野所及。也许你是该看一看了：……当你商务出差时，别忘了带一本在你的公文包里，它也许是在讲述你要到达的城市；当你远游时，背囊中别忘了，它能告诉你哪里值得前往和那些山川河流、人文风情吸引你的原因。

《美国国家地理》的榜样

保罗·福赛在《格调》一书中说过，凡在客厅里出现《美国国家地理》的，主人的品位及其在美国的社会等级就要减去 2 分，失分与客厅里出现一张塑料座椅相同，但是这依旧没有改变《美国国家地理》作为美国主流杂志的事实。

据资料表明，1999 年《国家地理》期发行量共计 869.8 万份。同期的《时代》周刊发行量为 406 万份，《新闻周刊》为 335 万份，而《生活》月刊仅仅是 179.4 万份。在美国杂志销售榜上，前三的排名经常是这样的：《电视指南》《读者文摘》《美国国家地理》。

如果说发行量仅仅是一个指标的话，那么它雄厚的资金和像《廊桥遗梦》那样的浪漫就更是令人着迷。专栏作家沈宏非曾经在《国家地理杂碎》一文中抱怨：20 世纪 90 年代以后，这本光滑的黄边杂志在制作上仍保持着"最顶尖"的水准。一个例子是十几年前他自己给《美国国家地理》杂志的摄影师当过助手，京、沪、穗三个城市加上云南，共拍了 400 卷胶卷。照片最后在这本杂志上刊登了，却只上了两幅。

愤怒的沈宏非还指出著名的约瑟夫·洛克当年凭什么能生生地把先来到丽江的英国植物学家沃德赶走，成为香格里拉的第一个"发现者"呢？靠的也就是《美国国家地理》的钱。羡慕之情，溢于言表。

《美国国家地理》看上去是个专业杂志，其实已经越出"地理"这样的销售诉求点。"地理"作为一个传媒的重心是被世人所认可的。《德国国家地理》简称 GEO，与《美国国家地理》相比，同样图文并重，以图片的精美和信息量大而闻名。它可以花 26 页的文字和图片来讲述天使的意义。同样，法国也有《法国国家地理》。

"地理"成为了一个普遍性的传媒概念。因为做地理的同时，可以关照自然风光和历史人文，它可以再现地理知识的差异性、地域性和综合性。一段时间以来，策划出版《中国国家地理》的人很多，摄影人李玉祥就是其中的一个。他认为"地理是一个很宽泛的概念，自然地理之外更大的空间在于人文地理"。早些年，很多人奔波于将《美国国家地理》的样版介绍和 copy 到中国。

今天，从《地理知识》改刊的《中国国家地理》成功了。而像李玉祥那样的同仁转而在《三联人文地理》、《文明》、《山茶》（又名《华夏人文地理》）中和《中国国家地理》开始了同行竞争。

一个老牌杂志的转身

现在的《中国国家地理》前身是《地理知识》，这是一本 1950 年创刊的科普杂志，由中国科学院主管，中国科学院地理研究所和中国地理学会主办。

创刊以来，《地理知识》曾经创造过辉煌的业绩。改革开放的 20 世纪 70 年代，连续多年刊物的期发行量曾达到 40 万册，受到广大青少年学子的喜爱。但是随着高考制度的改革，"地理"从高考的名单中删除，以中学生为主体读者的《地理知识》发行量急剧下降，90 年代已降至万册左右，杂志的影响力和市场份额已降至低谷。

1998 年《地理知识》开始全面改版，增加页码，采用进口铜板纸彩印。2000 年 10 月《地理知识》正式改名为《中国国家地理》。更名的背后是办刊思路的转变：执行主编单之蔷先生认为，《地理知识》的优点是具有知识性和科学性，许多院士和一流的科学家都是它的作者，但它的薄弱之处是缺乏媒体运作的经验。而改版后的《中国国家地理》首先解决的是"吸引"，他们在平面设计、图片、插图、封面、文体等方面所做的一切努力，都是为了"吸引"。

有个故事多次被用来为《中国国家地理》的转型做援引。故事发生在抗日战争时期，美国的两名飞行员在执行对日本本土的轰炸任务时，不幸被日军击中，他们的飞机被迫降到了一个完全陌生的地方，他们万分紧张地刚从残破的飞机里钻出来，一群服色奇异的人就围了上来，他们迅速地掏出了枪，但他们很快又轻松了下来。因为他们曾经在《美国国家地理》上看到过这个民族的介绍，它属于他们的盟国——中国。这个故事也是《中国国家地理》杂志执行总编单之蔷先生在文章中一直强调的。

为了更广泛地适宜大众，《中国国家地理》为此做了改版的努力，其中最明显的就是对"读图时代"的确认。他们重视摄影图片，精心制作地图。他们认为：一篇文章如果没有一张有足够冲击力的图片，哪怕这篇文章写得是多么优美动人也断无刊登的可能。对于图片的利用，《中国国家地理》杂志图片编辑姜平深有体会：他认为摄影师总是从唯美的角度，从欣赏的角度拍片子。而在《中国国家地理》，这样的片子几乎很少可用。《中国国家地理》的做法是加大合作力度，主动约稿，让摄影师多听取编辑的建议，这一点也是精心借鉴《美国国家地理》的。

调剂分众化时代的大众口味

　　《中国国家地理》除了在编辑流程上大做改革之外，最重要的就是提出在地理中注入新闻概念，以此来拓展杂志的生存空间。

　　执行主编单之蔷先生认为：杂志是夹在图书和报纸之间的一种出版物。《中国国家地理》的操作方式是"事件＋知识""由头＋知识"。前者就像它们所做过的"雅鲁藏布江"专题，通过一个事件将知识一并带出。后者就是要在一个新闻由头的带领下，将知识潜移默化实现传递。比如"9·11"之后做阿富汗专题；在悉尼奥运会的时候做澳大利亚专题；等等。

　　《中国国家地理》的操作者还坚持认为过去的科普方式暂时失效，在知识背景不同的受众之间进行横向沟通，他们认为必须以"新闻＋小说"的文本样式来重新打理杂志的文本样式。这就是说要改变第三人称的说教方法，取而代之的是第一人称的介绍法，进而强调的是作者在采访和介绍期间的感性、新鲜、惊诧、满意、生动……以及类似的种种现场感，从而增加杂志的吸引力。

　　2000年6月，《中国国家地理》在中国台湾出了繁体版。《中国国家地理》繁体中文版创刊号主要内容包括世界九大奇迹之一"三星堆"专题报道和布达拉宫艺术宝藏图片以及展现黄山之美的各种照片。

　　2002年1月，日文版的《中国国家地理》（又名《中国地理纪行》）在日本出版。英文版本的《中国国家地理》正在运作之中。

　　他们更有信心的是《中国国家地理》将成为一个产业：《中国国家地理》的少年版、相关图书的出版以及与电视频道的合作等。就像《美国国家地理》和"国家地理"频道以及"发现"频道所做的一样，他们希望自己能够占据"地理"这个行当的优势市场地位。

对话单之蔷：在地理中注入新闻概念

受访者：单之蔷，《中国国家地理》执行主编。

萧三郎：怎么会突然想到做这样一个"地理"杂志？

单之蔷：我们也不是突然做《中国国家地理》的，我们的前身是《地理知识》，这是一份有 50 年历史的老牌科普杂志。在市场化时代，它必须变革。正好我们又发现"地理"成为了一个普遍性的传媒概念。榜样就是人人都说的《美国国家地理》。我们发现地理——可以同时关照自然风光和历史人文，是个承载信息量非常大的传媒样式。

萧三郎：那么，一个老牌的科普杂志是怎样实现"转型"的？

单之蔷：过去的《地理知识》的优点是具有知识性和科学性，许多院士和一流的科学家都是它的作者；但它的薄弱之处是缺乏媒体运作的经验。许多科普杂志都有这个问题，他们在一种虚幻的前提下办杂志：就是已经假定读者买了他们的杂志，正准备阅读呢，留给他们的问题仅仅是"科普"，就是将高深的知识通俗化。

改版后的《中国国家地理》首先解决的是"吸引"，我们在平面设计、图片、插图、封面、文体等方面所做的一切努力，都是为了"吸引"。其次，我们不是自上而下地"科普"，而是平等地交流。总体而言，我们是在对"科普"这样一个概念进行变革。通过成功的变革，我们将老杂志实现了新"转型"。

萧三郎：你们是以一种什么样的理念开始介入其中的？

单之蔷：杂志是夹在图书和报纸之间的一种出版物。讲时效和新鲜，我们比不了报纸；讲定论和经典，我们比不上图书。我们的操作方式是"事件＋知识""由头＋知识"。前者就像我们所做过的"雅鲁藏布江"专题，通过一个事件将我们的知识一并带出；后者就是要在一个新闻由头的带领下，将知识潜移默化实现传递。比如我们"9·11"之后做阿富汗专题；在悉尼奥运会的时候做澳大利亚专题；等等。我们希望搭建一个新的知识平台，让读者阅读我们的杂志有意外的收获，这就是区别于正规教育的一种有乐趣的知识获取途径。

萧三郎：那么文本上有没有什么新的变化？

单之蔷：我们强调以"新闻＋小说"的文本样式来重新打理这份杂志。这就是说要改变过去第三人称的说教方法，取而代之的是第一人称的介绍法。我们强调的是感性、新鲜性，我们希望读者能够从《中国国家地理》上感受到作者的惊诧、满意、生动……以及类似的种种现场感，从而增加杂志的吸引力。

萧三郎：和《美国国家地理》相比，你们感觉到差距在哪里？

单之蔷：当然和他们相比，我们的资金实力是不够的。他们的摄影师拿着大把的钱，几年、几十年地做一个专题，采片率始终保持在千分之二左右。那是因为他们已经过了创业的艰难年代。

我们现在的操作空间也是很大的。目前的定位是立足中国。中国的摄影师也非常多，群众基础好，他们不一定需要高额的报酬。中国有丰富的地理资源，有千姿百态的自然景观，有悠久的历史文明，有多彩的民族文化。我们这本杂志就是要把这些大好河山与伟大文明展现给读者。

萧三郎：就目前而言，你感觉做《中国国家地理》有什么障碍吗？前景会如何？

单之蔷：如你所说，现在做"地理"的杂志也不单单是我们一家。但是我们的独特性是明显的。我们是中国地理学会主办的刊物，我们的资源背景是雄厚的。我们有理由能够胜出。

《中国国家地理》做好了的话将会成为一个产业。以后我们可能会做《中国国家地理》少年版，会做相关书籍的出版，跟国家地理频道和《美国国家地理》的合作一样，我们有可能还要介入电视领域。这一切都在我们的考虑之中。

2002 年的非正常心跳

按照美国新闻史学家迈克尔·埃默里（Michael Emery）的看法，新闻史——我们统称为传媒史——"是人类为了发掘和解释新闻并在观点的自由市场上提出明智见解和引人入胜的思想的历史"。众多的男男女女为了冲破阻止信息和思想的自由流动而设置的种种障碍的努力就是传媒史的主题。

2002 年中国传媒所发生的变化不仅影响了我们的生活和国家精神的重建，而且在一个转型的时代，社会舆论和文化精神的构建往往率先由传媒所关注，而最终将影响传媒本身，并推动其变化和革新。我们关心 2002 年中国传媒所发生的种种变化：报纸主编、电视记者、报刊发行人、舆论领袖、专栏作家、投资商人、政论家、广告商、自由撰稿人和政府管理者，以及重要报纸、杂志、书籍、电影、电视、公共关系、唱片、电台、网络在文化和商业上的重要变局都将是我们所要着力研究的。今天的判断，我们等待明天来——印证。

2002 年中国加入世贸组织（WTO）一周年，与经济快速融入国际贸易和飞速接轨全球资本相比，传媒业在朝向产业的道路上，其发展脉络和未来前景并不可以轻易预测。历史的发展如同一条红线，它从来就没有重新开始过，我们不得不受制于历史，2002年传媒业并没有制造出让人心醉的奇迹，它在某种程度上依旧在延续转型的重任。

报纸：两条线索

新资金和新人才进入报界，以及新创报纸的加入，使得今天的中国报业竞争的面目更加模糊不清。但是我们隐约可以看见两条线索：其中一条线索是类似于美国一百年前"大众化报纸"的都市报，还继续在吸引广大读者和投资商的目光。其杰出代表就是打造过《成都商报》的何华章团队和打造过《南方都市报》的程益中团队。在两者的动作之中，他们在新闻进行严格地域限制的状态下所进行的跨地域办报的种种尝试可能将深刻地改变未来中国报业的格局。尤其是后者，地处广州却能在深圳和广州两地开拓市场，得到读者的认同，有可能引发媒体产业的观察家和报纸管理部门进一步的关注。而前者的核心骨干何华章，在2002年末被提拔为中国共产党成都市委宣传部部长，从媒体从业者一跃而成为媒体的管理者。

第二条线索是报刊发展的专业化道路。这一路向在2002年得到了更大的彰显。比如在国际新闻领域，继老牌的新华社《参考消息》、人民日报社的《环球时报》、国际电台的《世界新闻报》后，人民日报社在上海创办了《国际金融报》，南方日报社创办了《21世纪环球报道》，新华社新创办《国际先驱导报》，以全球化视野，本土化操作，走市场化道路参与国际新闻的竞争。在经济领域，除了老牌的《经济日报》《中国经营报》《中国经济时报》《21世纪经济报道》和《经济观察报》继续搏杀，并衍生倚靠中国金融中心上海、力图大展宏图的《国际金融报》。而在体育新闻领域，在2001年"世界杯"报道中元气大伤的《南方体育》稍稍落后于传统的《体坛周报》和《足球》的角逐。在国际、时尚、经济、体育、文化和文摘领域，各种你死我活的竞争还在加剧，并将继续进行。最后的结局可能就是在每一个领域出现层次明显的差别，从而为确立真正有影响的全国性、综合性大报奠定基础。

《21世纪经济报道》2002年年终以100个版面呈现了"中国向上"的精神特质，与《经济观察报》的年终版"转型力量"一样，它们在肯定我们的社会转型为"经济社会"、社会个人转移为"经济人"的方面不遗余力，报纸业界似乎踏上了甜蜜的温柔之旅。但是我们不得不面对这样的事实，中国最好的报纸的广告销售额才仅仅是10亿元人民币，它与任何一个国有大中型企业销售额超百亿元都相差太远，而与国外500强企业中的传媒集团相比，我们的产值似乎更是微乎其微。

2002年6月，香港《大公报》庆祝了其百年华诞。作为现代中国最具有历史气质的报纸，《大公报》在对文化的建制和对国家精神生活的构建上树立了至今难以超越的典范。虽然报界是如此的繁荣，但是我们不得不承认今天的精锐也未必能超越1938年《大公报》的水准。甚至在发行量方面，我们也难能企望达到一百年前普利策的《世界报》在仅仅有7600万人的现代化转型中的美利坚共和国的水平。

杂志：非正常心跳

在杂志业界，2002年底，《财经》杂志和英国的《经济学人》杂志合作出版了一本《世界2003》特刊，它不是第一个追赶国际化浪潮者，但是国际化浪潮席卷杂志业界却已经是2002年不争的事实。《财经》杂志所属公司的上市也许将是改变未来杂志走向的一个标志性事件。财富类杂志的蜂拥不堪、《新地产》的崛起、《时尚》系列读本的扩张、《读者》的隐忍、文学杂志的死磕、"新闻周刊"争夺战、DM杂志自得其乐、《东周刊》的落马……种种纷繁复杂的杂志现象让从业人员眼花缭乱，甚至让研究者望而却步，我们似乎进入了一个无法把持自己的年代。是呀，我们的杂志找到了榜样，他们是现代的、西方的、以商业化为基点、以赚钱为首要任务的西方杂志业。我们的杂志也找到了人才，他们毕业于高等院校，其中部分主力更具有"海外留学"背景。是的，我们的杂志也找到了资金，这些资金原本是要投入地产、加工和制造业的。杂志业界从来没有今天这样激动人心过。

这种激动人心一方面表现在时尚类杂志和财富类杂志对"财富""名人""时尚生活方式"的追逐上。新闻史上出现了从来没有的光荣岁月，以吹嘘消费、财富、浮光掠影，甚至是糜烂为能事。而在另一个向度上，自以为继承"新闻遗产"的另一部分媒体人，继续以对"公共生活"的干预为己任，他们对彰显社会正义、良心和人性层面的"明星落马""制度改革""秘书帮""灾难事故"倾注全力，企图从中找到"人民斗士"的感觉。正如联合国教科文组织的《信史》杂志所说："新闻工作者将永远生活在双重忧虑中——一种舞台演员般的忧虑和以自己每日的文字改变公众观念的忧虑。"

这两种忧虑和激动人心弥漫了2002年的杂志界，使得杂志业呈现了自古以来的非线性形态。上海《开放》杂志"改版试刊""改版再试刊"，甚至有《DVD选刊》这样一试八期还没有创刊的杂志，无非是为了接近市场，但是市场在哪里呢？杂志界还继续在寻找。2002年9月，在同一个城市我们甚至买到了《明星时代·名人》和《明星时代·艺术导刊》两种内容完全一样的杂志。无论是在2002年180种创刊、试刊和复刊的杂志中，还是近80种的改刊中，或是将近10种杂志的停刊中，我们都可以感觉到切入"惶惑"的杂志业的滋味。

而以《家庭》杂志为旗舰的我国首家期刊集团"家庭期刊集团"1月25日的挂牌，却使我们不得不思考"商业化"的本质。创刊于1982年的《家庭》，1999年改为半月刊，近20年来，它经历了杂志业界风雨，也结出了丰盛的果实，据称其品牌无形资产达2.68亿元。

杂志在专业领域和对读者分众的划分上，2002年有了更长足的进步。航空、电子、互联网、汽车这样的领域，无数杂志在汹涌，甚至NBA、足球这样的专业领域也出现了相应专业水准的高端杂志。

以少男少女为目标群的"爱情杂志"《花溪》2002年可能算真正找到感觉，不仅是因为它对市场的开拓引来了《南风》这样的对手，而更为重要的是它对潜在市场的开发和未知领域的探索。跟《花溪》一样，杂志界在对读者的分众上不遗余力，所以陈逸飞有了《青年视觉》后，2002年又制造了上海社交杂志《上海艺术家》。涂布新闻纸、扩版、增刊、全彩印刷、为中产服务、寻找知识女性代言人、颠覆小资话语，这些只是杂志业表面的泡沫，和网络泡沫一样，它们终将破灭。而在泡沫深处的是杂志业从业人员的"非正常心跳"，无论是网络泡沫刺激下的"心跳过速"，还是从不以专业心态与职业水准应对的"心跳过缓"，都未必能将此时的中国杂志业送到我们所极力追求的商业化的彼岸。

出版：心灵反思

如果把 2002 年 4 月中国出版集团在北京的挂牌看作是出版与国际接轨的一种标志，那么或许我们将会感到失望。我们简简单单排定 2002 年畅销书排行榜，那么必定有这些书的名单：《布波族》、《菊花香》、《蛋白质女孩》、几米漫画和图文书"你今天心情不好吗"系列。虽然身处变化转型的旋涡，但是你将发现 2002 年出版的基本形态还依旧在"引进"二字上：《布波族》来自美国，《菊花香》来自韩国，《蛋白质女孩》来自中国台湾。虽然社会动荡变化，各种文化观念冲突碰撞，但是大陆的出版创新能力还未能在 2002 年有真正卓越的体现。

没错，中国出版集团堪称出版业"巨无霸"，其组成单位包括人民出版社、人民文学出版社、商务印书馆、中华书局、中国大百科全书出版社、中国美术出版总社、人民音乐出版社、三联书店、中国对外翻译出版公司和新华书店总店、中国出版对外贸易总公司、中国图书进出口（集团）公司共 12 家大型企事业单位。员工超过 5000 人，总资产有 50 亿元之巨，甚至它是 2001 年出版营业额 430 亿元的最重要创造者，但这能又说明什么？

在超越内容的产业层面，分销、营销甚至是产业链的构筑层面，今年也没有出现可以成为出版历史的标志性事件，只是除了中信出版社的崛起。没有任何传统，也预示着没有任何的畏惧，中信出版社借助人才的优势，以及上市公司中信文化资金优势，而最重要的是它切入流行文化以及出版业界最前端的勇气。在美国，2002年《纽约时报》外事专栏作家托马斯·弗里德曼再次夺得普利策评论奖，其关于"9·11"的作品结集《经度和纬度》（*Longitudes and Latitudes*）不是2002年最优秀的作品，但是它的出版、发行和对美国文化精神的阐述值得我们关注。坚信"全球化"和"自由企业制度"能够解开世界病症的弗里德曼不得不遭遇"9·11"对美国的震撼一样的心灵反思：为什么世界不能容忍强权和正义一体代表的美国？正如弗里德曼对美国文化的提醒一样，中信出版社对2002年出版界的意义也是如此。

电影业：刺激"英雄"

2002年继续诱惑中国的电影导演去创造新的电影作品，去创造新的消费趋向。从大陆制造的《寻枪》《小城之春》到引进版权的《我的野蛮女友》，以及美国的《哈里·波特》和《星战前传》，电影所创造的风光和票房基本都与历史上没有变化。只是除了张艺谋的《英雄》，当然我们现在来评论《英雄》在电影史上的地位为时过早，但是我们可以粗暴地断定2002年是《英雄》开始改变中国电影制作格局的一年。

无数的传媒在2002年底的时候介入了对电影《英雄》的炒作和宣传，到最后种种报道都演变成了"大字报式"批评与批判。在中文语境中，要创造出让文人雅士和凡夫俗子都喜欢的电影作品，其实跟让电影在戛纳拿了奖项后再到奥斯卡拿奖项一样没有本质的区别。

电视业：纸雕木虎

中国的电视产业，游走在市场经济和政治宣传之间，它的改变可能是所有传播媒介形态中最小的。一部《激情燃烧的岁月》电视剧让中国的电视剧制作者开始重新思考"内容为王"这样质朴的真理。而在广大的观众眼中，《蓝色生死恋》《欲望城市》《老友记》《流星花园》对他们的改变可能更为巨大。我们身处信息流向的中心，周遭是韩国、美国这样的强力信息源。一方面，我们不得不开始反思我们的体制和创新能力，另一方面我们也不得不屈服于流行文化制造重镇。已经警醒了的电视工作者可能已经开始对自己反思，而聪明的人士，或许已经开始上路了，对了，上的是"学习"之路。

3月28日，继美国在线—时代华纳控股的华娱电视（CETV）和新闻集团持股38%的凤凰卫视中文台之后，24小时播放普通话节目的综艺频道——星空卫视每天提供两个多小时原创节目。8月19日香港亚视（ATV）宣布，亚视香港台、国际台两个频道经国家广电总局批准，将通过广东省有线网正式落地珠三角。

截至2002年9月，我国4岁以上电视观众有11.5亿人，占4岁以上全国人口的93.9%。电视机社会拥有量4.48亿台，其中彩电3.43亿台。观众日均收看电视时间174分钟，95.8%的电视观众"经常"和"几乎每天"看电视，收看较多的节目类型为：天气预报、国内新闻、电视剧、国际新闻、电影、大型直播、综艺新闻评论类、法制类、歌舞音乐类。

电视体育评论员韩乔生也在这一年受到了网络大众的关心，众多的"韩乔生语录"式网文在世界杯前后风行并流传。也许还值得称许的是中央电视台的《同一首歌》。有家公司以6000多万元的价格买断了18个月的独家特约播出权和广告代理权，从而被媒体报道了许久。甚至张艺谋也说"电视太火"，戏言"想改行做电视"。

电视界曾经风光的"独立身份"者封刚、王长田、夏骏在2002年都未能真正浮出水面。1998年就开始鼓舞和激动人心的口号"制播分离"并没有让电视人在2002年看到丝毫希望。与他们的希望一起破灭的还有为电视做排行榜的一伙人。2002年3月，《新周刊》执行主编封新城北上北京，准备为《新周刊》操刀的"2001中国电视节目榜"揭幕，但是他终究未能如愿。从1997年的《砸碎中国电视》开始，在希望和可能之间，中国的电视还有多远的距离，电视人心中并不清楚。

尽管讽刺作家对新闻从业人员没有像对其他职业那样刻薄，但是人们对新闻工作者似乎依旧是轻蔑而又好奇。2002年"香港女星裸照风波"在很大程度上将成为打击新闻从业者骄傲姿态的一把利器。而凤凰卫视主持人刘海若因灾难受伤受到传媒的广泛关注，以及美国《华尔街日报》记者珀尔被绑架而遭杀害，多少又为记者找回了勇气和信心。电视主持人的变更也在某种程度上预示中国电视改变的可能性。2002年"世界杯"期间，中央电视台把沈冰当成体育主持人的推出可以看出某种变化。与主持了《实话实说》6年的崔永元的"黯然下课"相比，北京电视台的娱乐主持人李静和新闻主持人元元可以说正找到感觉。虽然有境外卫星电视落地的步步进逼，但是本土的电视人的动作并不喧哗，也许他们并不在意。而专家指出，东风卫视、凤凰卫视和星空卫视主持人济济一堂的制作方式有可能在 2003 年对中国电视构成某种威胁。

电台

据《21 世纪经济报道》报道，北京广播电台 2001 年以 1.85 亿元实收款位居全国同行之首，"实现利润远远超过北京电视台"。广电总局局长徐光春在 2001 年的一次内部会议上说，北京广播电台是中国广播的希望。据报道说，全国的电台，绝大部分连温饱问题都未解决，仍需依靠行政补贴勉强维持。

作为北京电台 7 个系列台之一的北京交通台把直播间建在北京市交管局内，音乐台以品牌节目和 16 家省市电台联合，建起了以通信卫星系统为技术平台的跨地域的全国音乐网，并尝试与网络、期刊、手机短信、演出市场联合的跨媒体发展。

网络业：小阳春归来

互联网业界，2002 年毕竟算个好年头。搜狐公司总裁张朝阳兴奋不已，他 10 月再次预言："这是中国互联网的又一个里程碑。"与他同样坚持同一观点的是新浪公司和网易公司的掌权人：因为他们终于开始盈利。谁都还会记得发生在 1997 年至 2000 年的互联网泡沫。与他们的兴奋相比，我得不无客观地表述自己的观点：对互联网产业来说，2002

年是发展元年。

当我们一边在尖酸地看着"富豪排行榜"上传统产业商人的光荣，一边冀望互联网经济的重归价值，我们会发现历史是如此的瑰丽和令人难以捉摸。当然许多人还会记得1999年张朝阳最风光的时候从《三联生活周刊》流传出来的话语"注意张朝阳经济"。对了，主导了中国互联网产业的文化观念之一的"注意力经济"也许终于要结束使命了，但是我们谁能确保它不流传到别的行业，继续为患？

传媒时装业：国际化游戏

和所有产业兼具销售、服务以及流水线终端一样，中国传媒业也在2002年成为了类似"时装业"一样的"大众社会范畴"。它不断地制造轰动、推销效应；它不断地消耗人才，也不断地毁灭人才；它不断地追求新鲜，也不断地销售"往事"。掩盖在传媒业界里面的是勾心斗角，是无所畏惧的"三无精神"，是卖弄，是自以为是，是恬不知耻，是自得其乐。在新闻从业人员的苍白心灵里，我们看不到周伟弛先生称之为"新闻时装业的心跳"的那种东西。

诗人周伟弛在《读书》上一篇描述诗人和新闻从业者黄灿然的文章中用"新闻时装业的心跳"来描述同样面临双重忧虑的黄灿然，我借用来指称新闻工作者的"正常心态"：首先我们是作为"新闻时装业"的演员，表演是天职；其次我们都力图寻找以文字改变公众观念的可能性。

正如《远东经济评论》上的媒介文章《请让我们来娱乐你》指出的

一样，2002年中国接轨全球资本并没有让我们享受到足够的快乐，境外的大型跨国传媒公司依旧阻隔在国境线之外。国外传媒对中国觊觎有年，但是他们发现2002年并没有什么实质变化：传媒产业依旧在政府的掌控之下，游离于政治宣传和发展当地市场经济之间。打开裂缝的仅仅是如下的一些团队：电视方面的新闻集团（News Corp）和美国在线—时代华纳（AOL Time Warner），唱片方面的宝丽金（BMG），娱乐庆典节目的 Channel V 和 MTV，电影方面的华纳兄弟（Warner Brothers），图书俱乐部的贝塔斯曼（Bertelsmann）。当然，从《三联生活周刊》2000年刊发《境外媒体：等待或者突破》以来，两年来境外传媒有了更大的斩获，但是总体上他们的心情是灰暗和沮丧的。

2002年的传媒业界，一方面还是国外传媒集团的隐忍和等待，而另一方面值得花费笔墨描述的却是中国传媒业界的饥饿感。《新周刊》杂志的"传媒专栏"在2002年开始大量介绍海外杂志，从《Milk》到《号外》，从《Face》到《i-D》，我们似乎呈现出一种急需接轨的成长心态。而在更多的报章上，我们除了见到庸俗的日常生活报道之外，张五常、斯蒂格里茨、弗里德曼、基辛格等人的专栏，《时代》周刊的封面报道，《财富》和《商业周刊》对中国以及世界富人和企业的评论，甚至是《连线》和《巴黎竞赛画报》的主流价值趋向，《香港信报财经新闻》和《香港虎报》都纷纷呈现在我们的视网膜中。好了，国际化的游戏已经真正开始，到2003年1月的时候，或许你已经在街市上见到美国《新闻周刊》杂志的中文版和《福布斯》杂志的中文版。

传媒研究：全球化视角

传媒似乎沉醉于自己的转型，沉醉于面对市场的尴尬。新一代的新闻人依旧把胡舒立在 1991 年出版的《美国报海见闻录》当作宝典一样的阅读，但是改变已经悄然开始。如果你足够敏锐，在北京，你已经能够轻易买到港台报刊：《都会佳人》《君子杂志》《时尚》的杂志繁体中文版，价格不会比你买其他中文报刊贵很多。假如你是个关心国际的新时尚分子，《纽约时报》《时代》《财富》《华尔街日报》的中文版，你都可以在网络上毫无障碍地"零距离"接触。

而更为重要的是，有几位新锐人物的出场为我们再次找回自信。在广州的王尔山，几乎遍访了美国主流媒介的重要人物，其后发表在《书城》和《21 世纪经济报道》的文章为我们留下了对《时代》周刊、《娱乐周刊》、《纽约时报》、《华尔街日报》、《华盛顿邮报》、《人物》高层访问的最初印迹。这就是其后作为《书城》增刊出现的《与美国报刊主编对话录——提问是记者的天职》。当然，无论是《纽约时报》的主编豪威尔·莱尼斯，还是时代公司总编诺曼·伯尔斯廷，中国知识界，甚至是新闻界对他们并不了解，接触的意义自然可以高估。

在北京，许知远的"全球视角"专栏在英国和美国寻访了重多的经济学家和政要名人，其对路透社、BBC、《金融时报》人士的访问同样是对传媒国际化的巨大贡献。没错，就是他把美国著名学者眼中的世界走向呈现在了我们面前，这就是其后结集出版的《转折年代》。从 1987 年胡舒立出国，其后 1991 年出版《美国报海见闻录》，到今天，已经十多年过去了。许知远的目的是在"9·11"之后想问问世界上那些高级智囊如何看待这个变化莫测的世界，而我们也可以把它看作是中国传媒自觉国际化的一个案例。

当然香港"背囊记者"张翠容对国际新闻的报道也可算是一种新视角。在香港，国际新闻在传统新闻领域是很小的一块，报纸杂志仅仅满足于购买路透社、美联社、BBC 和 CNN 的报道。所以张翠容这样的战地记者只能是自由记者，靠个人能力跑天下。2002 年她去了巴以地区，跑到阿拉法特被围困的临时总部睡了一晚行军床，想体验寻找真相的感觉。当然作为 BBC、《明报》和《联合早报》的特约记者，她的文章你也能在《21 世纪经济报道》《书城》《周末画报》上见到。现在她总是写好遗嘱再出发，她说："我不是挑战危险，而是挑战谎言。"

此前，我们不得不流传二手的国外传媒信息，并为争夺所谓的外国传媒研究的话语霸权而大打出手。当然，除了眼光卓越的李希光教授主政清华大学新闻传播学院之外，传媒学院派的影响还小之又小，它很难贡献出超越社科领域的优秀人才和新鲜观念。虽然几位的出场是很多人背后支持的结果，我还是愿意将他们的作用夸大一些，也好让那些还在大学和传媒研究机构研究"新闻标题学"的老师和前辈们出一身冷汗。It's the end of the word as we know it. 是时候让他们重新学习了。

传媒技术：变局开始

2002 年，传媒技术层面也出现了巨大的变化。单单从照片的使用和版画的革新，我们就可以闻到变化的气味。无论是什么类型的报纸杂志，2002 年对图片的质量要求无限增大，除了国内崛起的 Photocome、

Bizfot、Imaginechia 等供图机构，AP、Corbis 和 Getty Images 和国内的合作大幅增加。而具体表现在杂志上，与国际领先杂志的版权合作的一个步骤就是使用国际流行杂志的优秀照片。《时尚》《瑞丽》《世界时装之苑》，甚至是各种高档家居杂志，都呈现了崭新的变局。虽然 2002 年中国的传媒插画艺术未能有巨大进步，但是总算有人开始关注插画的使用，总算有人看重了诸如《纽约客》杂志的优质视觉效果了。

象牙黑插图工作室的出现和各种专业版画师的出现都可以当作是 2002 年传媒衍生的产物。而同样是作为媒体的衍生产品，正如它以前出版的《飘一代》的另册一样，《新周刊》2002 年年底出版的《新周·锐历》，《财经》杂志的《财经视觉》和《香港文汇报》在上海赠阅的《上海百花》等都可以算是不错的衍生尝试。

2002 流行文化

在流行文化层面，2002 年出现了几种声音：其中最为宏大的一种是为即将产生或者已经产生的一个阶层"中产阶级"的鼓吹和辩驳。一本《中国社会阶层分析报告》可以作为这一声音的理论来源，无数报纸杂志其后参与了其中的讨论。还有一种是精神层面的"中产阶级"，借助一本外版书《BOBOS》（《布波族》）的流行也获得了众多的关注眼光。而在其他领域，"飘一代"之外，以前制造过"狂一代"的龚晓跃及其同事制造了"FELL 派"。虽然影响不大，但是我们能够触摸到他们对流行文化时尚把握的热切心态。2003 年，体育界的龚晓跃将继续坚持他的文化品位，制造《竞赛画报》《凹凸》等报纸杂志，无论成败，让我们来看看他们超越专业的娱乐表演。

2002 年，伴随新鲜事物的不断出现，历史持续"新陈代谢"。《正义论》的作者、哈佛大学教授约翰·罗尔斯和法国社会学家布尔迪厄的逝世，让学术界深感江山失去一半。而守在巴金床塌之前的媒体人并没有在今年收获狂欢，所以只好为他过了 100 岁生日。与大众对明星高枫和罗文之死的热烈关注相比，肖像摄影大师尤素福·卡什的逝世并不为很多人知晓。一位深处中国社科院的传媒研究者发现，在北京，他死去的那天，北京 10 家主流媒体只有不到三成做了相关报道。这在某种程度上反映了传媒业界新人的崛起。出生于 20 世纪 70 年代后期的传媒人并不知道这人的太多历史事实和生平细节。

当然，2002 年逝去的还有韦君宜，这位人民文学出版社前社长，她被记忆的更大的原因是其作品《思痛录》。与这一代经历过"文化大革命"的中国知识分子相比，今天历史的责任已经放在了生于 20 世纪 70 年代的新一辈手中，前者生活的意义是在其后的二十年不断反思在"文化大革命"中的所做作为，而后者的意义将在一个新的世纪持续自从 1978 年以来的现代化努力，并在不断变化动荡的世界中快速找寻到自己的位置。

传媒未来路向

媒介理论书籍指引我们，有三大因素制约着今天媒体事业的发展：国家经济发展的水平；广大读者的文化水准；媒体内容的编辑流程和制作手段。21 世纪开初，新闻业界的先驱将发现他们在从事一种新游戏——游戏的旧规则已经失效，而新规则仍在形成之中。过去20年来领先的中国媒体的先驱是中央电视台、《半月谈》、《读书》、《读者》、《新闻联播》、《新民晚报》、《南方周末》，而在21世纪被互联网清洗过的世界，一切似乎都已经改变。首先，伴随经济的发展，公司和商品对杂志的依赖更加严重。其次，大学毕业人数在国民人数中所占比例达到有史以来最高，他们不再满足于阅读小报、低档次杂志。而最为重要的是，媒体的编辑流程和制作手段在借助互联网力量之后有了突飞猛进的进步。2003年，这三大因素对传媒的改变将更为巨大，让我们拭目以待。

2002年，在针对传播限制所进行的突破上，男男女女的新闻人进行了无数的尝试。安全套广告解套如果算是一种商业化的胜利，那么对汤山投毒、"5·17"空难等灾害事故的报道则是一种在政治之间的游刃。

美国《哥伦比亚新闻评论》在评说2002年传媒的时候，引用了唐纳德·格雷厄姆的故事来引证美国传媒进入"后公司时代"（The Post Company's Era）的实质：2002年夏季，唐纳德·格雷厄姆在给华盛顿邮报公司的投资人汇报财务报表的时候，并没有以他的旗舰报纸《华盛顿邮报》和所获得的各种传媒奖项开始。不仅如此，在32分钟的演讲中，他仅仅用了8分钟来讲述《邮报》和《新闻周刊》的广告销售、读者人群的变化、新闻用纸的价格和印刷技术的提高。今天的华盛顿邮报公司已经不再是其母凯萨琳·格雷厄姆掌控的邮报公司。在动荡变化的时代，美国传媒公司正由一个"个人掌控新闻事业的时代"转型为"公司决策的时代"。在传媒品牌的延伸、印数的监督、广告的扩张、编辑方针的定位，2002年，中国传媒应对的是前所未有的全新局面：原本的传媒只要听命于广告商和阅听人，而现在除了听命这些人，还有投资商和股票持有者的话语掷地有声。

从报纸说到杂志，从电视说到电影，从出版说到国外传媒，从传媒研究说到传媒技术，从流行文化说到历史的新陈代谢，我们似乎太沉湎于2002年快速消逝的细节，以致看不清楚2002年传媒的整体态势。如果把中国"准《时代》周刊"《三联生活周刊》的年度人物作为一个参照，我们或许可以找到历史的线索。《三联生活周刊》2001年的年度人物是反腐斗士刘丽英，而2002年的年度人物是一个在NBA打篮球的22岁运动员姚明。这个22岁的大男孩，不仅仅在创造财富，也在创造历史，中国外经贸部跨国研究中心研究员甚至认为姚明是历史上"中国最大的单个出口商品"。而在学院派人士的文雅语句中，他又成了"代表全球化时代的中国身份"。

2002年姚明的出场正好代表了中国传媒的变化和转型。如果我们将20世纪90年代以来国家转型市场经济所导致的从政治、社会、经济到文化各层面的变化称为"转型"，那么2002年之后风起云涌所带来的变化就是"革命"。

相对WTO能引发中国光辉图景和可能悲剧的两种反差巨大的预测，整个传媒产业的改变却宛如"寂静的春天"，当然这种改变一直在继续。

王怡专访：现代传媒与 1970 年代人

受访者：王怡，作家。

萧三郎：好像你也非常的不幸运，你也生在悲惨的 20 世纪 70 年代？

王怡：是挺悲惨的。中国一百多年来始终改变不了十年之间沧海桑田的周期性动荡。这使得每一个十年都是独一无二的，每个十年代当它的代表人物群体出来后，和其他年代的群体都有极大的断裂。尽管我并不喜欢以生长年代来为某个群体命名，但不可否认"时代性"就像性征一样，的确对它的代表群体构成了深入的烙印。

在叫"妈妈"之后学会的第二个词，就是指着墙上的毛泽东画像大叫"婆婆"。这是一个象征性的事件，意味着意识形态进入家庭之后的成长空间。另一个象征性事件是大地震在童年的阴影。我指的是四川的松潘大地震，和唐山大地震在同一年。我们有几个月的时间里在院坝的平地上睡觉，当时我三岁。对儿童而言，地震是最大最神秘的不可预测的力量，它象征着更大的地震将是未来岁月里的社会波动和世俗化的高歌猛进。我在刚学会说话的年龄里被一场地震吓坏了。但在我看来，要谈 20 世纪 70 年代人，就必须谈谈到 70 年代人在 80 年代末渡过的那场青春期。对思想而言，这是一个不能再糟糕的青春期了。他对整整一代人的成熟和生理卫生造成了不可想象的影响。

萧三郎：你对同道的写作者和70年代有什么看法？

王怡：有人说网络是70年代人的天下，包括技术和思想。更小的80年代都还聚集在聊天室和游戏室里。70年代人在一个意识形态化的童年里浸泡，而在一个不断世俗化的当代寻求立命安身。这是中国语境下最典型的一种成长。

从这个角度说70年代是最幸运的。70年代人将成为中国社会在未来一段时间里的黏合剂，他们在前辈和后生面前，一方面不够世俗化，另一方面又不够意识形态化。随着时代的推进，他们的逆反会是前后几个十年代里最温和的一批。中国目前的社会发展，包括未来体制的确立，需要一种保守的社会力量。

我认为70年代人将成为立足在现代市场和民主价值之上的保守主义的中坚。70年代人将普遍在左翼思想和自由主义之间找到一种中庸的立场。我觉得这是整整一代人的时代烙印所决定了的。

我说的当然仅仅是预言。70年代人才刚刚开始三十而立的过程，他们在思想积累和财富积累上还有很长的路。但不用多久，当社会面临80年代人的迅速崛起和不可完全意料的社会变革的又一次高峰推进时，70年代人的这种中和性的力量就必定会异常突出。

和我年纪相仿的一大批写作者，通过网络我和他们相互了解或认识。我的感觉是，包括我在内，我们中的大多数人在思想和表达的姿态上，恰恰并不如60年代或更早群体里的写作者那么激烈甚至偏执。

老实说，我们的阅读和思考的视野也是 1949 年之后最为完整的一代，这也是我说最幸运的地方。不过这种完整性要成为一个结果，还显得过早。但我坚信一点，像我最尊敬的几位"文革"后如刘军宁、朱学勤、梁治平和刘小枫这样的学者，在今天的中国学界是异常稀罕的。但在我所知道的有限的 70 年代的写作者群体里，一定会在未来二十年间涌现出数倍于此的人物。

萧三郎：在你所认识和知晓的范围中，你认为有那些人物是潜藏在地下的牛人？

王怡：我不太喜欢使用"牛人"这个概念，虽然我是属牛的（笑）。我所接触和尊敬的写作者大多是怀着某种超越性关注的。这也和社会对 70 年代人的印象不大一样。

一大批思想者在媒体、高校和网络上努力寻求表达的可能，他们已经在开始扮演我所讲的中和者和沟通者的作用。像世纪中国网站的斑竹吴冠军（比我小三岁），锐思评论的安替、卢周来、林国荣，及我提到的星期五读书小组的成员，还有一大批从事新闻报道和评论的朋友，他们的健康一面体现在开始努力挣钱以外，已经从世俗化的高歌猛进之中开始把写作当作真正的事业来做，并以一种平和的态度，而不是 20 世纪 80 年代学者群那种普遍的道德激情姿态。

唐哭和王小鲁是我在网上认识的潜藏在地下的佼佼者。陈永苗的阅读和研究视野则令我敬佩。年仅 26 岁的徐晋如在网上被誉为旧体诗第一。这是一个极有意义的事件，证明了我的 70 年代是最完整一代的说法。因为正是完整性带来了 70 年代人的多元性和选择性。80 年代的写作者群体具有极高的同一性，他们中几乎没有人选择并成为旧体诗的迷恋者和佼佼者。而在 70 年代中，我们开始看到比前辈们更多的方向性。

一个二十几岁的人，在一个普遍浮躁、纸醉金迷和腐败淫乱的，同时个人生存压力空前高涨的时代，怀着思想的真诚读书做学问。这样的人有一个，就值得整个 70 年代为之骄傲，并让缺乏同情之了解的批评者汗颜，更何况这样的人有一大批。

萧三郎：谈谈你对传统文化的看法吧？

王怡：有人说我是一个保守主义者，刚才我也把这个标签插在了 70 年代的头上。我不愿意说"传统文化"，而说"传统"。因为传统是鲜活的，传统文化则可能是发臭的。

我曾在一篇文章里说，情欲是一种有传统的性欲。"传统"在这里代表着一种方向性。性欲原本是没有方向性的，方向性在针对特定对象的传统之中形成。这句话可以代表我对传统的看法。方向性并不是说你随手一指就是那里，方向性是你指向那里之后还要上路，在那条路上一直走下去，走久了才有方向性。诺思称之为"路径依赖"。

换言之，我对传统的看法并不是本体性的，并不是觉得传统的某个东西真是好，迷进去了，我看中和尊敬的是传统对于今天的意义。我说的是延续到今天的传统，而不是去恢复已经被摧毁的"传统文化"，比如新儒家或大陆一些人对和合文化的吹捧。我对这种吹捧不以为然，那些东西早就没有了。我批评"革命"对于传统的摧毁，但不是要像孔子一样提倡恢复已经被摧毁的传统。

我所理解的传统，就是指构成今天的现实语境的所有既成事实。比如"革命"及其意识形态后果，就是中国语境中最大的一个传统。你不能绕开它，也不能像它当初做的那样去摧毁它。你必须顺水推舟，不能打断历史的连续性。

我觉得最伟大的成就，就是让他们成为一种鲜活的、正在逐步生长的传统。

萧三郎：你认为传媒对 70 年代误读了吗？

王怡：误读难免是一种常态。我前面提到的一些情况可以证明种种的误读。但我觉得误读的本质并不是针对 70 年代的时代属性的。因为不管哪个年代，他们在二十几岁的时候作为一个整体，都是前面的成熟人群看不惯的。我对种种来自成熟人群对 70 年代的指责和误读都不以为然。

前面说到每十年的周期性社会变革，在这种传统下，没有任何一个父辈的群体可以离开具体的行为而去指责年轻一代的时代属性。因为这种属性是一种原罪，因为在这种属性中每一个父辈都是同谋。我们所度过的意识形态化的童年和肮脏的青春期，有人站出来负过责吗？有人为之忏悔吗？

重要的一点是，70 年代人在目前是中国民间力量的主体，相对于前辈，他们和传统体制的关系也最为暧昧。他们现在大多在努力挣钱、买房子和准备带小孩及赡养开始年迈无保障的父母。他们是承上启下的一代，在少年时代经历了理想主义的启蒙和被摧毁，在成年后被市场压得喘不过气来。相对于 1949 年后的每一代人，我倒倾向于认为 70 年代是最健康的一代。因为这种健康，70年代终于要担任起这样一种角色，在前辈面前说自由与民主是重要的，在后辈面前则大讲道德和责任也必不可少。

以我的看法，对社会国家的命运怀有真诚关怀，这更像是70年代人的特点而不是前辈们的特点。我周围，三十五岁以上的人群里，唯利是图的倾向远远大于和我同龄的这一代人。根据我在网上的经验，观点偏激、哗众取宠、言辞乖张、缺乏宽容精神的人，倒是以五六十年代的人居多。

萧三郎：你的生存哲学是什么？平时看些什么书和什么碟子，有没有偶像？对自己的期许是什么？

王怡：这个问题像是谈话结束前的例行问话。关于生存的态度前面其实说得够多了。我目前的阅读文学作品开始锐减，一大半是学术读物，然后是历史类的通俗读物，包括历史小说。被锐减的文学性阅读则被看电影所替代。我是个影迷和DVD收藏狂。电影的品位高低不平，最闷的艺术电影，和最搞笑的香港片。

世俗意义上的偶像比较阶段性，艾尔·帕西诺、罗伯特·德尼罗和朱丽叶·比诺什，是我目前最欣赏的三位演员。有他们的电影我都会买下。

我对自己有一个期望，我希望做中国目前最缺乏的一种写作者和公共知识分子。我希望做一个在学术体制之外的学者，一个学术性的批评者。网络的发展和未来言禁的逐步宽松会带来这样的一个可能。

而一个公共知识分子要以学术性的更深刻的批评，来挺入大众媒体，这就难以得到保护，并因而成为最单薄的一个环节。这也是我所说的一种中和的力量和角色，我希望自己成为这种力量当中的一员。

理想与现实间的杂志业

今天的杂志业面临困扰电视的同一种力量：那就是对受众不顾一切的追求，加上腐蚀新闻制作的营销手段以及营利的无情压力，使得杂志业沉陷于狂热的激情和低廉的创意中不能自拔。

21世纪开初的几年，对于国家来说是可怕的年代，而对于传媒来说则是辉煌的年代。新闻记者们发动了一场又一场的"政变"，每一场变化都惹来了很多的麻烦，也提出了更多的舆论话题设置。一些主流杂志对官员腐败的报道使得政府重下决心严惩贪官。而另一些传统政府体制的设置，比如基金黑幕问题和国有股减持问题，在遭遇到传媒强烈批评之后，也日趋走向合理化。

一段时间以来，杂志无畏无惧地报道事实，使得坏消息几乎成为了解决实质问题的关键。但是也有杂志在动摇自己的职业取向，在庸俗化和绝对满足受众的低级需要的路上走得过于遥远。更多的体制内杂志纷纷转向和资本的联姻，21世纪的前几年，杂志业界似乎前途光明，每天几乎都有新类型杂志问世。为了广泛吸引读者，对于名流的报道充斥报端，对明星私人生活的戏剧化的报道，将明星作为封面招徕读者的方法屡见不鲜。

这是杂志业的光辉岁月。手提电脑、数字照相机、卫星传输系统、互联网的使用使得新闻从业者从未如此风光地传播他们的报道。就待遇来说，一些记者的工资突破了六位数，一些明星记者甚至超过了七位数。但同时这也是杂志业的阴暗岁月。当新闻业的利润率百分比从一位数上升到二位数时，对盈利的追求也就更加困扰着新闻业。如果你被《财富躲在传媒背后》《WTO带来中国传媒黄金时代》等文章的鼓动以及摩根士丹利全球投资报告对传媒的看重，以为传媒正在一趟开往春天的地铁之上，杂志也将顺风起帆的话，那么你就错了。

首先，中国市场传媒与官方传媒的复式生态环境是十年之内无法彻底发生变化的。"既要让马儿跑，又要马儿不吃草"，是作为中国传媒"事业单位企业化"的最好表叙。跟中国许多的国有大中企业遭遇的"现代化"问题一样，许多杂志在国有大中型企业和市场化下的独立法人的两条道路之间摇摆不定。这种"复式的传媒生态环境"在客观上会阻碍杂志业的激烈竞争。媒体之间竞争加剧，但远未达到白热化的程度。总有些体制内的杂志，仍然是不问盈亏，"自得其乐"。只要有这种"不完全市场"的存在，那么我们就不能说杂志业竞争激烈。没有激烈的竞争和优胜劣汰，怎么能说是一路高歌？

其次是中国优秀职业传媒经理人的匮乏。杂志业是产品终端决定型企业，只有终端产品——杂志本身——才能决定杂志在市场、业界、广告客户、舆论等领域的地位。目前在传媒投资方、主办方与经营方之间，形成一种非常独特的约束关系。投资方只是债权人，而非股东；

主办方是名义上的股东，但却又起不到把握公司战略方向的作用。这种畸形的结构使得传媒职业经理人的活动范围有限，总编作为媒体的经营者，往往被围困在资本的中央，这是目前媒体人最难以把握的难题。

再次，杂志业似乎不能自拔地迷恋上了高端杂志。中国杂志动不动就要向《时代》《财富》看齐，这些都没有错。是的，中国有了《财富》中文版，有了《哈佛商业评论》，有了向《纽约客》看齐的《书城》，有了学习《美国国家地理》的《中国国家地理》，但是我们显然忽略了最重要的事实：市场化条件下的中国杂志最重要的是赢利。如果不能赢利，任何影响高端受众、获取广告回报的想法都可能是白搭。杂志业界的精英似乎只看到《财经》的专业，只看到《IT经理世界》的辉煌，而不愿意看到《读者》的招牌、《家庭》的扩张，甚至是《故事会》这种低端杂志所制造出来的利润。

用美国管理学大师彼得·杜拉克的观点来分析今天的杂志市场，我们似乎能够更清楚地看见杂志业界的前途。杜拉克曾经用他丰富的管理学理论来为美国《时代》周刊的老板亨利·卢斯做传媒咨询。他认为，一份杂志是否有前途，第一是看杂志的编辑方针是否正确，是否具有市场前景；第二是看提出方案者能否达到预期理想目标。

我们以为，对于中国杂志业界的迷茫者来说，杜拉克的论点具有指南针一样的重要性。多少杂志是摔倒在第一条上面，而更多杂志的失足恐怕还是在后面这一条。

杂志业界需要更多面对的是传媒体制的转型更新、优秀职业传媒人的培养和杂志定位市场的充分尝试等问题。而在现实与理想之间的距离有多远，恐怕只有杂志人自己心中明白。

《纽约时报》私营公共机构

1896年，奥克斯（Adloph S. Ochs）战战兢兢来到 J. P. 摩根面前，渴望金融巨子借他5万美元收购《纽约时报》（*The New York Times*）。这个外省的穷小子，希望办成一张独立报纸，"完全无私无畏、专注公共福利、摒弃个人野心、摆脱政党偏见"，以便在纽约与普利策、赫斯特一争短长。印刷工出身的外省人成功了，《纽约时报》在奥克斯家族的掌控下目睹了几乎所有报业对手的消亡。

《美国新闻史》激情地记录下了奥克斯中兴《纽约时报》的功绩："他挑选的男男女女使得时报成为了一个社会的公共机构。他将时报推上了美国居于领导地位的报纸的轨道。" 如今人们将《纽约时报》称为是"一大团本着良心、带着权威、臃肿不堪、令人琢磨不到头脑的加拿大纸浆"。它作为一家全球报纸的经典和一家公共机构而存在，获得了超过 J. P. 摩根家族的声望和尊敬。

家族产业私器公用

报业研究专家尼古拉斯·苟瑞奇在《纸老虎》（*Paper Tiger*）一书

中将全球报业主分为六个类型：报业贵族、机会主义者、政治操纵家、利润主导派、炫耀家和隐士型。与金庸谋求政治利益办报纸以及纽哈斯的"利润主导派"的无耻做法不同，《纽约时报》是一个家族报纸，属于尊贵的报业贵族系列。有人说能够保持报纸的名字80年不变的报纸王朝，远东一个都没有，美国也只有《纽约时报》的苏兹贝格家族、《华盛顿邮报》的格雷厄姆家族和《洛杉矶时报》的钱德勒家族。

苏兹伯格家族说："1896年的纽约有17家英文日报，而今天只剩两家半了。我们从17家日报中实力最弱的一家，最终发展成了世界首屈一指的日报。"《纽约时报》的拐弯抹角、文明有礼、见闻广博、对变革的支持是苏兹贝格家族的真实写照。苏兹贝格家族是少数的将新闻品质放在利润之上的发行人，他们不顾股票专家和市场分析人士的喧扰不休，继承了先辈对报纸价值和权威的尊重。在美国纽约第43街时报总部还有这样的铜牌："阿道夫·奥克斯设立了精确和负责的准绳，使《纽约时报》成为世界上最伟大的报纸之一。"

1851年9月18日，雷蒙德（Henry Raymond）创办的《纽约每日时报》（New York Daily Times）第一期问世。办报是雷蒙德的夙愿，也是与前老板《纽约论坛报》发行人格里利的一次赌气……格里利曾经将他无故解聘，雷蒙德暗暗发誓要打败原来的东家。雷蒙德志存高远，他从里到外都在学习远在伦敦的《泰晤士报》，当时的《泰晤士报》被誉为社会正义力量的源泉：新闻不带煽动性观点、避免党派之争、报道语气谦虚有礼、内容深入彻底。1872年，格里利竞选总统未遂后死去，而光芒万丈、受人尊敬的雷蒙德新时代刚刚开始。

雷蒙德去世后，《纽约时报》开始走下坡路。到 1896 年，欠下 30 万美元的债务，发行量跌至 9000 份。此刻，一个远在田纳西州的年轻人嗅到了机会，奥克斯战战兢兢来到 J. P. 摩根面前，渴望金融巨子借他 5 万美元收购《纽约时报》。《美国新闻史》激情地记录下了奥克斯中兴《纽约时报》的功绩："《纽约时报》的历史就是一个男人的历史。"奥克斯是一位有犹太血统的严肃、典雅而又正派的年轻人，他要出版的报纸是给优秀分子看的，报纸不能弄脏了早餐的餐巾。他愿意刊登金融交易、市场采访以及政府的公告，尤其是一些长而沉闷的新闻，《纽约时报》一概欢迎。

奥克斯是奥克斯 – 苏兹贝格家族的当然族长，它与现存体制至亲至善。他不喜欢红旗加鲜血的报道，他说："报纸应当成为纯粹的新闻工具，而不是流言蜚语的学校。"他和时报编辑、记者都是现存体制的维护者，而不是破坏者。

奥克斯在一百年前就提出了自己的媒介隽语：刊印一切适于刊印的新闻（All the News that's Fit to Print）。他的这种维护新闻品质的精神，如今甚至被记者改称为"所有值得印行的钞票"——因为不合于当时新闻理念的独特定位已经成为一种成功的商业策略。

"All the News that's Fit to Print "天天登在《纽约时报》的报头上，为这份世界大报张扬自己的荣耀。这一信条和新闻铁律后来在新闻与广告两个层面上各有发展与延续：在广告上，时报坚持自己的原则，保持与维护广告高尚的格调与品位，坚决不刊登欺骗、虚伪和令人误解的文字与图片，不刊登含人身攻击的广告，不刊登有任何种族、宗教、性别、年龄、婚姻歧视的广告。

但对于事实真相，时报则以美国宪法第一修正案所赋予的新闻自由和美国公众的知情权为理由，力争公开发表所有一切新闻事实。如《纽约时报》诉沙利文一案，最高法院就指出，《纽约时报》就公共问题进行"不受禁止的，直言不讳的并完全公开的辩论，勿须核实任何真相"。

高品质的新闻理想

在美国的精英媒介中，《纽约时报》具有神话般的声望，号称是"政治精英的内部刊物"，国务院、国会、各国大使馆和社会团体都依赖它来建立普遍性的参考框架。它被西方人誉为是"权力机构的圣经"和"档案记录报"（newspaper of record），以至有人说，时报没有报道的新闻不算新闻。

《纽约时报》是全球第一家报道1912年英国客轮"泰坦尼克"号遇难事件的媒体；第一次世界大战后它又以全文刊载《凡尔赛条约》而名动天下；1945年它详尽报道美国在日本广岛投掷原子弹的奇特经过……在普利策新闻奖的获得中，《纽约时报》总是遥遥领先；在报纸篇幅之巨大上，它又有"货色齐全的新闻超级市场"之称。

在报业竞争激烈的美国，《纽约时报》以其高质量、庄重、严肃的报业"点金术"而闻名，并且成为了不折不扣的一个报业"印钞机"——目前《纽约时报》所在纽约时报公司在美国报团中名列前十。

报业研究者艾德蒙·戴蒙（Edwin Daimond）说：《纽约时报》的报

格是无法取代的。"只要人类的头脑还在吸取知识，《纽约时报》就有存在的必要。"在《世界大报：50家报纸轮廓》一书中，有人称如果用一个词语来概括时报的特点，那就是齐备（thoroughness），《纽约时报》是这一领域的独一无二者。

多数报业研究者都认为，时报能在历次商业、政治冲击下，保持媒体品格，除了西方的政治制度允许之外，更重要的是百年时报一直掌控在家族手里，是一份保守的家族产业。只有《纽约时报》这样的百年家业，在利益如此繁杂的现代美国社会，才能做成自己的"独特风格"。

时报公司虽于1969年开始成为股份有限公司，却仍受奥克斯家族控制。《信任：纽约时报背后的权威家族秘史》一书记述了一个于19世纪中叶自德国移民至美国的犹太钻石商人后代如何创办时报，把它改造成为世界第一权威大报的故事。

到了女婿老苏兹贝格（Arthur Hays Sulzberger）接手《纽约时报》，这张报纸已成为在美国起政治作用的第一大报，为了避免被人谑称为"犹太报纸"，具有天生的自卑感的奥克斯继承人保守经营，低调处世。因为犹太味太重，时报甚至禁止名记者用他们的全名。报业大王赫斯特曾经在他的黄色报纸上发表社论攻击《纽约时报》的背景，说时报是受华尔街犹太银行家控制。这篇社论由赫斯特亲自签名，最卑鄙的是他行施人身攻击的用语，把奥克斯骂为"矮小油滑的商贾，弯着身腰巴结奉承"，听从犹太银行家指示，影响报纸编辑方针。至今美国右翼保守分子对犹太人的批评还是不脱所谓"美国金融界与传媒界都受犹太人操纵"的极端言论。

《纽约时报》作为美国报业老大，是有惰性的。20 世纪初，奥克斯曾有机会对一家新开办的公司进行投资。但他的决定还是放弃，因为该公司所经营的业务与《纽约时报》主业的旨趣相去甚远，那家公司的名字是可口可乐。第二次世界大战以后，电视行业蓬勃发展，美国政府指名由在业内建立了卓越声誉的《纽约时报》在纽约开办一家电视台。时报的管理层觉得这不是自己的主业，谢绝了这个机会。在时报 150 年的历史中，这样的事例还有不少。

媒介精英风云荟萃

《纽约时报》的成功不但体现在创办人及其后人对报业经营的擅长上，而且体现在一批新闻人才对新闻理想的坚持上。台湾人李子坚在其作品《纽约时报的风格》中一方面介绍了这份家族大报发生的百年大事，另一方面则描写了见证或参与这些事件的人，是它们构成了时报的发展史和基本精神。

传媒研究人士将 Anchor 一词用在报业上来称呼发行人、总编辑等"导演"级别的人物。在《纽约时报》150 多年的历史上，核心人物有一大串：奥克斯、赖斯顿、罗森塔尔（Abe Rosenthal）……这些出类拔萃之辈集结在时报旁边，确保时报从小到大，从弱到强，从而成为道德精神、保守主义、新闻公正、资料丰富的大报。

《纽约时报》的专栏作家中则当推赖斯顿为首。此人被认为是时报的一大功臣。他逝世之日，时报在头版撰文，称之为"一位举足无双的报人"和"美国新闻界的巨人"。他开创了时报的社论版对页。在1971年9月26日开始推出的社论版对页上，每天收录有攻击之语，对五角大楼，对中央情报局，对白宫，对国务院，对国会，对最高法院，对法律制度，对天主教和其他宗教，对大学，对教育制度，对社会和种族关系，对企业界，对婚姻，对两性关系，对艺术，等等。他更大的贡献是以太阳一般的吸引力吸引了全国最优秀的传媒人才围绕在他和时报的周围。

时报的前总编辑罗森塔尔在执掌时报的十几年中，确立了多项时报的法则：如新闻与评论决然分开的理念，如对一个问题的两面的同时报道与披露的原则。他还领导时报成功进行了改版与扩版，这种版式在今天已经成为美国公认的版面体系：A组，新闻；B组，都市；C组轮流为体育、科学、生活、家庭、周末；D组，商情。

事实上，《纽约时报》是全国新闻人才最密集的地方。新闻界将之称为"涟漪效应"。罗森塔尔和赖斯顿等人影响了新闻界的上层，而新闻界上层的这些人又将影响渐次扩大到更多的传播对象。所以，在整个美国新闻史上，这么多的著名记者、新闻从业人员都与时报有过"亲密"关系：最著名的编辑主任范安达、专栏作家克罗克、记者霍姆·比加特、记者尼尔·希思、总编辑卡特利奇……在这些优秀人才的合力之下，从中国洪秀全打出"太平天国"旗号的那一年起，《纽约时报》以它150年来历史上独有的风格左右着世界舆论，终于成为一家举足轻重的世界大报。

报纸的本质是对社区共同体承担诚实而全面的新闻报道，并且无所畏惧地在社论中阐述观点，以维护人类自由和社会进步为基本原则。坚持不懈地履行这些原则才能博取公众的信任和同行的尊敬。《纽约时报》的成功证明了上述道理。

新时代　新未来

现任纽约时报公司主席、纽约时报出版人小阿瑟·苏兹伯格（Arthur Ochs Sulzberger, Jr，下称"小苏兹伯格"）在达拉斯面对数百位来自传统媒体与网络媒体的美国大亨发表演说，他充满激情地表示："我们无法预知未来，但可以创造未来。"小苏兹伯格的结论是："只有那些可以持续为人们提供知识的公司，才是21世纪媒体行业的真正赢家。"

小苏兹伯格1974年大学毕业，获政治学学士学位。1985年，他又在哈佛商学院管理系获得文凭。毕业后，先在一家小报当了两年记者。1976年，他考入美联社，在伦敦任常驻记者。1978年，小苏兹伯格加入《纽约时报》，老父亲让他从基层开始锻炼，派他到华盛顿当常驻记者。1981年，他成为《纽约时报》都市新闻部记者。以后，他又从事广告营销，并出任部门经理。他还在出版和计划部门任职。1987年被任命为助理发行人，与该报的最高管理层一道制定预算和进行长期规划。1988年，他成为副发行人，负责新闻部和经理部。经过14年的摸爬滚打后，小苏兹伯格终于在1992年出任《纽约时报》发行人，1997年又升任董事长。

作为苏兹伯格家族的继承人，他对整个家族负责。小苏兹伯格平静地告诉人们："如果你是一个已有150年历史公司的主席的话，你的眼光可能会比较长远。"

尽管小苏兹贝格相信市场调研和股票分析家的结果胜过于任下主编的直觉，但他还没有迹象要将《纽约时报》折腾成《今日美国》。在传统的价值取向上，他是以恪保"时报风格"为底线，他甚至设想将来的《纽约时报》是三份报纸：一份是纽约以及市郊的都市报，一份是东海岸的区域报，一份是全国版的《纽约时报》，以便迎接网络时代的挑战。

可能是年轻气盛，小苏兹伯格果然出手不凡，他说："当我们日子不好过的时候，这是我们再投资的时候，我们一定要提升我们的新闻品质，我坚信这种投资必能有所收获。"

他果断决定对体育新闻、大都会新闻进行扩版，增加时尚版，对时报杂志进行改版并且加大投资。1993年，时报投资11亿美元，收购《波士顿环球报》。时报在小苏兹伯格的领导下，迅速恢复了失地，并且创造出赢利与发行的新纪录。

2000年，时报决定，他们将于2005年建成一幢52层的时报大厦。随着时代的变迁，这份全球历史最悠久的报纸，将不断地创造报业的新历史。

谁是中国的"斯蒂芬·金"？

斯蒂芬·金是谁？他在尝试什么？

斯蒂芬·金（Stephen King），美国著名作家，以擅长写作惊悚小说而闻名，世界恐怖小说名副其实的王者，一如他自己的姓氏。他的第一部作品是《凯丽》。其他为全球读者熟知的有《鬼店》《克莉斯汀》《宠物坟场》《战栗游戏》等作品。

面对互联网波涛汹涌的大潮，斯蒂芬·金产生了一个激情拥抱科技的强烈冲动。最近他做出了惊人的决定：告别传统印刷术，将自己的最新作品上网、展示、发行，因而成为了首位互联网上出售其作品的畅销书作家。

2000 年上半年的 3 月 14 日，他的新作，仅长 66 页的《骑弹飞行》（*Riding the Bullet*）已在互联网上公开出售，购买者从网上下载其全部内容，售价为 2.50 美元。这本有关一位旅行者生活遭遇的恐怖小说一时引起全世界读者的极大兴趣。在上网发行的头两天就有 50 万份拷贝被下载，而成为惊动书业以及互联网领域的爆炸新闻。

他自称这是一部"伟大的神鬼故事"，但是对读书界与出版界来说，这部小说的真正意义却在于它将是一部完全意义上的"ebook"。该书的电子发行商是西蒙＆舒斯特（Simon & Schuster）出版公司的网络分公司"西蒙＆舒斯特在线"。出版商说，以前有些科幻小说作家也曾尝试过在电脑网络上发行自己的作品，但是写作过三十多部畅销书的斯蒂芬·金却是第一位进行电子图书发行实验的大作家。

最近，斯蒂芬·金的最新系列小说《植物》第一部分没有像他3月份推出《骑弹飞行》那样采用加密的格式。斯蒂芬·金制订了这样一个新式发行计划：第一步，在网上公开发行以前从未发表过的系列小说的第一部分，读者下载须付费一美元。如果四分之三的读者支付了费用，他才会继续写下去。金提醒自己的书迷说："记住：付钱，故事就可继续。偷窃，书本就此合上。"结果十分喜人。据斯蒂芬·金助手提供的数字，有75％的读者当时便通过自己的信用卡或者其他方式支付了下载费用。荣誉制度已经过关，斯蒂芬·金于是决定继续上网出续集。

作家斯蒂芬·金著有36部小说，共售出了1亿多本。其中，超过30本小说都成了畅销书，斯蒂芬·金自己说："我对于在网上出售新书感到非常好奇，不知读者会有什么反响，但我想今后互联网与出版业将是密不可分的。"在互联网时代，什么都变得可能了。作为一个多变的作家，他的举动就是一种对未来的探索与尝试。

ebook：传统出版的噩梦亦或新生？

出版商西蒙＆舒斯特声称："此次网上出版中最令人兴奋的事情就是我们可以将金的小说从他的电脑里直接搬到互联网上奉献在读者面

前，而以往进行印刷出版所需的时间则是现在的数十倍。"出版界的业内人士则指出，斯蒂芬·金此次进行网上出版将对正方兴未艾的电子出版业起到极大的推动作用。

《纽约时报》在 3 月 16 日的头版文章中惊呼：是因为电子出版市场即将掀起一场大革命，还是因为小说出自大作家的手笔？——斯蒂芬·金网上出版发行的实验性和超前性的举动可能动摇传统出版业的根基！

持相反观点的人则认为 ebook 的出现并不能改变传统读书人阅读印刷书籍的习惯，毕竟你不能享受在电子图书的两页之间夹一朵花，或是将电子图书签名后送给别人的乐趣。美国一家杂志的主编格雷先生说："我不觉得这是什么革命。现今，你只要出门走几步，就可找到一家书店，为什么还要到网上去阅读。"

但是，新兴的 ebook 市场吸引了越来越多的商家为它大笔投入资金。ebook 的优势之一 就在于可以"按需下载"，这一特点可以使已经不再发行的书籍目录恢复活力。以前，如果某人想订一本已经绝版的书籍，出版商不可能再去为一份小订单再版这本书，而 ebook 的"按需下载"则可以使满足这种用户的需求成为可能。

以美国为例，图书出版市场的年营业额为 700 亿美元，因此市场无国界的 ebook 绝对是出版界不会轻易放过的市场，他们已把它视为最新的战场，实力大小不同的书籍发行商和销售商都在蠢蠢欲动，要参加这场未来的争夺战。

全球桌面软件业的两大翘楚——以 Photoshop 闻名的 Adobe 公司

和以 Windows 操作系统称霸的微软公司——都明确表示想在这块市场上分一杯羹。Adobe 公司已经将下一代电子媒体的赌注压在了 Acrobat Reader 和 PDF 文件格式上；令人震惊的是，微软也宣布它的 Reader for Windows 将在今年夏天免费下载。

Random 出版公司最近表示，它已经成立了一个电子图书分部，将和其他出版商一起开发新的数字媒介。隶属于德国媒体业巨头——Bertelsmann 公司的 Random 出版公司表示，它已经选择了 20 种小说和非小说类的原创内容，准备以电子图书这种新方式推出。时代华纳公司的电子图书部门 iPublish.com 正式宣告成立，并预计在明年早期开始运营。所有这一切都将为全球出版业界的历史翻开新的一页。

从斯蒂芬·金的 ebook 热销中，出版商和销售商悟出了许多的道理。以数码方式发行书籍，显然要比传统方法节省成本；其次，出版商和零售商最终会变得难以区分。美国一家网上书店总裁史蒂夫·利基欧说："ebook 将是出版业的一次解放。只要轻轻按一个键，就能进入国际市场，不用卡车，不用印刷，不用发行部门，毫无阻力。"

ebook，是传统出版的噩梦，还是新生？许多出版机构的举止已经在尝试着进行回答。

谁来接任中国的"斯蒂芬·金"之位？

对于今年美国的 ebook 风暴，中国出版界瞪圆了眼睛在密切关注。这么好的商业模式，这样诱人的前景，中国出版界当然不会轻易放过。

中国的许多出版人已经开始在心里暗暗地掂量：什么时候中国也

拉出一批作家来实验实验所谓的 ebook，看看结果会如何？

老实说，中国的知名作家大多不具备斯蒂芬·金的感召力。

同时，尽管许多作家号称触网，但是他们中的大多数尚不具备熟练驾驭网络写作的能力。余秋雨、刘恒、刘震云、贾平凹、铁凝、池莉、苏童——谁能担当中国的"斯蒂芬·金"的位子？

博库网从 20 世纪 70 年代的年轻作家群里，首先挑选出 6 个最具代表性的新生代作家——尹丽川、李春、傅强、竖、石康和狗子进行尝试。这些"FIY 一代"的纸制作品一直深受同时代读者的欢迎，当然，他们的网络读本也可能符合年轻网民的欣赏口味。

博库网率先在 2000 年 8 月 22 日推出博库独家的 10 部 ebook 和签约作家的数百部 ebook。其中，签约作家作品全部免费下载，博库独家的 10 部 ebook《卡夫卡：异质的城堡》《乔伊斯：永别爱尔兰》《色鬼、诗人和酒徒——阿坚笑话集》《王小波大哗互联网》《一个啤酒主义者的独白》《一个人可以是一次天黑》《爱情沙尘暴》《一塌糊涂》《白骨精三打孙悟空》《忧伤偷窥》在第一个星期免费下载，一周后实验收费下载。

这样的阵容的 ebook 尝试，在中国出版界是没有先例的。在未来的中国的"斯蒂芬·金"出现之前，目前活跃在网络前沿的陈村、影视多栖作家刘恒以及女作家毕淑敏都表示愿意积极尝试。

谁是中国的"斯蒂芬·金"？中国网民在盼望。